KB149197

조선 지성계를 흔든 연행록을 읽다

홍대용과 1766년

일러두기

1. 이 책은 홍대용의 청나라 연행기인 『연기』와 『을병연행록』을 바탕으로 작성하였습니다. 본서에
   인용하는 글은 대체로 『연기』에 근거하나 내용 전달상 『을병연행록』의 기록을 인용하기도 하였
   습니다. 이에 대한 별도의 출처 표시는 하지 않습니다. 다만, 두 텍스트에 공통으로 등장하는 내용
   이 아닐 경우에는 출처를 표시하였습니다.

2. 『연기』는 한국고전번역원의 『국역 담헌서』를 참고하였으며, 『을병연행록』(경진, 2012)은 정훈
   식이 번역한 책을 참조하였습니다.

조선 지성계를 흔든 연행록을 읽다

홍대용과 1766년

강명관 지음

한국고전번역원

담헌 홍대용의 여행기가 특별한 이유

1765년 12월 27일 담헌湛軒 홍대용洪大容은 북경 땅을 밟았다. 조선 사신단의 서장관이었던 숙부 홍억洪檍을 수행하는 자제군관子弟軍官으로 따라간 것이었다. 그는 해를 넘겨 1766년 1월과 2월 두 달 동안 북경에 머무르고 귀국하였다.

조선 후기에 북경을 방문한 사람은 담헌만이 아니었다. 하지만 담헌의 북경 여행만큼 조선의 문화계에 큰 영향을 끼친 여행도 없었다. 박제가의『북학의』와 박지원의『열하일기』도 모두 담헌의 북경 여행이 실마리가 되어 쓰인 것이다. 실로 담헌의 여행은 한국인이 고전으로 여기는 저작의 출현을 자극했던 것이다.

담헌의 북경 여행은 어떤 점에서 여느 사람의 북경 여행과 달랐던가?

담헌이 객관적이고 예리한 눈으로 당시 번영하고 있던 중국을 관찰했음은 물론이다. 하지만 그보다 더욱 중요한 것은, 담헌이 조선인 최초로 중국의 지식인과 국경을 초월한 우정을 맺었다는 것이다. 그는 1766년 2월 엄성嚴誠·반정균潘庭筠·육비陸飛 등 중국 지식인과 일곱 번의 만남을 가졌다. 여기서 청의 정치·문학·사상·문화 등 광범위한 분야에 걸쳐 대화를 나누고, 서로 호형호제하는 우정을 쌓는다.

귀국한 뒤 담헌이 중국 지식인과 우정을 쌓았음을 전하고 그들과 나누었던 대화를 기록한 책을 엮어 보여 주자, 서울의 지식인들은 큰 충격을 받는다. 담헌 주변의 지식인들이 잇달아 북경을 방문했고, 담헌이 열었던 길을 따라 중국 지식인들과 우정을 쌓게 된다. 아울러 중국에 대한 관찰도 더욱 정교해지고 예리해졌다. 중국의 번영을 보고 배워 낙후한 조선 사회를 개선하자는 대담한 주장도 나오게 되었다.

담헌의 북경 여행은 여러 모로 오늘날 세계에 대한 우리의 태도를 되돌아보게 한다. 이른바 세계화의 시대다. 외국은 단지 교역의 대상으로만 존재하는 것인가? 아닐 것이다. 담헌이 그랬듯 서로 대화를 통해 국경을 초월한 우정을 쌓고 이해의 폭을 넓혀 평화와 공존의 지혜를 찾는 것이야말로 진정한 세계화가 아닐까?

담헌은 자신의 여행 체험을 『연기』와 『을병연행록』에 담았다. 이 두 여행기를 기초로 하여 담헌의 북경 여행을 따라가 보자. 더 직접적인 담헌의 목소리를 듣고 싶은 분은, 이 책을 읽고 난 뒤 위의 두 여행기를 읽으면 될 것이다.

2014년 8월
강명관

차례

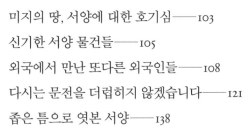

담헌이 만든 길

여행을 마치고

담헌 홍대용,
그는 누구인가

담헌은 의문 나는 점은 숨기지 않고 과감하게 물었다. 스승의 앞이라도 비판할 만한 일에는 서슴지 않고 곧은 말을 쏟아 냈다. 그는 의문을 제기하는 것 자체가 잘못이라고 생각하지 않았다. 그에게는 곧은 성품과 회의하는 정신이 있었다.

서울 부잣집 도련님

담헌湛軒 홍대용洪大容은 1731년 충청도 청주 수촌壽村에서 태어났다. 수촌은 지금은 천안시에 속한다. 충청도에서 태어나고 자랐으니 담헌은 충청도 사람이다. 하지만 담헌은 서울 사람이기도 하다. 조선의 양반은 17세기 후반부터 서울에 대대로 살면서 벼슬을 하는 경화세족京華世族과 지방에 살면서 벼슬길에서 멀어진 향반鄕班으로 나누어졌다. '경화'란 서울이란 말이다. 경화세족은 경기도와 충청도 일대에 넓은 농토와 집을 따로 두는 경우가 많았는데, 담헌의 집안 역시 그러하였다. 이런 이유로 담헌은 충청도에서 태어난 충청도 사람이면서 동시에 서울 양반이기도 한 것이다.

담헌의 집안은 손꼽히는 명문가였다. 담헌의 6대조 홍진도洪振道, 1584~1649는 인조의 이종사촌이다. 그는 1626년 인조반정에 참가하여 정사공신靖社功臣 3등이 되었고 남양군南陽君에 봉해졌다. 증조부 홍숙洪璛은 충청도와 강원도의 관찰사·호조 참판·승지 등을, 조부 홍용조洪龍祚는 승지·대사헌·충청도 관찰사·호조 참의·대사간 등의 고위관직을 지냈다. 아버지 홍역洪櫟은 과거에 합격하지 못해 문음門蔭⁺으로 지방관을 지냈지만, 대신 숙부 홍억洪檍이 과거에 합격해 출셋길을 달렸으니, 담헌 가문은 명문가로서의 지위를 잃지 않았던 것이다.

담헌은 1741년 열한 살 때 삼화 부사三和府使로 부임하는 조부 홍용조를 따라 평안도의 삼화로 갔다.

⁺
문음 조상의 공으로 과거를 치르지 않고 벼슬 하는 일. 흔히 음직蔭職, 음서蔭敍라고도 한다.

하지만 조부가 부사로 임명된 지 3달 만에 사망하는 바람에 서울로 돌아와야만 하였다. 이것 외에 담헌의 어린 시절에 대한 기록은 남아 있지 않다.

18세기 후반은 서울의 경화세족 사이에 피비린내 나는 당쟁이 벌어졌지만, 그의 집안은 전혀 희생자를 내지 않았다. 이런 이유로 해서 담헌의 어린 시절은 안정적이고 유복했을 것으로 짐작된다.

담헌은 1742년 열두 살 때 김원행金元行, 1702~1772의 제자가 되었다. 김원행은 당대 최고의 명문가인 안동 김씨 집안 사람이지만, 신

김원행 초상
정치에 뜻을 두지 않고 학문에만 열중하여 뭇 선비의 존경을 받았다.

임사화1721~1722 때 조부 김창집金昌集과 아버지 김제겸金濟謙을 잃었다. 이후 당쟁에 염증을 느껴 벼슬에는 마음을 두지 않고 오로지 학문에만 열중하는 학자가 되어 뭇 선비로부터 존경을 받았다. 담헌이 김원행의 제자가 된 데에는 또 다른 이유가 있었다. 김원행은 담헌의 조부인 홍용조의 형 홍귀조洪龜祚의 딸과 결혼하였다. 곧 김원행은 담헌에게 당고모부가 된다. 이런 인연으로 김원행의 제자가 되었던 것이다. 김원행의 집안이 철두철미한 노론이었듯 담헌의 집안도 대대로 노론이었다.

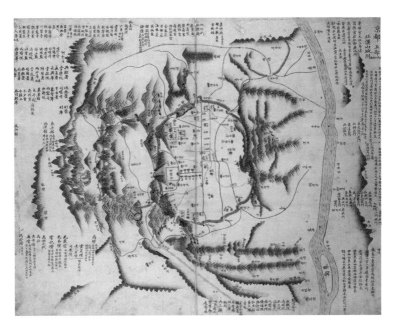

18세기의 서울 지도
담헌의 집은 지금의 남산인 목멱산 기슭에 있었다고 한다.

    담헌은 열여섯 살이나 열일곱 살 즈음에 거문고에 푹 빠지기도 하였다. 때때로 아름다운 기녀와 경치 좋은 곳에서 어울리며 거문고를 연주하느라 집으로 돌아가는 것을 잊을 정도였다고 하니, 십대의 한 때에는 공부를 멀리한 적도 있었던 것이다. 담헌은 이때 배운 거문고를 평생 즐겨 탔고 음악에도 깊은 식견을 갖게 되지만, 기녀와 어울려 공부를 멀리한 것은 평생 후회하였다. 담헌은 열일곱 살 때인 1747년에 이홍중李弘重, 1703-1747의 맏딸 한산 이씨와 결혼을 하였다. 그는 아내에 대해서는 기록을 전혀 남기지 않았다.

궁금한 건 꼭 물어야 하는 청년

담헌은 이십 대에 김원행이 머무르고 있는 경기도 양주의 석실서원을 드나들며 『논어』 『맹자』 『중용』 『대학』 등 유교의 경전을 공부하면서 한편으로는 과거를 준비하였다. 또 아버지 홍역이 지방관으로 부임하면 따라가기도 하였다.

젊은 시절 담헌의 가장 큰 고민은 과거였다. 당시 양반들이 모두 그랬듯 담헌도 과거에 여러 차례 응시하였다. 총명했지만 담헌은 과거에 계속 불합격하였다. 능력이 없었다기보다 학문과 인격 수양에 도움이 되지 않는 과거 공부에 큰 흥미를 느끼지 못한 것 같다. 하지만 당시 양반 가문의 젊은이가 과거에 응시하지 않는다는 것은 있을 수 없는 일이었다. 담헌 역시 주변의 시선과 부모의 기대를 저버릴 수 없어 응시하기는 했으나, 과거를 위한 공부를 계속할 것인가를 두고 엄청난 고민을 한 것 같다.

담헌이 과거를 완전히 포기한 것은 1767년 아버지가 세상을 뜨고 나서이다. 그 뒤 1774년 담헌은 음직蔭職으로 선공감 감역을 시작으로 벼슬길에 나섰다. 이후 여러 지방 수령을 거쳐 1779년 경상도 영천 군수가 되었다. 이것이 그의 마지막 벼슬이었다.

담헌은 벼슬을 하기 위한 공부가 아니라, 인격을 수양하는 공부에 열중하였다. 그는 「자경설自警說」을 지어 몸과 마음을 엄격하게 다스리고자 하였다. 특히 "어른의 앞이라 하더라도 물음에는 반드시 자신의 의견을 다 밝혀야 하고, 구차스럽게 동의하여 어른을 속여서는 안

「석실서원도」

석실서원은 경기도 남양주시에 있던 서원으로, 담헌은 젊은 시절 이곳에서 경서 등을 공부하며 과거 시험을 준비했다.

될 것이다."라고 하여 어떤 자리에서건 자신의 생각을 분명히 밝혀야 한다고 말했다. 담헌의 곧은 성격을 엿볼 수 있는 대목이다.

담헌은 석실서원에서 경전을 공부하면서 의문 나는 점은 숨기지 않고 과감하게 물었다. 예컨대『논어』를 읽다가 공자의 행동까지 비판하는 질문을 스승 앞에서 스스럼 없이 올리기도 했다. 자신이 세운 원칙을 따라 곧은 성품을 그대로 펼쳐 보인 것이다.

담헌은 노론 가문에서 나고 자랐지만, 때로는 소론의 입장에서 노론을 엄중하게 비판하였다. 그는 의문을 제기하는 것 자체가 잘못이라고 생각하지 않았다. 경전의 어떤 부분에 대해서는 주자의 해석도 부정했고, 주자의 제자들이 주자학의 정신을 망쳤다고 생각하였다. 그에게는 곧은 성품과 회의하는 정신이 있었다. 이 곧은 성품과 회의하는 정신은 뒷날 중국 여행 후 담헌의 사상이 바뀌는 데 큰 역할을 하게 된다.

생각을 바꾼 만남

석실서원을 드나들면서 경전을 공부하고 과거 준비에 매진하던 담헌은 어떻게 보면 평범한 경화세족 가문의 젊은이였다. 그런 그에게 1758년 의미 있는 일이 일어났다. 나경적羅景績, 1690~1762을 만난 것이다. 아버지 홍억이 1756년 나주 목사로 부임하자, 담헌은 2년 뒤인 1758년 나주로 간다. 나주에서 아버지의 일을 돕던 담헌은 이듬해인 1759년 동복同福, 지금의 화순 물염정勿染亭에서 나경적을 만난다. 나경적은 당시 중국과 일본을 거쳐 들어온 서양 자명종을 본떠 만들 수 있는 몇 안 되는 사람 중 한 사람이었다. 자명종은 1631년인조 9 7월 진주사陳奏使 정두원鄭斗源이 중국 등주登州에서 서양인 신부 육약한陸若漢[+]으로부터 받아오면서 조선에 처음 소개되었다. 또 1650년 일본에서 효종의 즉위를 기념하여 자명종 하나를 기증하기도 하였다. 이후 북경과 일본에서 자명종이 꽤 들어왔으나 그 원리를 쉽게 이해하지 못했는데, 담헌

[+]
육약한 요하네스 로드리게스Johannes Rodriguez라는 포르투갈 선교사이다.

의 시대에 오면 그 원리를 깨우친 것은 물론 직접 제작하는 사람도 여럿 나타났던 것이다. 아마도 담헌은 나경적이 유명한 자명종 제작자라는 소문을 듣고 방문했을 것이다.

담헌은 나경적이 만든 정교한 자명종을 보고 놀라움을 금치 못했다. 나경적과 몇 시간 대화를 나눈 뒤 그가 서양 과학 기술서를 깊이 이해하고 있는 데다 혼천의를 만들 능력까지 갖춘 과학 기술자라는 사실에 깜짝 놀랐다. 하지만 나경적은 비용이 없어 혼천의를 제작할 수가 없었다. 혼천의에 깊은 관심을 갖고 있던 담헌은 1760년 나경적과 그의 제자 안처인을 나주 관아로 불러 혼천의를 만들게 하였다. 비용은 담헌이 부담하였다. 1년 뒤 혼천의가 만들어졌지만, 너무 크고 복잡한 데다 오류도 있었다. 다시 담헌이 아이디어를 냈고, 작지만 정확한 혼천의를 새로 만들었다. 그것을 전에 구해 둔 서양 자명종과 함께 1762년 수촌의 농수각籠水閣에 설치하였다.

개인이 혼천의를 만든 것은 퍽 이색적인 일이다. 혼천의는 원래 중국 한漢나라 때에 발명된 천문을 관측하는 기구였다. 또 혼천의는 시간을 측정해 표시하는 장치이기도 하였다. 우리나라에서는 1435년세종 17 물의 힘으로 작동하는 수격식水激式 혼천의가 최초로 발명되었다. 임진왜란 때 이 혼천의가 파괴된 후 다시 여러 사람이 제작했는데, 그 중 1669년현종 10에 이민철李敏哲과 송이영宋以穎이 만든 것이 가장 빼어났다. 이민철의 혼천의는 세종 시대의 것처럼 수격식이지만 송이영의 것은 서양 자명종의 원리를 이용해 만든 기계식 혼천의였다. 둘 다 천문을 관측하는 용도는 아니고, 시간을 재는 혼천시계

담헌의 집안에서 나온 것으로 알려진
혼천의의 일부분

였다. 담헌의 혼천의는 바로 송이영이 만든 것과 같이 기계식 혼천의였다. 지금은 남아 있지 않지만, 송이영이 만든 혼천의가 갖는 문제점을 개량한 진일보한 것이었다고 전한다.

담헌의 시대에 북경에는 천주교를 전파하기 위한 목적으로 파견된 서양인 선교사들이 있었고, 그들이 중국의 흠천감欽天監에서 벼슬을 하며 천문역법天文曆法을 관장하고 있었다. 이들은 천주교의 교리서와 세계지도, 지리서, 서양의 천문학과 수학 등을 한문으로 번역한 서적을 펴냈는데, 북경에 갔던 조선 사신단은 이런 책과 지도, 그리고 자명종 같은 서양 물건들을 종종 구입해 왔다. 또 서양인 선교사가 머무르는 천주당은 이색적인 건물은 물론 서양화와 파이프오르간 등을 볼 수 있는 곳이어서 조선 사신단이 북경에 가면 꼭 방문하곤 하였다. 드물기는 하지만, 사신 중 어떤 사람들은 서양인 선교사를 만나 대화를 나누기도 하였다. 담헌의 시대에 북경 천주당은 북경에 다녀온 사람들의 입소문으로, 또 그들의 여행기를 통해 경화세족들 사이에 널리 알려져 있었다.

담헌은 나주에서 나경적과 혼천의를 제작하면서 서양 천문학과 수학을 접하였다. 그리고 혼천의를 완성한 1762년으로부터 불과 3년 뒤 북경으로 떠났다. 천주당을 직접 보고 서양의 천문학과 수학, 자명종을 전해 준 서양 선교사를 만나 궁금한 것을 물어보고 싶은 것이 중요한 동기 중의 하나였다. 나경적을 만난 것이 담헌을 서양 천문학과 수학으로 이끌었고, 마침내는 북경을 방문하게 만들었다고 할 수 있을 정도였으니, 나경적과의 만남은 담헌의 생애에 있어 큰 사건이었다.

조선 사람에게
북경이란

조선 사람이 세계를 엿볼 수 있는 유일한 장소는 북경이었다. 밖으로 나갈 수 있는 대문이 아닌 창문이었고, 그것도 활짝 열린 것이 아니라 좁게 열린 것이지만. 담헌은 이 작은 창문을 통해 조선의 바깥을 보려고 염원했다.

조선 사람의 '세계'

담헌이 살았던 18세기 후반 조선 사람이 갈 수 있는 외국이란 중국과
일본 두 나라에 불과하였다. 그마저도 국가에서 파견하는 사신단의
구성원이 되어야 가능하였다. 개인적으로는 갈 수가 없었다. 그렇다
고 사신을 자주 파견하는 것도 아니었다. 일본에 파견한 사신, 곧 통
신사는 18세기를 통틀어 불과 네 번 보냈을 뿐이다. 중국에는 이보다
훨씬 자주 보냈지만, 조선 전기에 비하면 아주 줄어든 것이다.

조선 전기에는 명나라에 정조사正朝使·성절사聖節使·천추사千秋使·
동지사冬至使·사은사謝恩使·주청사奏請使·진하사進賀使·진위사陳慰使
등 갖가지 명목의 정기적·비정기적인 사신단을 끊임없이 보냈다. 하
지만 청淸나라가 들어선 후 청은 조선에 1년에 단 한 차례의 사행만
허락했다. 동지사가 그것이다. 동지사행은 북경에 머물며 1월 1일을
맞이했던 것이니, 사실상 설날을 축하하기 위해 파견된 정조사를 겸
한 것이었다.

청이 사행을 1회로 제한하고 일본과의 관계까지 성글어지자, 조선
은 국제 관계에서 차츰 고립되었다. 하지만 나라 밖 세계는 딴판으
로 바뀌고 있었다. 처음에는 포르투갈과 스페인이, 이어서 네덜란드
와 영국의 상선과 군함, 해적선이 식민지에서 은과 노예와 약탈품을
싣고 대양을 횡단했고, 동남아시아를 거쳐 마침내 중국과 일본의 항
구에 닻을 내리고 있었다. 서양 선교사들도 새로 개척된 항로를 따라
세계 각지로 퍼져 나갔다. 마테오 리치는 1583년 9월 중국 광동의 조

망원경과 양금
조선은 청나라에서 서양산 물건을 접하면서 간접적으로나마 서양을 체험할 수 있었다.

경肇慶에 도착하여 이내 북경으로 올라가 서양 서적을 번역하고 세계지도를 만들었다. 그의 후계자들은 북경에 천주당을 짓고 천주교를 전파하기 시작했다. 중국과 일본까지 세계화의 바람에 쏠려 들어가고 있었던 것이다. 하지만 조선은 그 변화를 충분히 인지하지 못하고 있었다.

조선이 세계를 엿볼 수 있는 유일한 장소는 북경이었다. 사신단이 중국에 간다는 것은 곧 북경으로 가서, 오직 북경에만 머문다는 것을 의미했다. 예컨대 오늘날 한국인에게도 잘 알려진 장안과 낙양, 강남의 항주와 소주에는 갈 수가 없다. 이런 상황에서 1년에 한 차례 방문하는 북경은 조선이 세계를 엿볼 수 있는 유일한 창이었다.

조선 사신단은 북경에서 외국인을 만날 수 있었다. 청은 제국이어서 오키나와와 베트남·러시아·몽고·라오스 등에서 사신을 보냈고, 북경에서 그들과 접촉할 수 있었던 것이다. 게다가 천주교 성당에서는 서양인을 만날 수도 있었다. 또 사신단은 숙소를 찾아오는 책장수로부터, 유리창琉璃廠과 융복시隆福市 등의 서적 시장에서 마테오 리치 이래 서양인 신부들이 한문으로 번역한 천문학과 수학 분야의 과학기술서, 지리상의 발견 이후 제작된 아프리카와 아메리카를 포함하는 세계지도와 그것의 해설서인 지리서, 천주교 서적 등 이제까지 읽지 못했던 서적과 망원경·자명종·유리거울·안경·양금과 같은 서양 물건을 구입할 수 있었다.

'북경의 서양'으로 같은 시대 서양을 정확히 인지할 수 있었던 것은 아니다. 하지만 그것으로 인해 중국과 일본 이외의 다른 세계가 존재한다는 것을 알 수 있었다. 이런 의미에서 북경은 조선 사람에게 세계로 열린 유일한 창이었던 것이다. 열고 나가서 바깥으로 나갈 수 있는 대문이 아닌 창문이었고, 그것도 활짝 열린 것이 아니라 좁게 열린 것이지만. 담헌은 이 작은 창문을 통해 조선의 바깥을 보려고 염원했던 것이다.

누가, 어떻게 북경에 갔을까

조선 사람 중에 북경에 갈 수 있는 사람은 얼마 되지 않았다. 일정한 범위 안의 사람만이 북경에 갈 수 있었다. 사신단의 정사·부사·서장관, 곧 삼사三使라 불리는 사람이 공식 사신이었고, 그 외에는 역관이나 짐꾼 등이 동행하였다. 양반이라도 삼사를 제외하고는 사신단에 낄 수 없었다. 그렇다면 누가 삼사가 될 수 있었던가. 오직 경화세족만이 삼사가 되어 북경에 갈 수 있었다. 당파로 보면, 경화세족 중에는 노론이 가장 많고 소론이 그보다 조금 적었으며, 남인 중에는 극소수만이 경화세족을 구성하고 있었다. 그런데 담헌은 노론 경화세족이기는 했지만, 관료가 아니었기에 삼사가 될 수 없었다. 하지만 관료가 아니라 해도 북경에 갈 기회는 있었다. 경화세족의 자제들이 오직 유관遊觀, 즉 돌아다니면서 구경을 하기 위해 사신단을 따라 북경으로 가기 시작한 것이다. 『노가재연행일기』의 저자 김창업金昌業은 1712년 11월 사은 겸 동지사로 파견된 형 김창집金昌集을 따라갔고, 『열하일기』를 쓴 박지원 역시 영조의 사위였던 삼종형 금성위 박명원朴明源이 건륭제의 칠순을 기념하는 진하사절로 파견되자, 그를 따라 북경에 갈 수 있었다. 이처럼 공식적인 임무 없이 순전히 유람을 위해 북경에 간 사람은 대부분 경화세족의 자제였다. 담헌도 숙부 홍억이 서장관이 되자 그를 수행하는 군관軍官의 자격으로 북경에 갈 수 있었다. 또 담헌과 함께 사신단을 따라간 김재행金在行은 서얼이기는 하지만, 부사 김선행金善行과 육촌 사이였다.

경화세족 자제들은 공식 임무가 없어 북경을 훨씬 더 자유롭게 구경할 수 있었다. 또 담헌처럼 삼사를 수행하는 양반 자제들은 그들에 버금가는 높은 대우를 받았다.

서장관 일행을 삼방三房이라 부르고, 데리고 다니는 심부름꾼 종들에 이르기까지를 모두 상上·부副 두 방에서 번갈아 대접하는데, 사신을 수행하는 하급 군관인 비장裨將에 대한 대우는 사신에 다음갈 정도로 융숭했다.

비장도 곧 양반 자제들이었다. 이들은 이런 특권을 이용해서 북경을 두루 다니며 구경할 수 있었던 것이다.

오랑캐의 나라

병자호란1636~1637 때 조선은 한때 신하라 일컬으며 조선 조정을 찾았던 오랑캐 여진족에게 허망하게 항복했다. 인조는 1637년 1월 남한산성에서 추위와 굶주림에 시달리다가 결국 성을 나와 삼전도의 얼어붙은 땅에 꿇어앉아 청 태종에게 절을 올리며 항복을 했던 것이다. 임진왜란 때 조선을 도왔던, 또 조선 사람들이 문명의 중심이라 했던 명 역시 이자성의 반란으로 망한 뒤 청의 차지가 되고 말았다. 문명의 중심이 '야만'이라고 우습게 본 오랑캐 여진족의 차지가 된 것은, 조선의 지배층에게 이루 말할 수 없을 정도의 큰 충격이었다. 조선 지배층은 혼란스러웠고 속이 쓰라렸다.

　조선의 지배층, 특히 담헌이 북경으로 가려 했을 때 국가 권력을 장악하고 있던 노론은 문명의 중심이자 부모의 나라, 임진왜란 때 조

삼전도비에 새겨진 인조의 항복 모습

선을 도운 명에 대해 충절을 지켜야 한다는 대명의리對明義理를 조선
사람 모두가 가져야 한다고 주장했다. 또 중화中華 곧 문명화한 중국
과 미개한 오랑캐를 엄격히 구분하여, 중국을 위해 오랑캐를 물리쳐
야 한다는 화이론華夷論에 입각해, 조선이 명을 위해 청에 복수해야
한다는 북벌北伐을 국가정책의 기본으로 삼고 있었다. 이런 생각을
존주론尊周論이라 부르기도 하였다. 춘추시대에, 비록 쇠미하기는 했
지만 명분상 천자의 나라였던 주나라를 존중하고 이적夷狄, 곧 오랑
캐를 물리치자는 존주양이론尊周攘夷論과 기본적으로 같은 아이디어
였기에 줄여서 존주론이라고도 한 것이다. 또 조선의 양반들은 중국
이 오랑캐 청에 의해 짓밟히고 오염되었으므로, 중국의 문명 곧 중화

문명은 오직 조선만이 보유하게 되었다는 생각, 곧 소중화小中華 의
식을 갖게 되었다. 이 모든 것은 청에 대한 증오심에서 나온 것이었
다. 따라서 대명의리와 소중화 의식은 허구에 불과한 것이고, 청의
중국 지배를 끝장내겠다는 북벌 역시 실현 불가능한 것이었다. 하지
만 조선에서 그 논리를 공개적으로 비판하거나 부정할 수 있는 사람
은 없었다.

북경에 파견되는 사신단은 이런 생각을 가지고 청에 갔고, 청을 바
라보았다. 우스꽝스럽지만 귀국한 사신들은 심심찮게 청의 정치가
혼란스러우며 오랑캐의 운수가 얼마 남지 않았다고 보고하곤 하였
다. 조선 사신단은 북경에서 청의 정치 상황에 대한 정확한 정보를
얻을 통로 확보가 어려웠으니, 그 보고가 정확할 리가 없었다. 담헌
역시 화이론과 소중화 의식을 갖고 있는 사람이었다. 담헌은 북경에
서 사귄 중국 지식인 엄성과 반정균에게 이렇게 말한다.

천하가 한 집인데, 집 안에서 사사로이 주고받는 대화가 무슨 해로움
이 있겠습니까. 동방에 있을 때 이곳 소식을 들으니 해마다 재변이 많
고 민심이 소란스러워 천하가 평안하지 못하다고 하더군요. 실상은
어떠합니까.

'재변과 민심의 소란스러움으로 천하가 평안치 못함'을 애써 확인
하려는 물음 자체가 청이 속히 망하기를 바라는 심리에서 나온 것이
었다. 북경에 파견되는 사신들은 누구나 그런 마음이 있었다. 하지만

청이 대륙을 지배한 뒤 담헌의 시대까지 오랑캐의 제국은 망하지 않았다. 강희·옹정·건륭의 세 황제를 거치면서 청은 약 1세기 반 동안 절정기를 구가하고 있었다. 반면 조선은 온갖 문제와 모순에 직면해 있었다. 양반 사족은 정치권력을 두고 분열을 거듭했고, 토지의 사적 소유가 확립되자 대다수 농민이 경작지를 잃고 빈민이 되는 등 조선은 피폐와 가난의 수렁으로 빠져들고 있었다. 이런 상황에서 대명의 리와 북벌을 주장하는 사신단은 북경에서 청의 번영을 목격했다. 사신단은 그 번영을 어떻게 이해했을까. 또 담헌은 청의 번영을 보고 어떤 생각의 변화를 겪었을까.

상상한 오랑캐,
마주한 청

담헌이 압록강을 건너자마자 목도한 것은 번영하는 중국이었다. 18세기에 중국으로 파견된 사신단은 누구라고 할 것 없이 북경을 보고 충격을 받았다. 다만 그들은 그것을 공식적으로 인정하지 않았다. 청은 여전히 오랑캐였고, 복수해야 할 대상이었기 때문이다.

꿈꾸던 그곳으로

『을병연행록』의 첫머리에서 담헌은 북경행의 목적을 이렇게 밝히고 있다.

우리나라의 예악문물이 비록 작은 중화로 일컬어지나, 터가 백 리를 열린 들이 없고 천 리를 흐르는 강이 없으니, 땅이 좁고 산천이 막혀 중국의 한 고을만도 못하다. 그 가운데서 사람들이 눈을 부릅뜨고 구차스럽게 영리를 도모하며, 팔을 걷어붙이고 사소한 득실을 다툰다. 스스로 넉넉하다 여기는 마음씨와 악착스런 생각 때문에 세상 밖에 큰 일이 있고, 천하에 큰 땅이 있는 줄 알지 못하니, 어찌 가련치 아니한가. 중국은 천하의 종주국이요, 교화의 근본이다. 의관제도와 시서문헌이 온 세상의 기준이 되는 곳이로되, 삼대三代 이후로 성왕이 나지 않아 풍속이 날로 쇠약해지고 예악이 점점 사라졌다. 이때 변방의 오랑캐가 군사의 강함을 믿고 중국이 어지러운 틈을 타 침범하여 오랑캐의 말이 서울의 물을 마시니, 조정이 몽고와의 화친을 강론하여 백성이 창끝과 살촉에 걸리고 왕풍王風이 형극荊棘의 고통 속에 버려졌다*. 그로부터 천여 년이 지나지 않아 원나라가 중국을 차지하니, 중국에 액운이 극진하였다. 그러더니 대명大明이 일어나 척검斥劍을 이끌어 오랑캐를 소탕하고 남경과 북경의 천험天險에 웅거하여, 예악의관의 옛 제도를 하루아침에 회복하였으니, 북원北苑의 넓음과 문치文治의 높음이 한漢·당唐보다 낫고 삼대에

* **왕풍이~버려졌다** 왕자의 교화가 가시덤불에 버려졌다는 뜻

비길 만하였다.

이때 우리 동국이 고려의 쇠란함을 이어 청명한 정교와 어질고 후덕한 풍속이 중화의 제도를 숭상하며, 오랑캐의 고루한 습속을 씻어 성신聖神으로 위를 이으시고 명현明賢이 아래로 일어났다. 중국이 또한 예의가 있는 나라라고 인정하여 불쌍히 여기시고 중국의 한 나라와 같이 은혜를 베풀었으니, 사신과 벼슬아치가 사행길에서 서로 만나고, 중국 사신들의 시가 우리나라의 이목을 흔들어 대었다.

슬프다! 사람이 불행하여 이같이 융성한 때를 만나 한관漢官의 위의威儀*를 보지 못하고, 천계天啓, 명나라 희종의 연호 이후 간신이 조정을 흐리고 도적떼가 천하를 어지럽혀, 만여 리 금수산하를 하루아침에 건로建虜, 청의 기물器物을 만들어 삼대의 남은 백성과 성현의 끼친 곳이 다 머리털을 자르고 호복胡服을 입어 예악문물에 다시 상고할 것이 없으니, 이러하므로 지사와 호걸이 중국 백성을 위하여 잠깐의 아픔을 참고 마음을 삭일 뿐이다.

그러나 문물이 비록 다르나 산천은 의구하고, 의관이 비록 변하나 인물은 고금이 없으니, 어찌 한번 몸을 일으켜 천하의 큼을 보고 천하의 선비를 만나 천하의 일을 의논할 뜻이 없겠는가. 제 비록 더러운 오랑캐가 중국을 차지하여 1백여 년 태평을 누리니, 그 규모와 기상이 어찌 한번 보암직하지 않겠는가. 만일 오랑캐의 땅은 군자가 밟을 바 아니요, 오랑캐의 옷을 입은 인물과는 더불어 말을 못 하리라 하면 이것은 편벽한 소견이요, 어진 자의 마음이 아니다.

*
한관의 위의 후한의 광무제가 왕망을 무찌르고 즉위하자, 늙은 관리가 눈물을 흘리며 "오늘 한관의 위의를 다시 보게 될 줄은 생각지도 못했습니다."라고 한 데서 나온 말로 중국 관리의 복식과 의장, 예의 등을 상징한다.

『연기』와 『을병연행록』
담헌은 북경 연행 과정을 한문본과 한글본으로 남겼다. 처음 한문으로 기록하여 『연기』라
하였으나, 어머니 등 여성들도 읽을 수 있도록 한글로 옮겨 적어 『을병연행록』이라 하였다.

이러하므로 내 평생에 한번 보기를 원하여 매일 근력을 기르고 정도程度를 계량하며, 역관을 만나면 중국말을 배워 기회를 만나 한번 쓰고자 하였다.

담헌은 조선이 '작은 중화'라고 하지만, 중국의 한 고을에도 못 미치는 작은 나라라는 것을 새삼 일깨운다. 조선 사람은 그 좁은 공간에서 이익을 다투고 분쟁을 일으키며 외부에 거대한 세계가 있는 것을 알지 못한다. 좁은 세계에 살면서도 자신은 넉넉하다고 생각하고, 동시에 내부의 타인에 대해서는 '악착스런 언론' 곧 각박한 언어를 구사한다. 담헌은 당쟁을 에둘러 비판하고 있는 것으로 보인다. 담헌은 이 좁고 각박한 공간인 조선을 벗어나 큰 세계를 경험하고 싶었던 것이다.

담헌은 중국의 역사를 중국과 이적-오랑캐의 대립, 곧 문명과 야만으로 치환하여 개괄하고, 최후로 명이 삼대와 한·당의 문명을 계승한 문명적 정통성을 확보한 왕조라고 생각한다. 하지만 그러한 정통성은 여진족에 의해 오염되었다. 복식과 두발이 호복과 변발로 바뀐 것이 그 증거다. 복식과 두발 형식은 담헌에게 문명의 상징이다. 조선은 여전히 명대의 복식과 두발 형식을 고수하고 있다. 이것이 조선이 작은 중화인 이유이다. 이런 생각을 가졌던 담헌은 뒷날 북경에서 사람들을 만날 때면 끊임없이 복식과 두발 형식의 문제를 제기한다.

청의 중국 지배는 야만에 의해 문명세계가 오염되는, 비정상적인 상태다. 한인과 조선은 청의 지배에서 벗어나 다시 문명세계로 돌아가야 마땅하였다. 그 실현의 방법으로 조선이 내세운 슬로건이 이른바 '북벌'이다. 직접적으로 표현하고 있지는 않지만 "어찌 한번 몸을 일으켜 천하의 큼을 보고 천하의 선비를 만나 천하의 일을 의논할 뜻이 없겠는가."라는 담헌의 반문은 북벌과 관련된 의지를 나타낸다. 하지만 북벌은 이미 현실적으로 불가능한 상황이었다. 오랑캐 청은 이전보다 번영하며 1백 년이 넘는 장구한 세월 동안 태평을 누리고 있기 때문이다. 담헌은 그 이유를 찾아보자고 말한다. 그는 이렇게 말한다.

오랑캐의 땅은 군자가 밟을 바 아니요, 오랑캐의 옷을 입은 인물과는 더불어 말을 못 하리라 하면 이것은 편벽한 소견이요, 어진 자의 마음이 아니다.

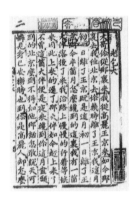

『노걸대』
조선 시대의 중국어 교본
이다.

화이론에 입각해 청을 오랑캐로 여기며 청에 대한 객관적 인식 활동 자체를 거부하는 조선의 극단적 보수주의자를 의식하여 자신의 북경행에 대해 변명을 하고 있는 셈이다.

또 담헌은 자신의 북경행이 오랜 준비의 결과임을 말한다. 담헌은 중국으로 떠나기 전 오랫동안 준비를 하였다. 여행을 대비해 매일 근력을 키웠고, 틈나는 대로 중국어도 익혔다. 역관을 만날 기회가 있을 때마다 공부한 중국어를 시험해 보기도 하였다. 당시 중국과의 외교가 조선에게는 더할 수 없이 중요하였기에, 중국어야말로 으뜸가는 외국어였다. 하지만 조선 후기 양반 관료들은 외국어 학습을 단순한 기능으로 인식하여 그 습득을 천시하고, 외국어는 오로지 역관에게 맡겼다. 사신단이 중국에 파견되어도, 삼사는 중국어로 중국인과 대화할 수 없었고, 오직 역관의 통역에만 의지하였다. 이런 풍조에 반해 담헌은 중국어를 공부했던 것이다.

이렇게 기회를 기다리던 중 숙부 홍억이 1765년 6월 서장관에 임명된 것이다. 담헌의 중국어 실력은 중국에 처음 왔는데도 발음이 정확하다는 평가를 들을 정도였다.

담헌의 중국어가 물론 높은 수준의 대화를 나눌 정도로 능숙한 것은 아니었다. 담헌은 뒷날 일상적인 회화는 가능하지만, 문자나 의미가 깊은 말이나 남쪽 지방 선비들의 말에는 멍하여 귀머거리나 벙어리와 같았다고 하였다. 비록 한계는 있었지만, 담헌이 중국어를 일찍부터 공부했다는 것은 그가 얼마나 북경행을 갈망했고, 철저하게 준비했는가를 알려 주는 사례이다. 그의 북경행은 보통의 경화세족의 자제들과 달랐던 것이다.

서울에서 북경까지 56일

담헌은 동지사행을 따라 11월 2일 서울을 떠났다. 사신단의 상사는 순의군順義君 이훤李烜, 부사는 김선행金善行, 서장관은 홍억이었다. 서울을 떠나 평양에서 11일과 12일을 묵고 13일 다시 길을 떠나서 20일에 의주에 도착했다. 의주에서 압록강을 건너면 중국 땅인 구련성九連城이다. 11월 27일 사신단은 압록강을 건너 구련성에서 천막을 치고 하룻밤을 지냈다.

11월 28일 구련성을 출발해 29일 드디어 책문柵門에 도착했다. 책문은 두 산 사이에 한 길 통로만 남겨 두고 말목을 성벽처럼 촘촘히 쳐 사람의 통행을 막았던 곳이다. 요즘의 공항이나 항구의 출입국관

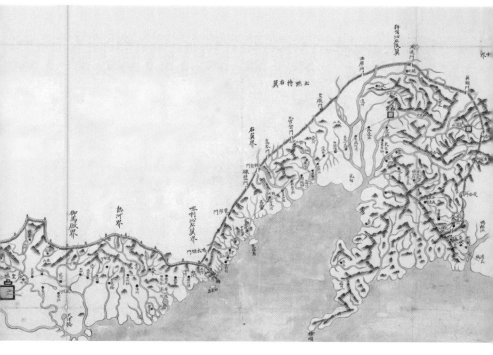

의주에서 북경까지의 사행로

조선 사행단이 서울을 떠나 압록강을 건너 북경에 이르기까지 56일이 걸렸다. 사신단은 일정을 마치고 조선으로 돌아올 때도 갔던 길을 다시 되짚어 돌아왔다.

리사무소에 해당한다. 불법 반입물의 소지 여부를 검사하고 책문을 통과한다. 책문을 통과한 사신단은 11월 30일 봉황성에서 하루를 잤다. 중국 땅에서의 하루가 시작된 것이다.

봉황성을 출발한 것은 12월 1일이고, 북경에 도착한 것은 12월 27일이다. 거의 한 달이 걸려 목적한 곳에 도착한 것이다. 그 경로와 일정은 지도를 보면 간단히 알 수 있다.

12월 1일 봉황성을 떠난 사신단은 솔참에 이르러 숙소를 정했고, 2일 아침 솔참을 떠나 통원보에 이르렀다. 3일 통원보를 출발해 연산관 숙소에 들었고, 4일 저녁에는 감수참에 도착했다. 이어 낭자산, 냉정 중화첨, 석문령을 거쳐 6일 신요동 숙소에 도착했다. 요동은 원래 광활한 들판으로 유명한 곳이라 담헌은 여기서 중국의 광대함에 놀라게 된다.

담헌은 7일 신요동을 떠나 난니보, 십리포, 야리강, 백탑보를 거쳐 8일 심양에 도착한다. 심양은 청 태조와 태종이 원래 청의 수도로 정한 곳으로 매우 번화한 도시였다. 담헌은 태학의 조교 납영수拉永壽의 집에 숙소를 정하고, 8일과 9일 심양의 번성한 푸자상점를 구경하고는 감탄을 금치 못한다. 10일 심양을 출발해 대방신·신민둔·백기보·소흑산을 거친 뒤 13일 의무려산醫巫閭山을 지나 저녁에 신광녕에 도착한다. 담헌은 이때 의무려산을 오르지는 못하고 귀국할 때 오른다. 의무려산은 그에게 어떤 영감을 주었던 것 같다. 담헌의 최고 저작 중의 하나인 「의산문답醫山問答」이 '의무려산에서의 문답'이란 뜻이니 말이다.

담헌은 홍릉점, 여양역, 십삼산, 송산보, 행산보, 연산역을 지나 16일에 영원성에 도착했다. 영원성은 명의 장수 원숭환袁崇煥, 1584~1630이 1626년 청의 군대를 패배시킨 곳이고, 또 원래는 원숭환의 부하 장수였던 조대수祖大壽와 조대락祖大樂이 청의 군대를 막다가 항복한 곳이라 담헌은 착잡한 생각에 잠긴다.

17일 영원성을 떠나 사하소의 음식점에서 점심을 먹다가 주인

곽생郭生에게 큰 감명을 받는다. 곽생은 원래는 과거를 공부하던 사람이었다. 그는 과거를 포기하고 음식점을 하고 있었는데, 과거를 포기한 사람이 왜 지금도 책을 읽느냐는 조선 사신단의 질문에 책은 꼭 과거만을 위해서 읽는 것이 아니며, 자신은 깨끗한 술과 밥을 준비해서 손님을 맞이하여 약간의 이익으로 가족들이 먹고 살 뿐 세상의 명예와 이익에는 관심이 없다고 답했다. 담헌은 곽생의 말에 큰 감명을 받는다. 담헌은 이어 동관역과 중후소를 거치는데, 중후소는 조선으로 수출되는 감투와 관을 만드는 공장이 밀집되어 있는 곳이다. 담헌은 그곳을 찾아가 노동자들의 작업을 관찰했다.

19일 산해관에 도착한 다음 만리장성이 끝나는 바닷가 망해정에서 담헌은 광활한 바다를 보고 감격에 겨웠다.

21일 담헌은 유관을 출발하여 무녕현·호두석·사하역·진자점을 거쳐 23일에 풍윤현, 24일 옥전현에 이르렀다. 풍윤현과 옥전현은 원래 벼슬하는 사람이 많은 곳이었다. 그러나 이곳에서도 담헌은 대화할 만한 지식인을 만날 수 없었고, 이와 같은 현실을 한탄하자, 역관들이 과거 옥전의 지현知縣*이 조선 사신단의 옷을 가져오라 하여 입어 보고, 명대의 복식과 같다며 아주 슬퍼했다는 이야기를 하였다. 이 이야기는 담헌에게 강렬한 인상을 주었고, 그는 이 이야기를 뒷날 엄성과 반정균에게 전한다. 옥전현에서 북경까지는 불과 사흘 일정이었다. 담헌은 방균점과 계주, 그리고 삼하를 거쳐, 27일 북경에 도착했다.

지현 중국 송나라와 청나라 때에 둔 현의 으뜸 벼슬아치

1766년의 북경

일행은 11월 2일 서울을 출발하여 12월 27일 북경에 도착했으니, 서울에서 북경까지 56일이 걸렸다. 거의 두 달이다. 그리고 1766년 3월 1일 북경을 출발하여 귀국길에 올랐으니, 북경에서는 모두 61일을 머물렀다. 역시 두 달 남짓이다. 북경에서 머무른 두 달의 경험은 뒷날 담헌의 생각에 큰 변화를 가져왔고, 서울의 경화세족 사회와 18세기 말 19세기 초 조선의 문화에 큰 영향을 끼친다.

1765년 중 북경에 머무른 것은 12월 28일과 29일뿐이다. 27일 북경에 도착했고, 28일에는 정사·부사·서장관 등 삼사가 조선에서 보낸 공식 외교 문서인 자문을 예부에 바치는 데 따라갔다. 1766년 조참朝參⁺을 위해 28일 외국 사신단을 대상으로 한 조참 예행연습이 있었고, 조선 사신단도 참석해야만 하였다. 담헌은 29일 예행연습을 구경하러 갔다.

28일 부사 김선행은 담헌에게 1월 1일의 조참에 참석할 것인가를 물었다.

"내일 조참에 어떻게 하겠는가?"

"이왕 이곳에 왔으니 조참하는 거동을 볼만하지만, 이전에 왔던 가재稼齋⁺는 참석하지 않았습니다. 저 또한 들어가지 않기로 정하였습니다."

"조참은 큰 구경거리이고, 그대 삼촌도 들어가는데, 오랑캐의 조정에 한번 꿇는 일을 어찌 홀로 면코자 하는가?"

⁺
조참 황제에게 벼슬아치들이 문안을 드리는 일

⁺
가재 노가재 김창업을 말한다. 그는 『노가재연행일기』에서 조참에 참여하지 않았다고 했는데, 담헌은 그 사실을 들어 자신도 참여하지 않겠다고 한 것이다.

"삼촌은 벼슬이 있어 나라의 명을 받자왔으니, 이보다 심한 일이라도 사양치 못하지요. 저는 벼슬이 없고 나라의 명이 없으니, 한순간의 구경을 위하여 몸을 욕되게 하는 것이 제 본심이 아니요, 또 이곳에 이르러 비록 허물이 없으나 선비 몸으로 관대를 갖추는 것이 심히 편치 않습니다."

김선행은 담헌의 말에 웃었다. 조참에 정식으로 참여한다면, 일단 관복을 입어야 하고, 의식절차에 따라 황제에게 예를 올려야 한다. 하지만 담헌은 조참의 반열에서 '오랑캐의 조정에 몸을 꿇는', '스스로 몸을 더럽히는' 일을 할 수 없기에 조참에 참여할 수 없으며, 자신은 또 선비의 몸으로 왔기에 관복을 입을 수 없다는 것이다. 청을 오랑캐로 보는 철두철미한 대명의리를 고수하고 있었던 것이다. 이런 생각과 태도를 그는 중국 여행 내내 바꾸지 않았다. 다만 정식으로 조참에 참여하지는 않고, 검은 군복을 입고 사신단을 따라가 조참하는 광경은 구경하였다. 청의 황제는 조선 사신단에게 은과 비단을 차등을 두어 하사했는데, 담헌은 그것조차 받으려 하지 않았다. 담헌의 청에 대한 비타협적 자세를 충분히 읽어낼 수 있는 대목이다.

1월 1일 조참에서 물러날 때 조선 사신단의 의복을 유심히 보는 관원 두 사람이 있었다. 담헌은 그들이 명明을 그리워하는 마음을 갖고 있다고 판단하고 두 사람과 간단히 대화를 나눈 뒤 헤어졌는데, 뒷날 그들을 찾아보기로 작정했다.

1월과 2월 담헌의 북경 체류를 간단히 정리해 보자. 먼저 1월이다.

북경에서의 1월

1	2	3	4	5
조참 구경	조선관	조선관	연극관람	태학, 부학, 문승상묘, 옹화궁
6	7	8	9	10
조선관	조선관	조선관	남천주당	진가의 점포
11	12	13	14	15
유리창	옹화궁, 태학	천주당	법장사	조선관
16	17	18	19	20
관등	오룡정, 홍인사	유리창	천주당	오상, 팽관
21	22	23	24	25
조선관	유리창	오상, 팽관 (서길사청)	몽고관, 동천주당	북성 밖
26	27	28	29	30
유리창	조선관	조선관	융복사 시장	유리창

1월에는 2·3·6·7·8·15·21·27·28일, 곧 30일 중 9일을 조선관에 머물렀다. 2월에는 20일을 조선관에 머물렀다. 두 달을 합쳐 30일을 조선관에 머물렀고, 30일을 시내로 나간 것이다. 원래 북경 구경을 목적으로 했던 담헌이 두 달 중 한 달을 조선관에 머문 것은, 외출이 그리 자유롭지 않았기 때문이다. 담헌의 말을 직접 들어보자.

사신단이 북경에 도착하면 명조 때부터 출입을 금지하여 마음대로 나가서 구경을 다닐 수 없었다. 사신이 글을 올려 청하면 간혹 허락하기도 했지만, 간섭하는 일이 없지는 않았다.

청이 중국을 다스린 뒤로 전쟁이 끝난 지 얼마 되지 않아 의심이 여전하여 더욱 출입 관리를 엄하게 금했다. 강희康熙 말년에 와서 천하가 안정이 되자, 조선은 근심거리가 되지 않는다고 생각했는지 금지령이 조금 풀렸다. 그래도 구경이라도 할라치면 물을 길러 간다는 핑계를 대어야만 했고, 공공연히 드나들 수는 없었다.

수십 년 전부터는 태평세월이 지속되어 법령이 점차 느슨해지고 드나드는 데도 거의 간여하지 않았다. 다만 사신을 따라간 자제들이 구경에만 넋을 잃어 금지구역을 가리지 않아 회동관의 관리들이 법으로 다스리기도 하였던 것이다.

그럴 경우 자제들은 아비와 형의 세력을 믿고 역관들을 꾸짖어 드나드는 길을 열게 하고, 역관들은 안으로는 자제들의 노여움에 몰리고 밖으로는 청 관리의 위세가 두려워 부득이 공용은公用銀*을 가지고 아문에 뇌물을 쓰는 것이다.

명대에도 조선 사신단의 북경 출입은 그리 자유롭지 않았고, 청이 들어선 이후로 상당 기간 청은 조선을 의심하여 사신단의 북경 출입을 금지하였다. 그러다 체제가 안정되기 시작한 강희 말년부터 비로소 금지령이 완화되기 시작했다. 하지만 출입이 완전히 자유로워진 것은 아니었다. 구경을 위해 사신의 자제들이 금지 구역까지 드나들어 종종 문제를 일으켰고, 이에 외국 사신의 접대를 맡아보던 중국 관리들이 출입을 통제했던 것이다. 그러자 자제들은 아비와 형제의 세력을 믿고 역관들을 닦달했고, 역관들은 관청에 뇌물을 바쳐 금지를 풀고자 하였다. 이런 이유로 역관들은 구경을 위해 따라온 삼사의 자제를 원수처

*
공용은 북경에 파견되는 사신단이 여행의 편의와 정보 수집 등을 위해 마련한 경비

럼 여겼고, 유람에 관한 것이라면 그저 숨기려고 하였다고 한다.

담헌은 이런 상황을 미리 알고 있었다. 출입의 자유를 얻기 위해 역관을 너무 믿어서도 안 되고, 역관을 너무 다그치다가 원망을 사서도 안 된다는 것을 알았던 것이다. 그래서 직접 회동관 관원들과 접촉하기로 하고, 뇌물로 쓸 은자 2백 냥과 종이와 부채 등의 선물을 미리 준비해 갔다. 북경 도착 직후인 1월 2일 담헌은 역관을 불러 자신이 직접 해당 관청의 관리를 만나 출입 문제를 해결하겠다고 말했다. 담헌은 회동관의 벼슬아치인 사주한史周翰과 여러 통역관을 만나 자유롭게 외출할 수 있게 해 달라고 부탁했다. 하지만 사주한은 끝내 허락하지 않았다.

4일에 종이와 부채·먹·청심환 등을 사주한과 통역관들에게 선물로 보냈고, 마침내 사주한의 허락을 받았다. 그날 담헌은 정양문 밖으로 나가 상점가를 구경하고 「비취원翡翠園」*이란 연극을 관람했다. 연극배우들의 복식, 곧 망건과 사모관대 등이 명의 것이었다. 담헌은 명의 복식이 남아 있는 것을 보고 깊은 감명을 받는다.

5일에는 북경성의 동북쪽 모서리에 있는 태학·부학·문승상묘·옹화궁을 보았다. 옹화궁의 규모와 화려함은 놀라웠다. 조선의 성균관에 해당하는 태학은 공부하는 선비들을 만나려고 방문한 것이지만, 새해 보름 전부터 머무는 사람이 없어 매우 아쉬워하였다.

4일과 5일에는 조선관을 나가 구경을 할 수 있었으나, 출입 문제가 완벽하게 해결된 것은 아니었다.

*
비취원 청 초기 희곡 작가인 주소신의 작품. 작품으로는 「십오관十五貫」, 「만년상萬年觴」, 「취보분聚寶盆」 등이 있다.

연극 공연 장면
담헌은 연극 공연을 보고 큰 감명을 받았는데, 공연의 내용이 아니라 배우들이 사모관대
등 명대의 복식을 하고 있었기 때문이다.

회동관의 6품 대통관大通官 서종맹徐宗孟이 말썽이었다. 서종맹은 오
랫동안 조선 사신단에 관한 일을 도맡아 조선에까지 이름을 뜨르르
하게 알렸던 서종순徐宗順의 동생이었다. 서종순이 죽자 서종맹이 일
을 이어 맡았는데, "성품이 사납고 탐욕스러운 데다가 조선말도 잘해
일처리가 보통사람보다 훨씬 기민하였으므로 모든 역관은 그를 범
이나 이리처럼 무서워하는" 그런 인물이었다. 담헌이 애초 서종맹과
접촉할 수 없었던 것은 마침 그가 병을 앓아 관아 밖에 나가 있었기
때문이다.

1월 6일 담헌은 조선관에 머물렀다. 바람이 거세게 불어 구경을 나
가기에 적당하지 않고, 또 연달아 구경을 나가면 관아에서 말이 있

을 것 같았기 때문이다. 그 대신 벼슬아치 명단을 한 권 구입해서 1월 1일 조참 때 만난 두 한림翰林의 이름이 오상吳湘과 팽관彭冠이라는 것과 거주지를 알아내었다. 담헌은 이들을 찾아가 볼 요량이었다.

7일 담헌은 그토록 보고 싶었던 천주당을 찾아가려고 천주당 쪽에 방문의사를 전했지만, 공무로 바빠 20일 후에나 만날 수 있다는 답이 돌아왔다. 이날은 또 우려했던 일이 터졌다. 조선 역관들이 중국 통역관 오임포烏林哺의 초대를 받아 그의 집으로 가는 바람에, 서종맹이 관아로 돌아왔을 때 접대하는 역관이 한 사람도 없었던 것이다. 비위가 상한 서종맹은 다시 출입을 금지시켰다. 역관들은 '서종맹이 죽기 전에는 북경을 다니기 어려울 것'이라며 외출을 거의 포기하는 분위기였다.

담헌은 며칠 기다려 보자는 의견을 물리치고, 자신의 몫으로 온 설 음식 두 상 중 한 상을 서종맹에게 보냈다. 자제군관이 중국 통관에게 설 음식을 보내 대접한 것은 처음이었다. 서종맹은 감동하였고, 이내 담헌을 찾아와 감사를 표했다.

"전에는 북경에 오는 공자들이 우리를 보면 다 몸을 감추고 사람대접을 하지 않아 평생 괴이하게 여겼는데, 그대께서는 그렇지 아니하니 진정 사귈 만한 사람입니다."

서종맹의 이 말에는 일면의 진실이 있었다. 사신단을 따라온 자제들은 대개 고급 관료 집안 출신이고, 또 역관은 조선에서 양반들이 천시하는 계층이었으므로, 중국인 역관 역시 사람 취급을 하지 않았던 것이다. 이후 곡절이 없는 것은 아니지만, 담헌의 출입은 대체로 자유로웠다.

담헌은 8일에는 외출을 하지 않았는데, 환술幻術, 곧 마술을 하는 사람이 조선관에 들어와 공연을 한다 하였기 때문이다. 대신 천주당에 다시 편지와 예물을 보내 방문을 허락해 줄 것을 정중하게 요청했고, 천주당에서는 9일에 찾아오라는 답을 보내왔다. 그런데 공교롭게도 담헌에게 호감을 갖게 된 서종맹 역시 9일에 중국 음악 연주자를 불러 담헌을 초대하겠다고 하였다. 담헌은 서종맹의 초대에 응한 뒤 천주당에 가기로 하였다.

1월 9일 서종맹의 초청에 응하여 중국 음악을 듣고 음식 대접을 받았다. 담헌은 천주당 방문 약속이 잡혀 있다고 서종맹에게 양해를 구했다. 천주당에서 돌아오면 다시 음악을 듣기로 하고, 곧 관상감 관원 이덕성李德星과 함께 천주당으로 갔다. 북경에는 천주당이 넷 있었는데, 담헌이 방문한 곳은 조선관과 아주 가까운 남천주당이었다. 천주당에서 담헌은 유송령劉松齡과 포우관鮑友官 두 서양인 신부와 오랫동안 대화를 나누고 여러 천문관측 기기를 보았다. 『연기』의 한 꼭지인 「유포문답劉鮑問答」은 그들과의 대화를 기록한 것이다.

담헌이 북경에 온 데에는 중국인 선비를 만나 직접 대화를 하고자 하는 목적도 있었다. 여러 날 전 말몰이꾼 덕형에게 '용한 선비'를 찾아보라 했고, 덕형은 근처 상점에서 과거를 보러 온 남방 출신의 선비 두어 사람을 만나 담헌의 뜻을 전했으나 그들은 모두 거절하였다. 과거가 닥쳐 있어 외국인을 만나고 싶지 않다는 것이다. 덕형은 대신 양혼兩渾을 만나 보라고 권했다. 그는 건륭제의 사촌인 유친왕愉親

王의 아들이었다. 담헌은 양혼이 한인이 아닌 만주족이고 또 황제의 가까운 친척이라는 것이 마음에 걸렸지만, 그가 소리나는 자명종인 문시종問時鐘을 가지고 있다 하자 그것을 볼 요량으로 만남을 주선하라 하였다. 그날 조선 사신단과 거래를 하는 진가陳哥의 점포에서 양혼을 만나 여러 주제로 대화를 나눈 뒤 문시종과 일표日表를 보았고, 헤어질 때 그것들을 빌렸다.

11일에는 유리창琉璃廠에 갔다. 유리창은 서적과 서화, 골동품, 각종 문방구 등을 파는 점포가 몰려 있는 거대한 시장으로 조선 사신단이 북경에 오면 반드시 찾는 곳이다. 담헌은 서책·유리 그릇·옥그릇·그림이 그려진 사기그릇·붓걸이·안경·거울·필묵·벼루·그림·악기 등을 파는 수많은 점포를 보았다. 유리창의 다양하고 풍부한 물화는 담헌에게 충격적으로 다가왔다. 그런 거대한 상점가는 조선에는 없는 것이었다.

담헌은 유리창을 구경하던 중 우연히 금琴 가게를 발견하고 중국 금을 연주할 줄 아는 사람을 찾았다. 자신이 빼어난 거문고 연주자였기에 중국 금에 흥미를 느낀 것이다. 우연의 일치인지는 몰라도 조선 사신단의 상급 통역관인 이익李瀷은 장악원의 요청에 의해 중국 금과 생황을 구입하고 그 연주법을 배워 오는 일을 맡아 이미 이 가게에서 악기를 구입한 터였다. 연주법은 사신단을 따라간 장악원의 악공이 익혔다. 또 금 가게의 주인인 유생劉生은 조선의 장악원 전악典樂에 해당하는 태상시 악관이었는데, 담헌이 방문한 그 시각에 마침 조선관에 불려가서 연주를 하고 있던 중이었다. 이날 장경張經의 점

중국의 금
평소 거문고 연주를 즐겼
던 담헌은 중국 금에 유독
관심을 가졌다.

포도 찾아갔지만, 장경을 만나지는 못했다. 장경은 통역 김복서金復
瑞와 친한 사이라 같이 찾아갔지만 부재중이라 만날 수 없었다. 장경
은 담헌보다 6살이 적은 30세의 젊은이로 당시 흠천감欽天監 박사博
士로 재직하며 유리창에서 점포를 열어 필묵과 거울 등의 다양한 물
품과 골동품을 팔고, 인장도 새기고 있었다. 흠천감은 지금으로 말하
면 중국의 국립 천문대다. 천문학에 관심이 많았던 담헌은 장경이 흠
천감 박사라는 데 끌렸던 것이다.

12일 담헌은 부사 김선행과 함께 옹화궁과 태학에 갔다. 옹화궁은
원래 옹정제의 사저였으나 당시 라마교 사찰이 되어 있었다. 옹화궁
은 북경을 구경하는 사람이라면 누구나 한번 보기 원하는, 화려하기
짝이 없는 '북경 제일의 묘당廟堂'이었고, 담헌 역시 그 화려하고 웅
장한 규모에 넋을 잃었다. 옹화궁을 보고 난 뒤에는 태학으로 갔다.
하지만 공자와 제자의 신위에 만주 글자가 한자와 함께 나란히 씌어
있는 것을 보고는 개탄해 마지않았다. 조선 사람들이 공경해 마지않
는 성인의 위패에 오랑캐의 글자가 나란히 씌어 있는 것을 견딜 수
가 없었던 것이다. 담헌은 이어 석고石鼓*를 보고 태학에서 선비들을
만나보고자 하였으나, 방학이라서 유생이 없었다. 보름 뒤에 오라는
말을 듣고 문승상묘로 갔다. 송宋의 충신 문천상文天祥의 사당이었다.

문천상은 원나라의 침공에 항전하다가 체포된 뒤, 쿠빌라이로부터
벼슬 권유를 받았으나 거절하고 사형을 당하였다. 그런 그의 사당이
심하게 퇴락해 있어 담헌은 개탄해 마지않았다.

13일 양혼에게 빌린 문시종과 일표, 양혼에게 보내는 감사 편지와
선물을 진가의 점포에 맡겼다. 또 이덕성과 천주당을 찾아갔으나 유
송령은 흠천감에 근무 중이고, 포우관은 손님맞이에 바쁘다며 19일
이나 20일 경에 다시 오라고 하였다. 담헌은 유리창을 지나다가 역관
이익과 악사를 만나 유생의 금 가게로 갔다. 가게가 번잡하여 유생에
게 짧은 연주를 듣고 뒷날을 약속하고 돌아왔다.

14일 삼사와 함께 유리창과 천단天壇+을 거쳐 북경성의 남동쪽 끝
에 있는 법장사法藏寺를 구경하였다. 북경의 온갖 구경 중에서 '법장
사 탑에 올라 황성을 굽어보는 것이 최고의 관람'이라는 말이 있었는
데, 담헌 역시 법장사 탑에 오른 뒤 그 말에 동의하지 않을 수 없었다.

이날 양혼과 약간의 시비가 있었다. 전날 담헌이
보낸 선물에 대한 답례로 양혼이 고급 비단 등을 보
냈는데, 담헌은 선비에게 어울리지 않는 선물이라
고 거절했고, 이에 양혼은 다시 문시종을 선물하겠
다고 하였다. 담헌이 거절하자, 양혼은 붓과 먹을
보냈고, 담헌은 다시 답례로 옥잔을 보냈다. 재미있
는 것은 『연기』와 『을병연행록』에는 담헌이 문시
종을 거절한 것으로 되어 있지만, 담헌의 친구 황윤
석黃胤錫, 1729~1791+의 『이재난고』에 의하면, 담헌은

+
석고 주나라 때 돌로 만든 북 모양의
비석

+
천단 중국에서 황제가 하늘에 제사
를 올리는 의식을 행하기 위하여 설
치한 원형의 제단

+
황윤석 조선 후기의 실학자로, 담헌
과 같은 김원행의 문인이다. 북경을
통해 들어온 서구 지식을 조선 사회
에 소개하고 종래의 유학과 서구 학
문의 조화를 꾀하였다.

『이재난고』
이재 황윤석의 일기인데, 여기에는 담헌과 관련된 기록이 꽤 많다. 담헌의 문집에는 없는 내용도 더러 있어 담헌을 연구할 때 빼놓을 수 없는 자료이다.

문시종을 받은 것으로 보인다. 담헌이 가져온 문시종은 당시 높은 벼슬아치와 종실, 부마 등이 돌려가면서 감상했는데, 빼앗으려는 자가 많아 망가졌고, 이에 양혼에게 편지를 보내 수리를 부탁했지만, 편지와 문시종이 모두 사라져 버렸다고 한다.

북경에 머무는 동안 담헌과 양혼은 진가를 사이에 두고 편지를 주고받았다. 문시종 외에는 둘 사이에 특기할 만한 일은 없었지만, 담헌은 양혼을 황제의 조카 신분임에도 무척 예의바르고 소탈한 사람이라고 평가하였다. 이날 금 가게의 유생이 조선관에 들어와 「평사낙안平沙落雁」 12장을 연주했고, 담헌도 유생의 요청에 거문고를 연주했다.

15일 피곤한 데다 바람까지 불어 몽고어 역관 이억성李億成과 몽고관에 가기로 한 약속도 취소하고 조선관에 머물렀다.

16일 중국 상인들이 조선관에 들어와 물건을 팔았다. 담헌은 서종맹의 초청으로 그의 집에 가서 폭죽놀이를 구경하고, 이어 거리로 나가 정월 보름을 기념하여 시가에 내건 화려한 등불을 구경하였다.

17일 자금성 서쪽에 붙어 있는 거대한 인공호수인 태액지太液池와 그 북쪽 끝에 있는 오룡정五龍亭을 둘러보았다. 돌아오는 길에는 회자국回子國 사람이 사는 동네를 찾아가 구경을 하고 그곳 사람들과 잠시 대화를 나누었다. 회자국은 지금의 위구르 지역을 말한다.

18일 이익과 함께 유생의 금 가게에 갔다. 삼사가 오룡정과 천주당을 보자고 했지만, 이미 보았기에 유생의 금 가게로 간 것이다. 물건을 파느라 너무 바쁜 유생을 대신해 장씨 성을 가진 다른 중국 악공에게 「평사낙안」과 「어초문답漁樵問答」 등의 연주를 들었다. 연주는 별 성의가 없었다. 유생은 조선 악공이 연주를 배우고자 하면 은근히 돈을 바라는 사람이었다. 그러니 담헌 일행은 달갑지 않은 손님이었던 것이다.

19일 다시 책력 만드는 것을 문의하기 위해 파견된 관상감 일관日官 이덕성李德成과 천주당을 찾았다. 하지만 천주당 쪽에서는 유송령과 포우관이 밤새 천문을 관측한 탓에 피곤하여 잠을 자고 있다며 거절의 뜻을 전해 왔다. 담헌은 편지와 선물을 보내어 만남을 간절히 요청했고, 그 결과 다시 만날 수 있었다. 이들은 천문학에 대한 문답을 나누었고, 이어 담헌은 관상대를 보자고 요청했지만 거절당하였다. 천체망원경은 볼 수 있었다. 그러나 자명종을 보자는 요청은 거절하였다. 유송령과 포우관은 담헌 일행을 소홀히 대하는 기색이 역력하였다.

20일 팽관의 집을 찾았다. 열흘 전쯤 담헌은 말구종인 세팔을 보내어 만남을 청했고, 팽관은 이미 허락을 한 터였다. 그곳에는 오상도 함께 있어, 세 사람은 간단한 인사를 끝내고, 중국과 조선의 풍속·학문·문학 등을 주제로 필담을 나누었다. 긴 시간 필담이 이어졌지만, 두 사람은 담헌이 기대한 인품과 지식을 갖고 있지는 않았다. 담헌은 실망을 금치 못했다.

21일 조선관에 머물며, 말몰이꾼 덕유를 시켜 팽관과 오상에게 편지를 전하였다. 팽관은 편지를 받은 뒤 편지와 장지, 화전지, 부채 등의 선물을 돌려보내고, 23일 만나자고 하였다.

22일 유구관을 찾아갔지만, 미리 와 있던 회동관의 하인들이 회동관의 우두머리인 제독提督이 와 있다면서 돌아가라고 강요하여 하는 수 없이 조선관으로 돌아왔다. 돌아오는 길에 유생의 금 가게에 들렀으나, 연주가 성의 없어 크게 실망하고 돌아섰다.

23일 한림서길사청翰林庶吉士廳에 가서 팽관과 오상 두 사람과 필담을 나누지만 대단한 내용은 없었다.

24일 몽고관을 찾아가 몽고 추장을 만났다. 이어 동천주당을 찾아갔다. 그곳 역시 남천주당과 같았다. 자명종을 보고 관상대까지는 올라갔지만 내부를 볼 수는 없었다. 흥미로운 것은 성당 내부에 그려진 성화聖畵를 본 담헌의 반응이다. 예수의 죽음을 슬퍼하는 사람들을 그린 그림이었다. 담헌은 "아니꼬워 차마 바로 보지 못하였다."고 하였다. 담헌은 이처럼 천주교에 대해서는 거부감이 있었고 더 이상 알려고도 하지 않았다.

25일 양혼에게서 편지와 선물이 왔다. 주머니와 명나라 시절의 먹이었다. 담헌은 북경성의 북쪽 성문인 덕숭문 밖으로 나가 두루 구경하고 돌아왔다.

26일 양혼이 문시종을 그대로 가지라는 뜻을 전해왔으나, 담헌은 예의를 갖춰 정중하게 거절하였다. 담헌은 이날 팽관이 추천한 국자 감의 학생인 장본張本과 주응문朱應文, 소년 팽광려彭光黎를 유리창 미 경재味經齋 서점에서 만나 필담을 나누었다. 하지만 이들 역시 담헌이 기대하는 수준의 지식인은 아니었다.

27일과 28일 바람이 심하게 불고 피곤하기도 하여 조선관에 머물 렀다.

29일 융복사 시장을 찾아가서 서적과 골동품이 쌓여 있는 시장의 큰 규모를 보고 감탄해 마지않았다.

30일 유리창 장경의 점포에 갔다. 장경과 천문학에 대한 대화를 나 누지만, 기대만큼 통달한 지식을 가진 사람은 아니어서 역시 실망을 했다.

1766년 1월 한 달 동안 담헌은 북경을 두루 돌아다니며 이곳저곳 을 구경하였다. 요즘으로 치면 경승지나 유적지를 찾아가는 관광이 다. 담헌의 북경 체류에 극적인 변화가 일어난 것은 2월이다. 담헌의 여행을 다른 사람의 여행과 결정적으로 구분 짓는 사건이 일어난 것 이다.

2월 1일 조선 사신단의 비장 이기성李基成이 안경을 사러 유리창에 갔다가 엄성嚴誠과 반정균潘庭筠을 만났다. 이기성은 그들에게 안경 을 거저 얻고는, 그들의 인품에 반해 담헌에게 두 사람을 만나 보라 고 권했다. 담헌은 이틀 뒤인 3일 건정동으로 찾아갔고, 이후 그들과 7차례의 만남을 가졌다.

담헌이 3월 1일 북경을 떠나기 직전인 2월 1일부터 29일까지의 일
정이다.

북경에서의 2월

1 조선관	2 천주당	3 엄성과 반정균 (1차)	4 엄성과 반정균 (2차)	5 조선관, 편지
6 태화전, 유리창, 편지	7 조선관	8 엄성과 반정균 (3차)	9 조선관, 편지	10 조선관, 편지
11 서산, 편지	12 엄성과 반정균 (4차)	13 조선관	14 조선관, 편지	15 조선관, 편지
16 조선관, 편지	17 엄성과 반정균 (5차)	18 조선관	19 조선관, 편지	20 조선관
21 조선관	22 조선관, 편지	23 엄성과 반정균 (6차)	24 조선관, 편지	25 조선관, 편지
26 엄성과 반정균 (7차)	27 조선관, 편지	28 조선관, 편지	29 조선관 편지	

담헌이 엄성과 반정균을 만나 필담을 나눈 날은 모두 7일이다. 4일
의 2차 만남만 두 사람이 조선관을 찾아왔고, 나머지 6차례는 담헌이
건정동에 자리한 두 사람의 숙소로 찾아갔다. 29일 중 7일을 제외하
면 22일이 남는데, 이 22일 중 19일은 또 조선관에 머물렀다. 물론 4일
의 2차 만남은 조선관에서 이루어졌기에 담헌은 2월의 29일 동안 실제
20일을 조선관에서 머무른 셈이다. 그가 구경을 나간 것은 2일의 천주
당, 6일의 태화전과 유리창, 11일 서산을 방문한 것뿐이다. 담헌은 2월
한 달 동안 엄성과 반정균을 만나는 것을 제외하고는 거의 다른 일을
하지 않았다.

2월 한 달을 담헌은 오직 엄성과 반정균, 그리고 육비와 우정을 쌓는 데 쏟았다. 일정표에서 '편지'라고 표기한 것은, 담헌과 엄성·반정균, 그리고 육비 사이에 편지가 오갔음을 뜻한다. 담헌은 2월 한 달 동안 오직 중국인 친구들과의 사귐에 몰두했다.

소문과 진실

대명의리와 화이론을 굳게 믿고, 북벌을 주장한 조선의 양반들은 번영하는 중국을 보고도 그것이 청의 정치에서 비롯된 것임을 쉽게 인정하려 하지 않았다. 여전히 중국의 정통 왕조는 1백 년 전 망한 명이고, 청은 부당하게 중국을 차지하고 있는 오랑캐에 불과하였다. 담헌역시 생각이 그리 다르지 않았다. 여기서 잠시 대명의리가 얼마나 깊숙이 조선 양반들의 머릿속에 박혀 있었는지 『연기』의 「송가성宋家城」 기록을 통해 잠시 살펴보도록 하자.

'송가성'은 중국 하북성 계주의 동쪽 30리에 있는 성이다. 귀국길에 오른 담헌은 1766년 3월 3일 송가성을 찾아가려 하였다. 하지만 김선행은 동행을 거부했다. 이유는 송씨 가문과 청의 관계를 오해한데 있었다.

김선행은 송씨 가문이 과거 청에 저항하였고, 현재도 청의 핍박을 받고 있다고 생각한다. 그가 아는 이유는 이렇다. 송씨들은 대대로 명조정에 벼슬했던 집안이었다. 그들은 청과의 전투에서 여러 번 이긴

적이 있었고, 강희제 때 와서야 항복하였다. 청은 저항에 대한 보복으로 송씨의 성을 파괴하려고 했지만 너무 견고해 실패한다. 또 송씨들을 괴롭히기 위해 1년에 은 1만 냥을 바치게 하였다. 하지만 송씨들은 아직도 버티며 청 조정에 벼슬하지 않는다. 그들은 또 명의 은혜를 받았는데도 청에 복종하고 있는 조선을 의롭지 않게 여기고 있고, 이런 이유로 조선 사신단이 찾아가도 침을 뱉으며 경멸하고 물이나 불씨를 달라고 해도 주지 않는다. 조선 사신단은 청에 조공하는 사신단이니, 송가성을 찾아가면 모욕을 당할 것이 분명하기에, 동행할 수 없다.

담헌은 『노가재연행일기』에도 김창업이 송가성을 찾아가 송씨를 만났다는 기록이 있고, 또 실제 송씨에게 그런 의리가 있다면 더욱더 찾아가 보아야 할 것이라며 설득했지만 김선행은 듣지 않았다.

3월 4일 담헌은 혼자 송가성을 찾아가 주인 송씨와 중국어로 대화를 나눈다. 조선에 전하는 말이 사실인지 확인하고자 몇 가지를 물었다.

"그대 집안은 청 조정에서 벼슬을 하지 않고 있습니까?"

"아닙니다. 나는 진사가 된 지 9년째인데, 아직 벼슬은 못 하고 있습니다."

송씨가 청나라 조정에서 벼슬하지 않는다는 김선행의 말은 '모두 헛소문'이었던 셈이다. 이어 송가성의 역사에 대한 대화가 오갔다.

"한 집안에서 어찌 성城을 가지고 있습니까?"

"이전 조정 때 변방 방어가 매우 급했기 때문에 금하지 않은 것이지요."

"그렇다면, 어찌 유독 그대의 집안에서만 이 성을 가지고 있습니까?"

"도지휘사가 2만 장정을 거느리고 둔전屯田을 경작했는데, 이 역시 나라의 일이라 겸하게 된 것입니다. 때로는 남은 재화가 있었으니, 어찌 다른 사람과 비교가 되었겠습니까?"

"지금 조정 초기에 이 성 역시 공격을 받았을 것입니다. 언제 다시 돌아온 것인지요?"

"순치順治 3년 천하가 완전히 평정되었는데, 그때 돌아왔습니다."

'순치 3년 천하가 완전히 평정되었을 때'란 1644년 청이 북경을 차지한 뒤 일시 성립했던 남명南明*의 여러 정부 중 복건성을 근거지로 삼았던 당왕唐王이 청에게 패배해 죽은 해1646이다. 송씨는 이것을 청의 중국 지배가 온전히 확립된 해로 본 것이다. 어쨌든 송가성은 스스로 항복했고, 저항한 역사는 없었다.

담헌은 송가성에 파괴된 곳이 많은 것을 보고 당연히 과거 청군의 포격 때문이라 생각하여 물었다. 하지만 이번에도 짐작과는 다른 대답이 돌아왔다. 성은 옹정 연간의 지진으로 파괴되었고, 그동안 물자와 인력이 부족해서 수리를 하지 못한 것이라고 하였다. 벌금 '1만 냥'도 사실이 아니었다. 송가성에는 특별한 저항의 역사도, 핍박의 자취도 없었다.

뒤늦게 따라온 홍억이 지금의 조정에서 벼슬한 사람이 있는가를 물었다. 그러자 송씨가 대답하였다.

"전조 때는 여러 대 세습했지만, 지금은 계승하지 못

* **남명** 명나라가 멸망한 후 명나라 왕실의 계통을 잇는 여러 왕들의 지방 정권. 청나라에 저항하여 한족의 부흥 운동을 꾀하던 1644-1662년까지의 시대이다.

하고 있습니다. 이 때문에 지금 조정에서 버림을 받고 있습니다."

이 말에 홍억이 말하였다.

"이것이 집안을 계승하는 방법이지요."

버림을 받아 벼슬을 하지 않는 것을 청에 대한 저항으로 본 것이다. 송씨는 얼굴빛을 바꾸며 필담하던 종이를 찢어 버렸다.

송씨의 모습에서 김선행이 상상한 저항의 의지를 찾기는 어려웠다. 실제 그들에게는 저항 의지와 역사가 없었다. 송가성의 청에 대한 저항이란 조선인의 상상력이 만들어 낸 허구였던 것이다.

북벌의 논리도 사신단이 공유하고 있는 생각이었다. 북경 체류 중 조선관 주방에서 화재가 나자, 역졸들이 기와를 걷어 내고 불을 껐다. 한 역관이 말하기를 '중국인들은 불을 너무 두려워하여 불이 나면 옆집을 헐어 번지는 것만 막는다'고 하였다. 그 말에 담헌이 "우리나라가 조만간 북벌을 할 때 만약 화공火攻을 한다면 천하는 별로 힘을 들이지 않고도 평정할 수 있을 거야."라고 하며 농담을 건넸다. 그러자 어떤 역관이 언젠가 정양문 밖 문루에 불이 났을 때 열 대의 '물차'를 동원해 순식간에 불을 끄는 것을 보았다며, 그런 교묘한 기계가 있으니, 중국인들이 더이상 불 공격을 두려워하지 않을 것이라고 반박하였다.

이 이야기에서 담헌의 '농담'을 주목해야 한다. 조선 사람들은 담헌 시대까지도 여전히 북벌을 생각하고 있었다는 점이다. 불가능한 것이지만 북벌은 여전히 조선인의 의식 속에 깊이 박혀 있었고, 담헌 역시 이런 생각에서 크게 벗어나지 않았다. 다만 그는 송가성에 관련

된 일화에서 보듯, 대명의리를 지키되 근거 없이 상상된 것을 믿으려
하지 않는, 회의하는 정신을 가지고 있었다는 점만이 조금 다를 뿐이
다. 즉 담헌이 교정하려 한 것은 김선행의 근거 없는 상상력이지, 대
명의리 자체는 아니었다.

옷차림이 뭐라고

담헌은 강력한 대명의리의 소유자였다. 담헌의 그와 같은 면모는 곳
곳에서 드러난다. 담헌이 중국 여행에서 가장 해 보고 싶은 일 중에
하나가 중국 지식인을 만나 대화를 나누는 일이었는데, 그 지식인이
란 청에 대해 비타협적, 저항적 사고를 갖고 있는 한인漢人을 의미하
였다. 담헌은 한인을 만나면, 자신의 그런 생각을 확인하고자 하였다.
사하소 음식점 주인인 곽생을 만났을 때 주고받은 대화에서도 그런
면모를 확인할 수 있다.

"지금 시절은 한인이 벼슬할 때가 아닙니다."

담헌은 곽생의 이 말에서 청에 대한 저항정신을 확인하고, 급히 곽
생의 손을 잡고 말하였다.

"그대는 식견이 높은 사람입니다. 이 말이 세상 사람의 꿈을 깨우
고 미혹함을 풀 것입니다."*

곽생은 한인이 벼슬아치가 되는 것은 청의 통치
에 협력하는 행위라고 생각했고, 담헌은 그의 생각

*
이 내용은 『연기』에는 없고 『을병연
행록』에만 있다.

에 동조했던 것이다. 앞서 말한 바와 같이 담헌 역시 명나라에 의리를 지키는 것을 중요하게 생각하고 있었으며, 청의 중국 지배를 비정상적 상태로 인식하고 있었다.

12월 24일 담헌은 옥전현 숙소에서 중국 지식인을 만날 수가 없다고 한탄하였다. 그러자 한 역관이 몇 해 전에 만났던 옥전 지현의 이야기를 꺼냈다.

옥전 향교에서 지현의 아들과 대화를 나눈 것이 계기가 되어 조선 사신단 중 몇 사람이 지현의 초청을 받았다. 지현이 조선 사람들의 사모관대를 보고 싶다고 하여 가져다주자 지현은 직접 써 보고는 슬픈 낯빛을 띠며 "이것은 우리의 옛날 의관입니다. 우리 조상이 입었던 것을 생각하니 저절로 슬픈 마음이 생깁니다."라고 했다. 밤이 되자 지현은 '조선은 이 의관이 있으니 매우 귀한 나라'라면서 조선 사신을 만나고자 하였다. 하지만 혹시라도 사건이 생길까 두려워한 역관들이 막아 성사되지 않았다.

조선 사신단의 의관은 『연기』에 가장 많이 등장하는 화제다. 조선인의 의관, 곧 복식과 관모와 두발 형식은 중국인의 호복 및 변발과는 확연히 구분되는 것이었고, 그런 이유로 해서 중국인의 호기심 대상이었다. 조선 시대 연행록을 보면, 중국인이 조선 사신단의 의복을 호기심 어린 눈으로 봤다는 기록이 종종 나온다.

청은 한인에게 호복과 변발을 강요했지만, 조선에는 강요하지 않았다. 조선인은 명대의 복식과 유사한 복식과 두발 형식을 지키고 있다는 데 우월감을 느꼈다. 또 그것을 조선만이 중화의 문명을 보유하

고 있는 증거로 인식하였다. 곧 조선인의 의복은 '작은 중화'의 표지였다. 이런 이유로 해서 담헌은 조선인의 의관을 사라진 명 체제 혹은 예악문명의 상징으로, 중국인의 호복과 변발을 청 체제, 곧 야만의 상징으로 여겼다. 중국인에게 조선인의 의관과 두발 형식은 대부분 호기심의 대상일 뿐이지만, 담헌에게는 문명성과 동의어였다. 담헌의 중국 여행에서 끊임없이 등장하는 '조선인의 의관' 이야기는 이런 점에서 매우 중요하다.

12월 26일 담헌은 조림장에서 작은 사건을 하나 겪는다. 조선 사신단이 식사를 시작하자, 어떤 중국인이 사양하지 않으며 밥을 먹으니 예의가 없다고 한 것이다. 담헌에 의하면, 중국의 풍속은 모르는 사람이라도 한 장소에서 만나면 서로 인사를 하고 먼저 사양을 한 뒤에 식사를 하는 법이기에 나무랐다는 것이다. 담헌은 짐짓 깜빡 잊었

명의 영락제, 조선의 영조,
청의 강희제
조선은 왕의 복식이나 관리의
복식 제도에 있어서 명의 제도
를 여전히 따랐고, 변발을 하는
청인을 미개한 오랑캐 족속으로
치부하였다.

다며 괴이하게 여기지 말라고 하면서 말을 건넸고 대화가 시작되었
다. 대화 도중 조선인의 의관이 화제가 되었다.

"그대는 우리 의관을 보고 괴이하게 여기지 않는구려."

담헌의 말에 그 사람은 '조선인들의 의관이 진짜 의관'이라고 하면
서 자신의 몸을 가리키며 말하였다.

"이것이 무슨 모양입니까? 우리도 명 때는 그대들의 의관과 같았
습니다."

담헌이 다시 말하였다.

"조선인의 의관이 좋은 것이라 생각한다면, 변발을 하지 말고 조선
의 의관을 따르면 어떻겠습니까?"

그 사람이 웃으며 대답하였다.

"황제가 못 하게 하니, 뉘가 감히 어길 것입니까?"

담헌은 조선 사람의 의복과 두발에 대한 태도를 당시 중국인이 청과 명에 대해 어떤 생각을 가졌는가를 측정하는 도구로 여겼던 것이다.

조선인의 의복과 관련한 이야기는 『연기』에 수시로 등장한다. 담헌이 북경에 도착해 최초로 대화를 나눈 지식인은 1월 1일 조참에서 만난 오상과 팽관인데, 담헌이 그들을 주목한 것 역시 두 사람이 조선 사신단의 의복에 깊은 관심을 보였기 때문이다. 담헌은 중국인의 조선 의관에 대한 관심을 청에 대해 은밀하게 저항의식을 표출한 것으로 읽었다. 물론 그것은 담헌의 희망이자 상상일 뿐이었지만.

1월 4일 담헌은 「비취원」 연극을 본 뒤 정양문 밖 음식점에서 위엔샤오元宵*를 사 먹다가 중국인 송씨와 대화를 나눈다. 그는 산동 출신으로 과거를 치기 위해 북경에 와 머물고 있는 중이었다. 담헌이 그에게 공자의 후손을 만나 보고 싶다고 하자 송씨는 자신의 머리를 어루만지며 말한다.

"그들의 의관이 나와 한가지이니, 특별히 만나서 무엇이 이익이 되겠소."

담헌은 이 말을 듣고 그와 좀더 이야기를 하고 싶었다. 하지만 가게 주인이 자리를 오래 차지하고 있다고 눈치를 주자 송씨가 먼저 일어나 나가 버렸다. 담헌 역시 바로 일어나 그를 찾았으나 다시 만날 수는 없었다.

1월 26일 유리창의 미경재에서 장본과 주응문을 만났을 때도 담헌의 관심은 복식이었다.

주응문이 물었다.

"당신네 나라의 의관은 기자 때부터 내려오는 양식입니까?"

"모자는 세상에서 기자 때부터 내려오던 것이라고 하지만 명백한 증거는 없습니다. 의복은 오로지 명조明朝의 옛 제도를 따르지만 간혹 본디 풍속을 바꾸지 않은 경우도 있습니다."

담헌은 명의 제도를 따르고 있다는 사실을 특별히 강조해 말했다. '명조明朝'라고 쓸 때 일부러 한 글자를 낮추어 써서 명을 높이는 뜻을 보인 것이다. 이것을 본 장본은 필담을 한 종이를 찢어 버린다. 명조 운운하는 발언이 자칫 처벌의 빌미가 될 수 있다고 생각한 것이다.

담헌은 복식 관련 외에도 다양한 질문을 던져 한인의 명조에 대한 인식과 청에 대한 저항의식을 알아내려 하였다. 예컨대 명조에 충절을 바치거나 청에 저항했던 인물에 대해 질문을 던지고 그에 대한 답에서 한인들의 청에 대한 태도를 알아내려 하였다.

1월 20일 담헌은 팽관과 오상을 만났을 때 당시 으뜸가는 학자가 누구인가를 물었다. 팽관은 현재의 인물은 죽기 전에 논할 수 없고, 선대의 인물로 탕빈湯斌, 1627~1687과 육농기陸隴其, 1630~1693를 으뜸으로 꼽았다. 탕빈은 정주학程朱學[+] 곧 성리학과 양명학을 절충한 학자이고, 육농기는 관료이면서 양명학을 철저히 배척한 청대의 대표적인 정주학자로 알려져 있다. 이어 담헌은 여만촌呂晩村은 어떤 사람인가 하고 묻는다. 여만촌을 몰라서 물은 것이 아니

[+]
위엔샤오 중국에서 정월 대보름에 먹는 찹쌀떡 종류로, 중국인들은 이것을 먹으며 만사가 잘되기를 기원한다.

[+]
정주학 송나라 때의 철학자인 정호程顥와 정이程頤가 주장한 유학으로, 송학宋學 또는 성리학性理學이라고도 한다. 공자와 맹자의 유교사상을 성리性理·의리義理·이기理氣 등의 형이상학 체계로 해석한 학문으로 조선 지식인들의 절대적인 지지를 받았다.

여유량 자화상
명 말의 정주학자로 변발을 거부
하는 등 청에 비타협적이고 저항
적인 자세로 일관하여 조선 지식
인들에게 큰 추앙을 받았다.

다. 여만촌은 여유량呂留良, 1629~1683으로 호가 만촌이었다. 여유량은 명 말기의 주자학자로서 변발을 거부하는 등 청에 비타협적이고 저항적인 행동으로 일관한 학자다. 이런 이유로 옹정제는 『대의각미록大義覺迷錄』*이란 책에서 그를 비판했고, 건륭제는 그의 무덤을 파헤치고 일족을 사형에 처했다.

여유량은 조선에서 청에 저항한 인물의 상징적 존재로 인식되었다. 담헌은 곧 여유량에 대한 팽관과 오상의 반응에서 그들의 명과 청에 대한 태도를 알아내려고 한 것이다. 하지만 팽관은 담헌의 물음에 머리를 저으며 간단하게 대답할 뿐이었다.

"죽은 뒤에 죄를 입어 자손과 제자들이 모두 변방으로 추방되었습니다."

담헌이 다시 오삼계吳三桂에 대해 물었다.

"오삼계는 말년에 무슨 일을 했습니까?"

이자성李自成이 1644년 명을 멸망시킨 뒤 오삼계에게 투항을 권유하였다. 하지만 오삼계는 도리어 거절하고 청과 연합하여 산해관에서 이자성의 군대를 격파하였다. 이로 인해 청은 손쉽게 산해관을 넘어 북경을 점령할 수 있었다. 이후 오삼계는 청으로부터 공로를 인정

받아 삼번三藩*의 하나로 평서왕平西王에 봉해져 운남 일대를 장악하였다. 얼마 뒤 청이 체제 안정을 위해 삼번을 없앨 것을 명하자, 1678년 스스로 황제라 일컬으며 청에 저항하였다. 하지만 오삼계는 반년이 되지 않아 사망한다.

이에 대한 팽관의 대답 역시 간단했다.

"참람하게도 황제라 일컫고 반역을 도모하다가 죽음을 당했습니다."

그에게 여유량과 오삼계는 저항의 아이콘이 아니라, 단지 죽을죄를 지었거나 반역을 꾀한 역신일 뿐이었다.

이렇게 큰 세계가 있을 줄 몰랐네

아무리 명에 대해 충절의식을 가지고 있다 한들, 중국은 오랑캐에 오염된 곳이고 조선만이 중화문명을 보유하고 있다고 생각한들, 그것은 현실과 유리된 관념일 뿐이었다. 중국 땅에 들어서서 오감으로 인지하는 현실은 판연히 달랐다. 담헌 역시 관념과 현실의 괴리에서 심한 당혹감을 느끼지 않을 수 없었다.

담헌이 압록강을 건너자마자 목도한 것은 번영하는 중국이었다. 18세기에 중국으로 파견된 사신단은 누구라고 할 것 없이 북경을 보고 충격을 받았다. 다만 그들은 그것을 인정하지 않았다. 청은 여전

+
대의각미록 옹정제가 청나라 조정의 정통성을 강조하기 위하여 1729년에 칙령으로 간행 반포한 책

+
삼번 청은 중국을 평정한 뒤 오삼계를 운남의 평서왕, 상가희를 광동의 평남왕平南王, 경계무를 복건의 정남왕靖南王으로 봉하였다. 그들은 각기 번부藩府를 설치하여, 군사·재정권을 갖는 독립정권과 같은 존재가 되었다. 그러나 이후 삼번이 청과 대립각을 세워 청에 위협적인 세력으로 성장하였다.

히 오랑캐이고, 복수해야 할 대상이기 때문이었다. 담헌 역시 다르지 않았다. 하지만 담헌으로서도 청의 지배 아래에서도 번영하는 중국의 모습에 당혹스러운 감정이 들지 않을 수 없었다.

1765년 12월 27일 북경에 도착한 담헌은 6일 뒤인 1766년 1월 4일 정양문正陽門 밖으로 나가 북경 거리를 보고는 찬탄해 마지않는다.

슬프다! 이런 번화한 기물을 오랑캐에 맡기고 백년이 넘도록 회복할 묘책이 없으니 만여 리 중국 가운데 어찌 사람이 있다 하겠는가.

청 곧 오랑캐가 통치하는 중국이 번영하는 것은 조선 지식인으로서는 이해할 수 없는 모순이었다. 담헌은 청 체제의 안정과 북경의 번영을 이미 전해 들어 알고 있었지만, 자신이 직접 눈으로 보자 형언할 수 없는 충격을 느낀 것이다. 그 번영은 쇠퇴할 기미도 보이지 않았다. 조선의 지배층은 한족이 만주족을 몰아내고 중국을 다시 다스려야 하는 것이 정상이라고 생각했지만, 백년이 지나도록 그럴 기미조차 보이지 않았다. 받아들일 수도 이해할 수도 없지만, 그것은 엄연한 현실이었다.

청의 번영과는 대조적으로 조선은 온갖 사회 모순과 빈곤에 직면해 있었다. 번영하는 청의 모습을 보고, 조선의 상황을 떠올리면 복잡한 감정이 들지 않을 수 없었다. 예컨대 담헌보다 15년 뒤 책문에 이르렀던 박지원朴趾源, 1737~1805은 책문 밖에서 책문 안쪽을 바라보고 충격을 받는다. 책문 일대는 중국의 변방 중의 변방이었지만, 단

정하게 지은 수많은 민가, 벽돌로 견고하게 쌓은 담, 끊임없이 오가는 승용 수레와 화물 수레 등 전혀 시골스럽지 않았던 것이다. 박지원은 『열하일기』에서 고백했다.

책문이 천하의 동쪽 모서리인데도 오히려 이와 같으니, 앞으로의 유람을 생각해 보건대 홀연 기가 꺾인다. 곧장 여기서 돌아가 버릴까 하다가 나도 몰래 배와 등이 끓고 타올랐다.

박지원은 순간 자신의 마음을 시기하는 마음이라고 반성하였다. 곧 평등한 눈으로 세상을 보자고 다짐한다. 하지만 이 역시 감출 수 없는 당혹감과 열등감의 소산이었다. 조선 사신단은 압록강을 건너는 순간 무엇보다 먼저 한반도와 전혀 다른 지형과 경관에 충격을 받았다. 예컨대 박지원이 '호곡장好哭場' 곧 울기 좋은 곳이라 불렀던 요동 들판은 조선 사람이 전혀 경험할 수 없는 광막하기 짝이 없는 공간이었다.

담헌은 12월 6일 낭자산을 떠나 냉정 중화참을 거쳐 석문령을 넘어 요동에 도착한다. 요동 벌판의 광막함에 담헌은 극도의 위축감을 느끼고, 그동안의 자신은 우물 안의 개구리였다고 말한다.

12월 19일 산해관에 도착하여 바닷가에 있는 망해정에 올랐다. 만리장성이 바닷가에서 끝나고 있었다. 거창한 망해정에 올라 광활한 바나를 바라보던 남헌은 감격에 겨워 자신을 돌아보았다.

반평생을 돌아보건대 우물 속에 앉아 벌레처럼 꿈틀거리면서, 되레 눈을 부릅뜨고 가슴을 빼기고 천하의 일을 함부로 논하려 했으니, 자신을 헤아리지 못한 것이 너무나 심하였다.

광막한 요동벌, 망해정에서 바라다본 망망대해 등 이국의 자연은, 좁은 땅의 소국 조선과 대비되어 더욱더 충격적으로 다가왔던 것이다. 아울러 압록강 너머 봉황성에서부터 펼쳐진 중국 도시의 번성한 모습은 북경에 가까워질수록 가난한 조선과 대비되면서 경탄을 불러일으켰다.

11월 27일 압록강을 건넌 담헌은 책문을 통과해 공식적으로 중국 땅을 밟았고, 이내 봉황성에 도착했다.

봉황성은 호구가 겨우 수천에 불과했고, 토성도 죄다 허물어졌다. 하지만 길 양쪽에 점포가 이어져 걸상, 탁자, 간판이 화려하여 사람의 눈을 어지럽게 만들고, 수레와 말이 길을 메웠으니 역시 변방의 한 도회지였던 것이다.

사람과 물자로 흥성대는 변방의 작은 도시인 봉황성조차 담헌에게는 놀라운 광경이었다.

12월 8일 심양에 도착하였다. 담헌에 의하면, 심양성은 높이와 크기가 북경만 못하지만, 정교한 것은 북경보다 나았고, 인구와 물화의 풍부함과 시장과 점포의 사치스러움은 북경에 버금가는 곳이었다.

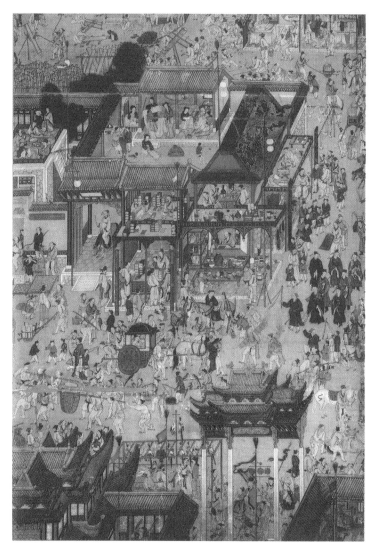

「대평성시도」
중국 도시의 풍경을 그린 성시도를 보고 그린 그림이다. 다양한 상점과 수많은 인파가
도시의 번성함을 짐작케 한다.

담헌은 수레몰이꾼을 수레에서 내리게 하고 자신이 수레 앞에 앉아 좌우를 보았다. 휘황찬란한 채색은 눈을 뜨지 못할 지경이었다. 사람의 어깨가 서로 부딪히고 수레바퀴가 서로 부딪히니 깜짝 놀라 자신도 모르게 탄식이 새어나왔다. 특히 심양 시장의 풍부한 물화는 놀라운 것이었다.

처마에 주석으로 만든 납병鑞瓶을 달고 층층이 놓인 탁자에 온갖 물건을 놓아둔 곳은 잡화점이요. 온갖 마래기를 줄줄이 걸고 탁자 위에 둥근 사모집 같은 것을 무수히 얹은 이곳은 마래기 가게이다. 온갖 갖옷과 여러 의복이 네 벽에 걸린 곳은 의복점이요, 온갖 비단을 종이로 둥글게 말아 종류별로 탁자에 얹어 쌓은 곳은 비단 가게이다.

집이 매우 높고 단청을 사치스럽게 하여 그 안에 사람의 일용 집기가 없는 것이 없고, 각각 종이로 쪽지를 붙여 표시하고, 밖에 높은 대를 세우고 대 끝에 큰 패를 달고 패에 맡을 당當 자를 쓴 곳은 전당포요, 문 앞에 별양 높은 패를 세워 네다섯 길이 되고, 탁자의 무수한 화병에 온갖 약재 이름을 쓴 곳은 약재 가게이다.

나귀 밀치 모양으로 여럿을 꿰어 줄줄이 달고 저울 밑에 가위 모양의 은銀 베는 연장을 놓은 곳은 돈 바꾸는 가게요, 북채 같으나 끝을 뾰족하게 하여 처마에 여럿을 걸어 놓은 곳은 바늘 가게이다.

층층이 놓인 탁자에 온갖 서적을 차곡차곡 쌓아 놓고 각각에 쪽지를 붙여 제목을 표한 이곳은 서책 가게요, 높은 대에 비단 깃발을 달아 좋은 문자를 쓰고 문 앞에 취한 사람이 많고 문 안에는 온갖 풍류가 잡스럽게 들리는 곳은 술과 음식을 파는 가게이다. 길에 다니는 장사치도 다 표시한 것이 있으니, 혹 작은 징을 울리며, 혹 소고를 치고, 혹 소고에 두 귀를 달아 흔들며, 혹 죽비를 친다.

심양도 놀라웠지만, 더 놀라운 도시 북경이 아직 남아 있었다. 북경 도착 사흘 전 풍윤현에 도착한 담헌은 현의 동남쪽에 있는 문창궁文昌宮이란 누각에 올랐다. 정확한 공법으로 지은 성이었다. 성벽 위는 말 10마리가 달릴 만큼 넓었다. 담헌은 풍윤현이 작은 현에 불과한데도 규모가 이정도이니, 북경의 웅장함과 화려함은 말할 필요가 없을 것 같다는 생각이 들었다.

과연 북경은 담헌의 상상을 저버리지 않았다. 아니, 상상을 넘는 것이었다. 12월 27일 통주에서 북경으로 들어가는 중간 길목의 팔리포에 이르자 거마와 행인이 길을 가득 메우고 있었다. 준수한 인물과 화려한 의복, 사치스런 안장을 얹은 말의 씩씩한 기상은 이제까지 보아온 곳과는 현격하게 달랐다. 담헌은 다시 자신을 돌아보았다. 자신은 흡사 은연한 시골의 가난한 선비나 두메의 어리석은 백성이 피폐한 행장으로 한강을 건너 도성을 향하는 모습 바로 그것이었다. 북경의 첫인상은 이러하였다.

통주에서 황성까지는 돌을 깔아 어로御路를 만들었는데, 그 너비가 10보가 된다. 수레바퀴와 말발굽 소리가 너무 커서 우레와 같아 길 가는 사람들은 바로 옆 사람과도 말이 통하지 않는다. 조양문朝陽門에서

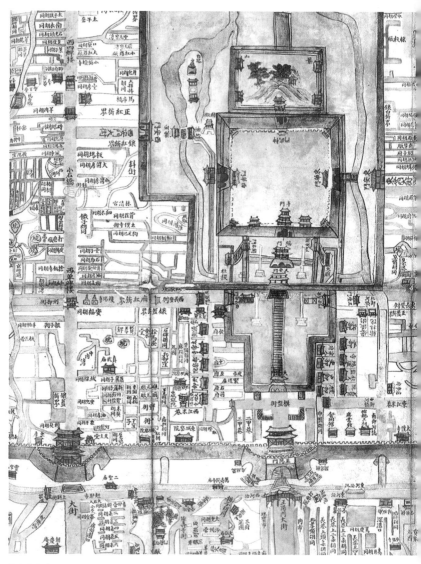

「연경성시도」
북경의 궁궐과 성문, 관아와 번화한 거리가 자세하게 그려져 있다.

10리 떨어진 곳에는 사람들이 짚단처럼 서 있어 시끌벅적 혼잡하기 짝이 없다. 앞장을 선 하인들이 몽둥이를 휘두르고 '길을 비켜라' 소리를 질러야 겨우 흩어졌다가 다시 몰려든다. 대개 중국이 백년 태평세월을 누린 끝에 백성과 물자가 흘러넘치게 되었으니, 정말 그럴 만한 이유가 있는 것이다. …… 같은 하늘 아래 이런 큰 세계가 있을 줄 꿈도 꾸지 못하였다.

북경은 '하늘 아래 또 하나의 큰 세계'였다. 북경에 비하면 심양은 '작은 지방'이요 '쓸쓸한 경치'에 불과할 정도였다. 이러한 번영은 중국이 '백년의 태평을 누린' 결과였다.

담헌은 북경에 머무는 동안 제국 수도의 거창한 규모와 풍부한 물산을 보고 넋을 잃는다. 그는 북경 도착 이튿날인 12월 28일 예부에 자문咨文을 바치는 데 따라간다. 정양문과 태청문을 지난 뒤 그는 형언할 수 없는 놀라움을 경험한다.

드디어 동쪽 난간 밖으로 가니 동쪽으로 큰길이 있고, 패루를 세웠다. 그 위에 현판을 붙여 골목 이름을 새기고 금으로 메웠다. 말을 타고 이곳에 이르러 사방을 돌아보니 눈이 어지럽고 마음이 놀라웠다. 북경의 번성함은 전에 익히 들었고 『노가재연행일기』를 보아도 거의 짐작될 듯했으나, 정말 귀로 듣는 것이 눈으로 보는 것만 같지 못한 것이다. 이런 정도일 줄은 생각지도 못하였다.

『노가재연행일기』를 보면서 북경의 번성함을 어느 정도 짐작은 했지만, 이런 정도일 줄은 상상하지 못했다는 것이다.

담헌은 큰 조회를 보는 정전正殿인 태화전을 본 뒤 자금성의 전각에 대해서도 감탄을 금치 못한다.

하늘 높이 솟은 전각들과 크고 화려한 뜰과 난간은 말로 전할 수 없고, 글로도 표현할 수 없다. 높고 찬란하니, 정말이지 천왕天王의 궁전이다.

중국의 번성은 시장의 풍요로움에서도 거듭 확인되었다. 담헌은 저 유명한 시장 유리창에 대해 이렇게 서술했다.

유리창은 유리기와와 벽돌을 만드는 공장이다. 무릇 푸르거나 여러 색이 뒤섞인 채 누런 빛을 띠는 기와와 벽돌이 모두 유리처럼 빛과 윤을 내므로, 궁정에서 쓰는 각색 기와와 벽돌은 유리라는 이름을 붙여 부른다. 그리고 공장 건물을 창廠이라 부른다. 유리창은 정양문 밖 서남쪽 5리쯤에 있다. 유리창 가까운 길 양쪽에는 점포가 늘어서 있다. 동쪽과 서쪽의 어귀에 문을 세우고 '유리창琉璃廠'이란 편액을 달았기 때문에 그냥 그대로 시장 이름이 되어 버린 것이라 한다.

유리창의 시장에는 서적과 비판碑版, 정이鼎彝, 골동품 등 일체의 기완器玩과 잡물雜物이 많다. 장사를 하는 사람 중에는 남방에서 온 수재秀才로서 과거를 보고 벼슬자리를 찾는 사람이 많다. 이 때문에 유리창에서 노니는 사람 중에 이따금 명사名士도 있다. 유리창 시장의 길이는 5리가량이다. 누각과 난간의 호사스러움은 다른 시장에 떨어지지만, 진귀하고 괴이하며 교묘한 물건이 가득 차 흘러넘칠 정도로 쌓여 있고, 시장의 위치 역시 예스럽고 아름답다. 길을 따라 천천히 걸으면 마치 페르시아의 보물시장에 들어간 것처럼 황홀하고 찬란한 것만 보일 뿐, 종일 다녀도 한 물건도 제대로 감상할 수가 없을 정도다.

서점은 일곱 곳이 있다. 삼면의 벽마다 십몇 층의 시렁을 매었는데, 상아로 만든 책 표찰이 질서정연하고, 모든 책은 책마다 표지가 붙어 있다. 서점 한 곳의 책은 대충 헤아려 보아도 수만 권을 넘는다. 얼굴을 들고 한참 보고 있노라면, 책의 제목을 다 보기도 전에 눈이 어질어질해진다.

거울 가게의 문을 들어서는 순간 깜짝 놀라지 않은 사람이 없다. 거울은, 끈을 달아 사방 벽에 걸어 놓은 것도 있고, 받침대가 있어 벽 아래 진열해 둔 것도 있다. 큰 것은 3자가 넘고, 작은 것은 3,4마디쯤 된다. 그 안으로 들어서면 천 개 만 개로 나뉜 듯한 내 몸을 벽의 틈을 통해 들여다보는 것 같아, 황홀하기 짝이 없다. 한동안 정신을 잃은 것만 같다.

유리창 양쪽의 거리에 있는 점포가 수천 개인지 수백 개인지 알 수가 없고, 파는 물건도 몇 만의 돈이 들었는지 알 길이 없을 정도다. 하지만 백성들의 양생養生·송사送死에 없어서는 안 될 물건은 하나도 없었다. 그것들은 단지 교묘한 재주를 부려 만든 음란하고 사치스러운, 사람의 본성을 해치는 도구일 뿐이다. 이런 기이한 물건이 점점 불어나

태화전
북경 자금성의 한 궁전으로 화려함과 웅장한 규모를 자랑했다. 특히 이곳에서 청나라 국왕은 외국 사신단들로부터 신년하례를 받았다.

유리창
조선의 사신단이 북경을 방문할 때면 빼놓지 않고 들르는 시장이었는데, 수많은 가게 안에 온갖 물건이 즐비하였다.

고 선비들의 기풍이 날로 방탕해져 중국이 떨치지 못하게 된 것이다. 개탄스러운 일이다.

수천 수백에 달하는 엄청난 가게가 모여 있는, 페르시아의 보물시장과 같은 황홀하고 찬란한 시장, 책 이름을 다 보기도 전에 눈이 어지럽고 침침해지는 규모의 서점 등은 조선이란 작은 나라 선비의 상상을 벗어나는 것이었다.

또 하나의 거창한 시장은 융복사隆福寺에서 열리는 정기 시장이었다.

융복사는 큰 시가 서북쪽에 있다. 명 경태景泰 연간에 세운 사찰로 마당이 넓고 건물이 크니 거찰巨刹인 것이다. 근년에 열흘마다 8·9·10 사흘 동안 절 안에서 장을 여는데, 온 성의 장사꾼과 물화가 몰려든다. 1월 29일 역관 조명회와 같이 수레를 타고 가서 패루牌樓 아래에서 내렸다. 문에 들어서자 사방 백 보가량 되는 넓은 마당이 있었다. 마당 주위로 천막을 쳤는데, 일용의 온갖 물화가 없는 것이 없었다. 그 찬란한 모습이 마치 오색구름과 아침노을이 피어오르는 것 같았다. 사람과 상품이 그득히 쌓여 걸어서 지날 수가 없었다. 하지만 몇만 명의 사람이 지껄이는데도 다만 큰 통소 소리처럼 은은한 소리만 들릴 뿐, 크게 외치거나 부르거나 놀라거나 꾸짖거나 하는 소리는 전혀 들리지 않았다. 여기서 그 사람들의 차분하고 조용한 풍습과 성격을 짐작할 수 있었다.

마당 동쪽에서 사람을 비집고 들어갔더니 책시册市가 있었다. 수백 수천 질의 서적이 일목요연하게 정리되어 빼곡히 진열되어 있었다.

담헌은 북경의 이런 번성한 모습을 마주할 때마다 조선을 떠올리지 않을 수 없었다. 1월 4일 담헌은 정양문 밖으로 나가서 웅장한 건물과 거리의 화려한 상점, 한 발짝 앞도 구분할 수 없을 정도로 요란한 거마 소리를 듣고 천하의 장관이라 감탄하였다. 하지만 한편으로는 조선을 떠올릴 때면 쓸쓸하고 가련한 생각이 들어 탄식이 절로 나곤 하였다. 청과 조선의 이 선명한 대비가 뒷날 박제가朴齊家, 1750~1805와 박지원으로 하여금 '북벌北伐'이 아닌 '북학北學'을 외치게 한 근거가 되었다.

그들이 말똥을 줍는 이유

중국의 여염집이나 관공서 건물은 조선에 비해 배나 크고 높았다. 북경성의 안팎, 심양과 산해관 등의 큰 도시는 모두 기와집인 데다, 작은 시골 주막도 기와집과 초가집이 반반이었다. 초가집이라도 넓고 크고 견고하고 치밀해 결코 조선 주막처럼 허술하고 누추하지 않았다. 담헌은 오랑캐인 청이 지배하는 중국의 안정과 풍요가 매우 놀랍기 짝이 없었지만, 한편으로는 되레 착잡한 심경이 되었다.

이 부유함은 강희·옹정·건륭으로 이어지는 청 조정의 탁월한 정치의 결과였지만, 한편으로는 중국인의 합리성에 기인한 것이기도 하였다. 담헌은 중국의 기물器物은 '오직 편리함을 목적'으로 하기에 조선처럼 구차하고 대충대충 하는 법이 없다고 보았다.

'오직 편리함을 목적'으로 하는 정신이란 바로 합리성이다. 이 합리성은 생활의 모든 국면, 곧 제도와 풍습, 기기 등에 관철되는 것이었다.

길에는 말똥 줍는 사람이 자주 눈에 띄었다. 삼태기를 지고 손가락처럼 약간 굽은 가지가 넷 달린 작은 쇠꼬챙이를 가지고 다니며 말똥을 보는 족족 손을 쓰듯 주워 담았다. 여기서 그들이 농사에 부지런하다는 것을 알 수 있다.

말똥더미 역시 모두 모양이 있었다. 원형의 더미는 컴퍼스로 그린 것 같았고, 네모난 더미는 직각자로 잰 것 같았다. 세모 더미는 직각삼각

형과 같았다. 둥근 것은 우산 같았고, 평평한 것은 책상 같았다. 말똥은 반질반질하고 윤기가 있는 것이 마치 벽을 바른 것 같았다. 끝에 가서야 이리저리 흩어지고 비스듬한 것을 보았다. 중국 사람들이 마음을 쓰는 것이 이와 같았다.

성곽에도 길이 있고, 여관은 언제나 깔끔하게 치워져 있었다. 제갈량이 군대를 이동시킬 때에도 변소에 일정한 법도가 있었으니, 새삼 신기하게 여길 것도 없다.

영평부永平府 서쪽은, 들밭의 반이 닥나무와 뽕나무였다. 들으니 잎은 누에를 먹이고 껍질은 종이를 만들어, 뽕과 닥을 심으면 농사를 대신할 수 있다고 하였다. 뽕과 닥을 줄을 지어 심어 놓은 것이 가지런하고 곧아 털끝만큼도 굽은 곳이 없었다.

이것은 중국 사람의 본성에서 나온 것이지 일부러 그렇게 한 것이 아니다. 그들의 큰 규모와 세심한 마음 씀씀이를 어찌 쉽게 말할 수 있는 것이랴.

점포는 안에 널빤지를 가로질러 안팎을 나누었다. 위는 긴 탁자로서 허리춤에 올 정도의 높이다. 그 위에 붓·먹·주판·장부·연산研山·연병研屛·노병鑪瓶 등 여러 고상한 기구를 두었다. 대개 물건의 질을 따지고 값을 흥정할 때는 주인과 손님이 탁자를 사이에 두므로 말이 헛갈리지 않는다.

모든 점포는 간판과 자호字號를 갖추고 있을 뿐만이 아니라, 처마에 각각 가게를 표시하는 물건을 매달아 알린다. 바람에 그 표시물이 나부끼면 오만 가지 색이 찬란하다. 길거리의 행상도 각각 징·죽비·목탁·소고 등의 물건이 있어 수고로이 소리를 내어 외치지 않아도, 그 소리만으로 무엇을 사고파는지 다 안다.

담헌이 길을 다니며, 시장을 구경하면서 본 것을 기록한 것이다. 수학과 기하학에 관심이 많았던 담헌의 사고 속에는 사물의 기하학적 배열을 선호하는 경향이 분명 있었다. 무질서한 것보다는 기하학적 배열이 사물을 수월하게 다루고 편리한 이용을 보장한다. 그것은 사물에 대한 합리적 인식의 소산이다. 이런 합리적 인식은 생활상의 작은 국면에서도 관철된다.

담헌은 중국의 곳곳에서 이런 정돈된 형태를 찾아내었다. 다음은 그가 관찰한 중후소 모자 공장의 노동하는 광경이다.

중후소는 마을이 번화하고 사람이 들끓었다. 시장문을 중심으로 몇 리는 너무 붐벼서 길을 갈 수 없을 정도였다. …… 모자 공장을 찾아갔다. 우리나라 관모冠帽가 모두 여기서 나온다. 집 1채는 길이가 10여 칸이나 되는데, 중간에 설치된 5개의 큰 화로에서 숯불이 활활 타오르고 있었다. 집안으로 들어서자 마치 여름처럼 찌는 듯 무더웠고, 땀이 흘러 오래 있을 수가 없었다.

모자 장인 4, 50명이 둘러앉아 자리가 어지럽지 않았다. 모두 옷과 모자를 벗어 붙이고 잠방이 하나만 달랑 걸치고 있었다. 그들은 몸과 손을 같이 힘차고 재게 놀려 일을 하였다. 그들이 뛰고 날치는 꼴을 보게 된다면 누구라도 놀라 마지않을 것이다.

대개 중국 사람들은 비록 공장이 같은 말단 기술자라 할지라도 성실하고 열심이어서 구차스럽지 않은 것이 이와 같아, 정말 미칠 수가 없었다.

중후소는 조선이 수입하는 모자를 만드는 곳이다. 담헌은 4,50명의 중국 노동자들이 질서 있게 앉아서 작업하는 모습에서 작업의 합리성과 높은 생산성을 발견했을 것이다.

담헌은 여행 내내 일관되게 중국인의 생활 모습 하나하나를 치밀하게 관찰했다. 그의 여행기는 이런 관찰로 가득하다. 태평차의 만듦새와 편리함, 길가의 나귀가 맷돌을 돌려 밀을 가는 모습, 숙소의 주인노파가 머리에 꽂은 수식과 쪽의 생김새, 종이 만드는 법, 곡식을 까부는 풍곡차風穀車의 원리, 말 먹이는 방법, 작은 마을의 우물까지도 어느 것 하나 허투루 보지 않고 찬찬히 살피고, 그것의 원리와 쓰임새를 살펴 기록하였다.

『연기』의 「옥택屋宅」, 「건복巾服」, 「병기兵器」, 「기용器用」, 「악기樂器」, 「가축家畜」 등의 단편은 이런 관찰의 기록이다. 가옥과 복식, 일상생활의 여러 도구, 무기, 악기, 가축 등에 대한 상세한 관찰 보고서인 것이다.

옥택 건물의 제도, 기와, 용마루, 창문, 아궁이, 온돌, 침실, 발, 마루

건복	모자, 변발, 승려·도사의 머리 모양과 관冠, 의복, 가죽옷, 신발, 갑옷, 주머니, 장도, 비연통鼻烟筒, 부채, 벼슬아치들의 옷과 조주朝珠, 향병香餠, 조모朝帽, 조복朝服, 부인복, 여자들의 머리 양식, 비녀, 머리에 꽂는 꽃, 군인들의 모자
기용	수레 일반의 형태와 만듦새, 태평거, 관인들의 승용 수레, 급수거汲水車, 간단한 상품과 똥을 싣는 외바퀴 수레, 우마차, 사람이 짐을 지는 편담扁擔, 가마와 선박의 종류와 만듦새, 부교浮橋, 운하, 물 뿌리는 동차銅車, 연자매, 풍구, 디딜방아, 씨아, 가죽풀무, 쇠도가니, 쇠모형, 홍두깨, 도르레우물, 소·말·양·돼지 등의 기름을 이용해 불을 켜는 지촉脂燭, 솜에서 실을 잣는 물레인 자새, 솜 타는 활, 체, 주판, 상여, 혼인에 쓰는 여러 기구, 그릇, 자기, 유기, 납기백철그릇, 황동, 백동과 황석을 사용한 그릇, 서양 자기, 중국 동전, 가마와 솥, 질그릇 독, 천칭저울, 질항아리, 횃불, 양각등羊角燈, 어항, 백보등百步燈, 화장실, 여러 목재와 감상용 나무
병기	활, 화살, 깍지, 새총, 나팔, 날라리
악기	금琴, 생황, 쟁箏, 비파, 월금月琴, 호금壺琴
가축	말과 말 기르는 법, 소와 소 기르는 법, 노새, 양, 돼지, 개, 낙타 등

이 중 담헌이 가장 인상 깊게 본 것은 운송수단이다. 수레와 같은 운송수단은 담헌만이 아니라 북경에 간 조선 사람들의 관심을 가장 크게 끌었던 것 중의 하나이다. 담헌은 『연기』의 단편 「기용器用」이

연행도에 나타난 수레

담헌은 중국의 여러 기물 중에 특히 수레에 큰 관심을 보이고, 그것의 만듦새며 용도를 매우 세세하게 기록하였다.

란 글에서 여러 종류의 수레와 가마, 배를 소개하였다.

수레의 제도는 우리나라의 짐 싣는 수레와 대략 같다. 다만 짜임새가 정밀하고 균형이 잡혀 두 바퀴가 똑바로 구르고 흔들리지 않기에 무거운 짐을 싣고 멀리까지 갈 수 있다. 멀리 가는 큰 수레는 바퀴살이 바퀴통을 향해서 모이지 않는다.

가로판을 '입卄' 자 형태로 만들고 네모난 바퀴통에 축을 끼우게 되어 있어 서로 떨어져 움직이는 법이 없다. 양쪽 멍에채 밑에 각각 쌍말뚝을 설치해 축 위에 얹어 놓는다. 수레가 가면 축은 말뚝 안에서 돌고, 축이 돌면 바퀴는 벌써 구른다.

이 방식에 의하면, 바퀴와 축은 서로 고정되어 있고, 멍에채와 축은 그 사이가 한 푼이나 한 치 정도다. 돌고 구르는 것이 긴 속바퀴에 비해 갑절이나 편리하고, 만드는 힘도 살바퀴에 견주어 반이나 덜어진다. 다만 굽은 골목길이나 둥근 모서리길을 돌아가는 것은 아주 힘들다. 이 때문에 먼 길을 가는 데는 좋지만, 성 안을 다닐 때는 편리하지 않다.

수레 한 대에, 노새나 말을 많게는 여덟 아홉 마리까지 멍에를 메게 한다. 멍에채 바로 아래 묶이는 놈은 반드시 튼튼하고 힘이 있는 놈을 고른다.

말가슴걸이와 뱃대끈은 쇠가죽을 쓴다. 멍에는 가로막대를 써서 매지 않는다. 우리나라 풍속에 쌍가마에 말을 멜 때 작은 나무안장을 얹고 양쪽으로 몇 치 넓이의 가죽 띠를 드리운다. 양 끝에는 덮개가 있고 그 위에 끈이 있어 말의 가슴을 맨다. 멍에채 끝에는 말뚝이 있어 덮개를 끌어당겨도 벗겨지지 않는다. 대개 옛날 제도에 얽매이지 않고 변통하여 이용했으니, 말이 전신의 힘을 다 낼 수 있고, 목을 조르는 치우친 고통이 없어지게 되었으니, 어찌 뒤에 나온 사람이 더 낫다는 경우가 아니겠는가.

짐이 무겁고 큰 경우 바퀴 밖으로 시렁을 몇 길 정도 달아낸다. 그 무게를 헤아려 보면 2,3천 근을 내려가지는 않을 것이다. 수레꾼은 그 위에 앉아 3,4발이나 되는 긴 채찍을 벼락소리 나듯 휘두르며 말들이 조금도 게으르지 않고 떨쳐 힘을 모아 나아가게 한다. 수레 앞에는 쌀 한 말들이 만한 쌍방울을 달아 종 치듯 흔들려 울리게 한다.

수레의 모양과 만드는 방법을 개괄한 것이다. 담헌은 이제 각각의 수레에 대해 설명한다.

승용수레를 태평거太平車라 한다. 멍에채와 바퀴가 둘인 것은 보통 수레와 같다. 위에는 길고 둥근 가마를 얹어 남색 천을 덮고, 양쪽으로 사방 한 자쯤 터놓아 내다보기 편하게 만들었다. 앞으로는 주렴을 드리웠고, 주렴 안은 두 사람이 누울 만하다. 아래쪽은 등으로 만든 자리를 깔아 널빤지를 대신한다. 이것을 등거藤車라고 부르는데, 길을 갈 때도 그리 흔들리지 않는다. 주렴 밖에는 널빤지를 가로질러 놓았는데, 수레꾼이 이불보를 그 위에 깔고 채찍을 잡고 앉는다. 그래서 험한 길이 아니면 수레꾼은 수레에서 내리지 않는다.

벼슬아치들이 타는 수레는 가마에 처마가 있는데, 위에는 주석을 깔고 꼭대기에는 휘장과 주렴을 치되, 혹 채색 펠트를 쳐서 추위를 막고, 곁에는 한 자쯤 되는 네모난 유리를 붙인다. 수레의 바퀴축이 멍에채 뒤끝에 있으면 수레 안이 흔들리는 것이 확연히 줄어든다. 다만 축이 뒤에 있으면 수레 전체의 하중을 말이 나눠 맡는다. 이 때문에 오로지 귀인貴人의 수레에만 이런 방식을 쓰고, 다른 수레는 모두 가마 가운데 축을 꿰어 앞과 뒤가 균형을 이루게 한다. 수레 전체의 하중이 전적으로 바퀴축에 실리므로 말이 힘들지 않다.

태평거는 시내에서는 오직 말 한 마리를 멜 뿐이다. 먼 길에는 두 마리를 쓴다. 하지만 3,4마리를 멘 경우는 끝내 보지 못했다. 북경의 삯수레는 혹 나귀 한 마리에 10여 명을 태우고 나는 듯 달리기도 하였다.

수레 중 담헌이 가장 관심을 보인 것은 승용수레인 '태평거'였다. 그는 중국 땅에 들어서자 곧 태평거를 세내어 타고 북경까지 갔다. 이 때문에 태평거의 제도를 꼼꼼히 관찰했던 것이다.

담헌은 북경의 물통을 실어 나르는 물수레와 간단한 짐을 싣고 이

외바퀴 수레
17세기 모습인데, 지금도 농가
에서는 그림과 유사한 형태의
외발 수레가 사용되고 있다.

동하는 외바퀴 수레에 대해서도 말하고 있다.

북경의 물수레는 수레 위에 물통을 실은 것인데, 그 물통은 8개 혹은 10개이다. 물통에는 덮개가 있고, 한 통에는 한 섬 정도 들어간다.

심양의 저자에서 떡과 과일을 파는 사람과 북경에서 똥을 실어 나르는 사람은 거개 작은 외바퀴 수레를 쓰는데, 바퀴의 지름은 주척周尺*으로 두 자에 지나지 않는다. 양쪽의 멍에채는 뒤가 높고, 그 높이는 사람의 겨드랑이를 넘지 않는다. 가운데는 쇠로 만든 장치가 있어 수레가 멈추면 아래로 드리워져 왼쪽 오른쪽에서 수레를 지탱하여 기울어지지 않게 한다. 다닐 때면 위에 매는 줄이 있어 두 어깨에 메고 두 손으로 밀면서 앞으로 나는 듯이 간다. 위에는 네모난 상자가 있어 물건을 싣는데, 가득 실으면 말 한 마리에 싣는 양이 된다.

조선에서는 이런 수레가 사용되지 않았기에 담헌에게 퍽 인상적이었던 것이다. 더욱이 수레의 바퀴는 크고 작음이 있어도 바퀴축의 길이는 한 푼 한 치도 틀리지 않다는 점을 언급하며, 그 제도의 우수함을 지적하였다. 험준하기 짝이 없는 청석령과 회령 두 고개에도 수레가 다니며, 온통 바위틈인 석문령 동쪽도 소가 끄는 수레를 이용하여 평지처럼 섶나무를 베어 나르고 있다고 말한다.

더욱 놀라운 것은 선박을 이용한 운수 제도였다.

운수의 편리함을 따지자면, 사람은 말만 못하고, 수레는 배만 못하다. 이런 까닭에 수천 리 운하로 조운漕運하는 편리함은 그 이익이 수십 수백 배가 되는 법이니, 운하를 파는 공력과 준설하는 비용은 아까워할 필요가 없다. 하지만 운하의 물이 강물에 근원을 둔 것이 아니고, 단지 개천물을 끌어들인 경우라고 가정해 보자. 물에 몇 길이나 잠기는 만 섬들이 큰 배가 물속 모래 더미에 걸리는 걱정을 덜기 위해서는 오직 수갑법水閘法만이 그 배를 육지에 다니게 할 수 있을 뿐이다. 때맞춰 갑문을 열고 닫아 물을 채웠다 내보냈다 하지만, 가뭄이 들거나 장마가 지더라도 그리 큰 증감은 없다. 정말로 좋은 기술로 인한 넓은 이익인 것이다. 그 방식은 양쪽 언덕에 제방을 쌓고 물 가운데에 문을 설치하는 것인데, 넓이는 배 두 척이 지나다닐 정도로 만든다.

선박의 제도는 더욱 정치하다. 흑룡강성의 통하通河에 있을 때 바다로 다니는 조운선을 보았다. 배 위는 판옥板屋이었는데, 기름과 가루로 그 틈을 발랐고, 널빤지문은 겨우 몇 사람이 들어갈 정도였다. 노를 젓고 닻을 올리는 일은 모두 옥내에서 한다. 대개 몽충蒙衝*의 제도에서 유래한 것으로 바람과 파도를 걱정하는 일이 없을 뿐만 아니라, 수전水戰에도 사용한다.

담헌은 선박이야말로 가장 우수한 운송수단이라고 생각하였다. 특히 내륙까지 선박의 운행을 가능케 하는 운하와 선박의 정교함과 치밀함 등을 꼼꼼

＊
주척 길이를 나타내는 자의 한 가지로, 우리나라 중국의 모든 문물제도가 주대에 근원을 두고 있다는 유가의 영향을 받아, 도량형의 기본단위를 주척으로 썼다. 1주척은 오늘날의 측량단위로는 약 2.07㎝이다.

＊
몽충 고대 병선의 일종. 선체의 겉을 쇠가죽으로 싸서 화살을 방비하게 되어 있으며, 적함을 충돌하여 파괴하는 배로 몽충艨衝, 또는 몽동艨艟이라고도 한다.

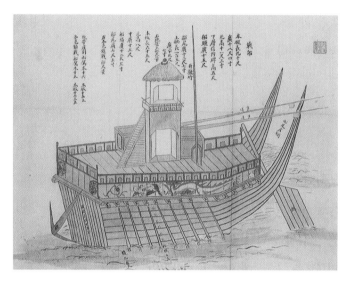

조선의 판옥선

담헌이 바람과 파도의 걱정이 없어 매우 유용하다고 한 판옥선은 조선에서도 명
종 때에 개발되어 임진왜란에서 큰 활약을 하였다.

히 서술한다. 담헌이 이렇게 힘주어 말한 수레와 선박의 편리성은 뒷
날 박제가에 이르러 수레와 선박을 이용한 물자의 운송과 유통, 국제
무역 등을 주창하는 데에까지 발전한다. 수레와 선박은 이른바 북학
파 경제론의 아이콘이 되었던 것이다.

이런 합리적인 기용과 제도에 대한 관찰은 담헌 이전에는 쉽게 찾
아볼 수 없는 것이었다. 예컨대 담헌의 『연기』 이전에 가장 빼어난
연행록인 『노가재연행일기』는 방대한 서술에도 불구하고, 이런 방면
에 대한 관찰과 서술을 찾아볼 수 없다. 중국의 물질문명에 대한 본
격적인 관찰과 서술은 담헌으로부터 시작된 것이다. 담헌의 관찰과

서술은 청의 물질문명을 배우자는 담론을 성립하게 한 원형이 된다. 담헌의 정신은 박제가의 『북학의』와 박지원의 『열하일기』에 와서 보다 풍부해지고 구체화된다.

상상한 오랑캐, 마주한 청

청의 번영은 눈과 귀로 확인할 수 있는 현실이었다. 그 현실은 대명의리와 북벌론을 가지고 일방적으로 무시하거나 부정할 수 없는 것이었다. 당시 청은 절정기의 제국이었다. 중국 역사가 시작된 이래 청보다 더 큰 제국은 없었다. 담헌은 그 사실을 정확하게 지적했다.

청이 중국의 주인이 되자 명조의 옛 땅을 깡그리 차지하여, 서북쪽으로 감숙甘肅에, 서남쪽으로는 면전緬甸에 이르렀다. 동쪽의 올라선창兀喇船廠은 청의 발상지로서, 명조 때에는 일통一統 밖이었으니, 그 영토의 넓이는 역대 왕조 중 으뜸이다.

청은 또 유연한 외교를 펼치고 있었다. 한 예로 담헌은 청이 강성한 몽고를 효과적으로 순치하고 있음을 지적한다.

몽고는 막상 싸움을 건다면 대적하기 어려운 정병이 될 것이다. 그러니 오랑캐가 천하를 호령할 힘을 가졌으나 오히려 몽고의 강성함을

「새연사사도」
청 황제는 매년 가을 사냥을 끝낸 뒤 연회를 베풀었는데, 이 연회에서는 씨름·연주·말 길들이기·경마 등이 펼쳐졌다.

두려워하여 황제의 공주를 보내 혼인을 맺고, 선비를 불러 과거를 보게 하여 온갖 벼슬길을 열어 주고, 물화 매매를 할 때 왕래를 자유롭게 하도록 하였다. 이런 까닭에 서른여덟 부락이 조공은 아니 하나, 실상은 한 나라나 다름이 없는지라 싸움이 그치고 변방이 평안하여 1백여 년 태평을 누리니, 다 강희제가 정한 법 때문이다.

청의 번영과 안정을 가져온 힘은 어디서 유래한 것인가. 담헌은 청의 정치에서 그 이유를 찾았다. 담헌은 북경 서쪽 20리에 있는 강희제의 별궁인 창춘원暢春園이 소박한 것에 주목하였다.

60년 동안 강희제를 천하가 받들었지만 그의 궁실이 이처럼 낮고 검소하였기에 천하를 위엄으로 복종시키고, 은혜가 중화와 오랑캐에 흡족하여 오늘까지 그를 성인이라 일컫는다.

하·은·주의 삼대 이후로 천하의 임금 된 자는 모두 자신의 거처를 다투어 사치스럽게 만들었다. 그들이 생각한 임금 자리의 즐거움이라는 것은 궁실의 아름다움과 수레·말·휘장으로 받드는 것을 벗어나지 않았다. 천하 사람들의 비평이 두려워 밖으로는 검소한 척했지만, 그 속마음은 숨길 수가 없었던 것이다.

오늘날 북경에 있는 거창한 궁궐은 명나라 3백 년 동안의 풍요로 짓고 꾸민 것이다. 그냥 그 궁궐에 산다고 해도 감히 무어라 하는 사람도 없을 것이고, 그것을 누리면서 자신의 득의함을 밝힐 수도 있었다. 하지만 그것을 팽개치고 거친 들판에서 살았으니, 거의 감당甘棠 밑의 풀집*과 같은 것이었다. 욕심을 버리고 검소함을 보인 것과 처음부터 끝까지 안정을 위해 노력한 것은 뒷날 임금들의 본보기가 될 만한 것이다.

게다가 모든 벼슬아치가 경성에서 매일 새벽에 나와 저녁에 돌아가게 하였고, 고기를 먹고 비단옷을 입는 집안의 자제들이 수고로이 말을 타는 것을 익혀 감히 편안한 생활을 하지 못하게 하였다. 기하旗

* **감당 밑의 풀집** 옛날 주나라 소백이 감당나무 아래에 풀로 집을 짓고 머물렀다고 하는 데서 따온 말이다. 위 정자의 검소한 거처를 상징한다.

下⁺의 여러 벼슬아치도 대신 이하는 편안히 수레나 가마를 타고 다닐 수 없게 하였다. 이 제도가 꼭 선왕의 좋은 제도가 되는 것은 아니지만, 편안할 때 위태로움을 잊지 않은 것이니, 또한 천하를 제패한 제왕의 원대한 책략이라고 할 수 있는 것이다.

담헌은 삼대를 비롯한 역대 중국 제왕들의 사치, 그리고 명이 만든 북경의 호사스런 궁전 등을 비판하면서 강희제가 검소함을 숭상했고, 일관되게 평화와 안정을 위해 힘쓴 것을 높이 평가한다. 그 결과 중화와 오랑캐가 모두 은혜에 젖어 강희제를 성인이라고 부른다는 것이다.

『을병연행록』의 서두에서 담헌은 "제 비록 더러운 오랑캐이나 중국을 차지하여 1백여 년 태평을 누리니, 그 규모와 기상이 어찌 한번 보암직하지 않겠는가."라고 말하지 않았던가. 청을 더러운 오랑캐이자 그들의 중국 지배를 비정상적인 상태로 보았던 담헌 아닌가. 그런 그가 저와 같은 이야기를 한다는 것은 놀라운 생각의 전환이었다. 담헌은 북경을 직접 체험하고 청의 번영의 이유를 찾았던 것이다.

담헌은 옹정제의 별궁인 원명원圓明園이 창춘원보다 호사스러운 것을 두고, 강희제의 검약 정신을 저버린 것이라 하였으며, 또 서산西山의 화려함을 묘사한 뒤 그 규모와 제도는 아방궁이나 건장궁만은 못하겠지만, 교묘함은 그보다 낫다고 하며, 강희제의 정치도 거의 끝난 것 같다고 평가했다. 원명원과 서산의 사치를 비판한 것이지

⁺
기하 청의 팔기에 소속되었던 만주 사람. 팔기는 청의 건국에 공을 세운 만주 사람으로 만든 8부류의 군대를 말한다.

만, 옹정제의 뒤를 이은 건륭제에 대한 평가는 아주 높다.

백성들이 부역을 괴롭게 여기지 않고 조정에서는 세금을 더 매기지도
않으니, 중국과 오랑캐가 편안하여 관동 수천 리에 근심과 원망의 소
리가 없다. 그 건국의 원칙인 간략함과 절검의 제도 또한 역대 왕조가
미칠 바가 아니고, 지금 황제의 재략도 보통 사람의 수준을 훨씬 뛰어
넘는 것이다.

담헌에게 건륭제는 강희제만은 못하지만, 중국을 안정적으로 통치
하는 탁월한 군주였던 것이다.

오랑캐인 청의 안정과 번영을 눈으로 확인한 담헌은 강희·옹정·

건륭으로 이어지는 청의 통치를 객관적 입장에서 긍정적으로 평가하지 않을 수 없었다. '더러운 오랑캐'인 청의 중국 지배가 중화문명의 오염을 초래했다고 생각한 담헌의 생각에 균열이 생기기 시작한 것이다. 중국의 번영을 목도하고, 청의 지배, 곧 정치가 그 번영을 불러왔다고 판단했다. 여행을 통한 현실 세계의 체험이 사고에 변화를 불러일으킨 것이다. 이 변화는 소중하지만, 완전한 변화는 아니었다. 하지만 그의 청의 정치와 번영상에 대한 객관적 서술은 귀국 후 보수적 인사들의 비판을 받는 중요한 근거가 되었다. 담헌의 동문이었던 김종후는 1767년 담헌에게 강희제의 정치를 긍정했다는 것에 불만을 품고 논쟁을 걸었던 것이다. 담헌의 사유는 이 논쟁 이후 극적인 변화를 일으켜 「의산문답」에서는 화이론 자체를 부정하게 된다.

북경에서
엿본 세계

서양의 존재, 그리고 서양의 과학과 기술 등은 담헌에게 큰 충격이었다. 담헌의 천주당 방문과 서양인 신부와의 대화가 만족스러운 것은 아니었더라도, 담헌만큼 적극적인 자세로 천주당에서 관찰과 대화에 임했던 사람은 없었다. 조선 사람 중에서는 유일한 사람이라고 해도 과언이 아닐 것이다.

미지의 땅, 서양에 대한 호기심

담헌의 시대에 조선이 경험할 수 있는 외국은 중국과 일본뿐이었다. 마테오 리치Matteo Ricci, 1552~1610가 제작한「곤여만국전도」와 같은 세계지도와 줄리오 알레니Giulio Aleni, 1582~1649가 저술한『직방외기』같은 지리서가 조선에 수입된 뒤 조선 사람들, 특히 경화세족의 세계 인식에 일대 충격을 주기는 했지만, 서양은 여전히 실감할 수 없는 미지의 땅이었다. 때로 한반도 해안에 표류하는 서양의 난파선이 있었고, 그 기회에 네덜란드 사람 벨테브레이Jan J. Weltevree나 하멜Hendrik Hamel 등이 조선 땅을 밟았지만, 우연하고 희귀한 접촉에 지나지 않았다. 그것은 네덜란드 상인이 일본 나가사키의 데지마에 상주한 것과는 비교가 되지 않았다.

북경은 이런 점에서 조선 사람에게는 세계로 열린 작은 창이었다. 조선 사신단은 북경에서 베트남인·유구인·몽고인 등 아시아인 외에도 러시아인·독일인·프랑스인을 만날 수 있었다.

이 외에 극히 제한된 범위에서나마 서양을 간접적으로 인지할 기회는 또 있었다. 서양산 물건, 혹은 서양에서 유래한 물건이 그것이었다. 담헌이 북경에 갈 당시 조선에는 자명종·망원경·안경·양금·거울 같은 서양산 물건이 수입되어 있었고, 사람들은 이것들을 통해 서양이라는 다른 세계의 존재를 알 수 있었다. 담헌을 북경으로 이끈 또 하나의 계기는 이런 서양산 물건이었다고 말할 수 있을 정도이다. 담헌은 1759년 나경적을 만나 혼천의를 제작했는데, 그것은 서양에

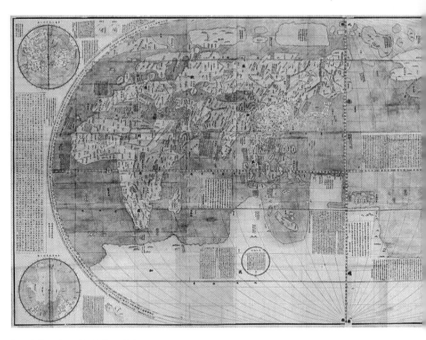

「곤여만국전도」와 마테오 리치
조선 사람들은 중국을 거쳐 들어온 세계지도와 지리서 등을 통해 '서양'의 존재를 어렴풋
하게 인식하고 있었다.

서 유래한 자명종과 같은 원리로 작동하는 것이었다.

　조선인이 서양인과 천문학, 서양산 물건과 기기를 동시에 볼 수 있
는 곳이 바로 천주당이었다. 담헌이 북경에 도착한 뒤 가장 먼저 가
고자 한 곳은 서양인 신부가 있는 천주당이었다. 그곳에서 그는 서양
인과 서양의 과학을 눈으로 확인하고자 했던 것이다.

신기한 서양 물건들

1월 10일 담헌은 조선 사신단과 거래를 하는 진가의 점포를 찾아가
양혼을 만났다. 이전에 본 문시종이 궁금했던 것이다. 양혼은 선비다
운 맛은 부족했지만, 소탈하고 솔직한 사람이었다. 양혼 역시 담헌의
진중한 언행에 깊이 감복했다. 담헌이 양혼이 차고 있는 수놓인 주머
니에 눈길을 주자 양혼은 주머니를 끌러서 시계를 보여 주었다. 하
나는 '일표'로서 시간을 보기 위한 것이고, 다른 하나는 '물음에 따라
종을 치는' 문시종이었다. 양혼은 두 가지를 모두 보여 주었고, 특히

엄지손가락으로 꼭지를 눌러 문시종의 소리를 내게 하였다.

"문시종은 '시時를 묻다'라는 말입니다. 무슨 시인지 알고자 하면 여기에 물으면 알 것이요, 묻는 법은 말로 묻는 것이 아니라 뒤에 자루 같은 조그만 둥근 쇠를 엄지손가락으로 지그시 누른 뒤 곧 놓으면 알 수 있습니다."

양혼이 문시종에 대해 설명하자 담헌은 혼잣말로 "무슨 시뇨?" 하고 문시종을 한 번 눌렀다. 그러자 종소리가 열두 번을 치고, 이어 약간 사이를 두고 거듭 두 번씩 세 차례를 쳤다. 양혼이 설명을 덧붙였다.

"첫 번 열두 마치는 정오를 친 것이오, 이어 거듭 치기를 세 차례 한 것은 각을 친 것입니다. 지금 시각이 정오 2각이 되었고, 한 시각 안에는 열 번을 고쳐 물어도 종 치는 수가 변하지 않습니다."

담헌이 신기한 듯 자명종을 계속 살피며 말했다.

"우리나라에 자명종이 여러 개가 있고, 나도 이런 기계를 여러 번 보았으나, 이같이 공교하고 신이한 것은 보지 못하였습니다. 청컨대 그 속을 잠깐 열어 볼 수 있을지요?"

"자세히 보십시오."

양혼이 문시종을 건네자 담헌은 꼼꼼히 살펴보았다. 대개 자명종과 같은 것이나, 내부가 워낙 섬세해 사람이 만든 것 같지 않았다. 양혼은 다시 일표를 꺼내 보이며 문시종과 같은 것이나 소리를 내지는 않는다 하였다. 황제를 가까이서 모시는 그로서는 황제 앞에서 소리를 낼 수 없어 일표를 따로 마련했다고 하였다.

엄격한 담헌이지만, 이 신기한 서양 기계 앞에서는 꼼꼼히 살펴보고 싶은 욕망을 억누를 수 없었다. 급기야 담헌은 며칠 빌려 달라는 말을 꺼냈다. 양혼은 흔쾌히 승낙했다. 담헌이 만약 빌려 갔다가 손상이 되기라도 한다면 다시 뵐 면목이 없을 것이라고 하였으나 양혼은 대수롭지 않다는 듯 빙그레 웃을 뿐이었다. 담헌은 이후부터는 이 문시종으로 시간을 확인하곤 한 듯하다. 귀로에 오른 3월 8일 기록을 보면, 봉황점에서 문시종을 열었더니 저녁 8시 45분을 쳤다고 한 말이 있기 때문이다.

담헌은 유독 자명종에 관심이 많았다. 어떤 날은 유리창에서 '자명종 수리처'라는 간판을 보고 들어갔다가 수리만 한다는 말에 실제 자명종은 보지 못했고, 또 어떤 날은 한 점포에서 5백 냥이나 한다는 한 길 넘는 큰 자명종을 보고 놀라기도 하였다. 하지만 신중한 성격 탓에 자명종을 구입하지는 않았다. 오히려 일관 이덕성이 자명종을 사겠다고 할 때는 말리기도 하였다. 이덕성은 장경의 점포에서 자명종을 하나 구입할 예정이었다. 욕심을 낸 자명종은 사방에 유리를 끼우고, 수정과 보석으로 화려한 장식을 더한 것으로, 큰 종은 시간을, 작은 종은 분을 알리게 만든 매우 정교한 것이었다. 이덕성은 2백 냥이나 하는 이 자명종을 사서 조선의 관상감에 두고자 했지만, 담헌은 용수철은 오래 사용할 수 없고, 여러 장치도 이미 손상된 데가 많다며 사지 말라고 말렸던 것이다.

자명종과 함께 담헌이 관심을 보인 것은 망원경, 곧 천리경이었다. 1월 29일 융복사를 방문했을 때 담헌은 탁자 위에 천리경 몇 개가 진

자명종
담헌은 특히 과학 기기들에 관심이 많았는데, 그중에서도 특히 자명종과 천리경을 인상 깊게 관찰하였다.

열된 것을 보았다. 그 중 통소 대롱만 한 것을 골라 50보 밖의 편액을 보니 글자의 획이 또렷하게 보였다. 사려 했지만, 마침 앞서 흥정에 실패하여 잠깐 자리를 비웠다가 돌아온 라마승 몇이 사나운 눈으로 째려보는 바람에 겁이 나서 사지 못하고 말았다.

담헌은 서양산 기계에 과도하다 할 정도로 깊은 관심을 보였다. 특히 섬세한 기계장치와 오차 없이 작동하는 시계를 통해 서양의 이미지를 '정확성'으로 인식하였던 듯하다.

외국에서 만난 또다른 외국인들

북경은 조선인이 중국과 일본 외의 외국인을 만날 수 있는 곳이었다. 특히 1월 1일의 조참에는 청의 주변국, 곧 청에 조공하는 '번이藩夷'들이 참여했기에 거기에서 외국인과 접촉할 수 있었던 것이다.

번이의 조공은, 유구琉球는 2년에 한 번, 안남安南은 6년에 두 번, 섬라暹羅는 3년에 한 번, 소록蘇祿은 5년에 한 번, 남장南掌은 10년에 한번 바친다. '서양 면전西洋緬甸'의 조공은 정해 놓은 시기가 없다. 몽고는 38부족 중 복종하지 않는 부部는 둘이고, 36부는 선비를 뽑아 대학에 입학시키고, 군사를 뽑아 시위하게 한다. 서로 장사도 하고 결혼도 한다.

외국 상인들의 무역 또한 제한된 구역이 없어, 낙타와 말이 관동까지 다녀 일통과 크게 다를 것이 없다. 유구는 중국 동남쪽 바다 가운데 있는데, 우리나라와는 바다를 사이에 둔 이웃이다.

당시 중국에 조공을 한 나라로는 유구오키나와, 안남베트남, 섬라태국, 소록인도네시아, 남장라오스, 면전미얀마, 몽고 등이 있었다. 면전은 원래 지금의 미얀마를 말하는데, 담헌이 특별히 '서양 면전'이라고 한 이유를 알 수가 없다. 또 유구가 조선과 바다를 사이에 둔 이웃이라고 한 말은 지리적 감각을 결여한 말이다. 유구는 일본 오키나와의 옛 이름이므로, 실제는 조선과는 아주 멀리 떨어져 있다.

1765년 12월 29일 담헌은 조참의 예행연습에 참여했다가 유구 사신단을 만났다. 담헌은 그들의 복색을 꼼꼼하게 관찰했다.

12월 그믐 사신 일행은 홍려시鴻臚寺에 가서 예행연습을 하였다. 유구

「천하도」
조선 후기에 그려진 이 천하도에는 중국과 조선 외에도 일본, 유구, 안남, 섬라 등의 나라가 표시되어 있다.

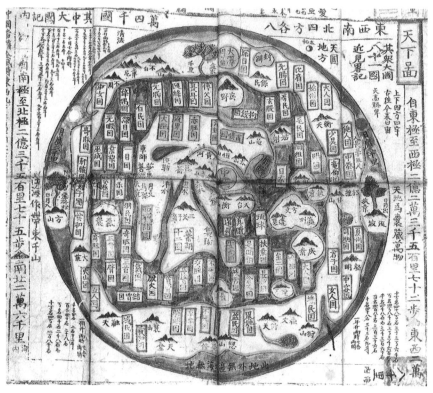

사신이 먼저 와 있었다. 내가 역관들을 따라가서 보니, 누런 모자를 쓴 사람이 셋, 검은 모자를 쓴 사람이 여덟이었다.

누런 모자를 쓴 사람들은 모두 검은 빛깔의 소매가 넓은 비단옷을 입고 있었는데, 길이가 무릎에 닿았다. 두 사람은 누런 띠를, 한 사람은 붉은 띠를 띠었다. 누런 띠를 띤 사람은 사신, 붉은 띠를 띤 자는 통사였다.

모자의 생김새는 누런 비단을 10여 겹 남짓 돌려 어슷비슷하게 묶었다. 안은 높고 밖은 낮으며, 위에는 둥그스름하게 마루가 진 부분이 있어 무武로 낮게 들어가 있었다. 우리나라 금관의 모양과 얼추 비슷하였다.

띠는 넓이가 5, 6치가량이었는데, 허리를 두른 뒤 앞에서 맸고, 양쪽 끝은 옷에 가지런히 늘어뜨렸다. 모두 금실로 무늬를 짜서 넣었다.

머리는 묶어 상투를 만들고 밖을 향해 감았는데, 얼추 중국 여자의 쪽머리 같았다. 비녀 두 개를 상투에 꽂았는데, 하나는 가로로 찌르고 하나는 세로로 꽂았다. 망건은 쓰지 않았고, 발에는 가죽신을 신었으며, 안에는 소매가 좁은 옷을 입었다. 토시와 소맷부리는 모두 오랑캐의 제도였다.

여덟 사람은 모두 회색의 소매가 좁은 옷을 입었고, 모자의 제도는 위가 평평하고 챙이 넓었다. 이들은 모두 하인들이다.

담헌이 특히 외국인의 복식에 대

『황청직공도』에 나나탄
유구국 사신 모습

「만국래조도」
청대에 각국 사신단이 조회를 준비하는 장면을 그린 그림이다. 담헌은 조참 예행 연습을 구경하러 갔을 때, 유구, 안남, 몽고 등의 외국 사람들을 만났고, 그들과 대화를 나누려고 하였다.

해 관심을 보인 것은, 복식을 문화의 상징으로 인식했기 때문이었다.

유구 사신단 가운데서 얼굴이 희고 수염이 적은 선비의 고상한 기운이 있는 상사와 행동이 조심스럽고 나이가 든 부사가 비단자리를 깔고 중당에 앉았다가 담헌을 보고 인사를 하기에 담헌은 그들과 대화를 시도했다. 분위기가 어수선하여 겨우 상사를 이끌어 자리에 앉히고, 땅바닥에 한자를 써서 필담을 하려 했지만, 중국인 통역들이 소란을 가라앉힌다고 제지하는 통에 필담은 이뤄지지 못했다.

유구 사람과 잠깐이나마 대화를 나눈 것은 다음 날인 1월 1일이었다. 새벽에 조참을 기다리고 있을 때 김선행이 유구 사람을 불러와 필담을 잠시 나누었다. 중국에 어떻게 왔느냐 물으니, 뱃길로 5천 리를 건너 복건성에 상륙했다고 하였다. 대화는 조참이 시작되어 더 이어지지 못했다. 조참이 끝난 뒤 담헌은 유구 사람을 불러 중국어로 몇 마디 나누었으나 깊이 있는 대화는 나누지 못했다. 유구에도 한자가 있지만 음이 다르다는 것, 국왕의 성이 '상尙' 씨라는 것 정도의 대화가 오갔을 뿐이다.

담헌은 1월 22일 정양문 밖 동남쪽 7,8리 되는 곳에 있는 유구관을 찾아갔다. 마침 유구관에는 제독이 와 있었고, 그곳을 지키던 서반序班과 갑군甲軍이 막아서 들어가지 못하였다. 하기야 그것도 소용없는 일이었다. 유구 사신은 여러 날 전에 벌써 귀국했기 때문이었다. 담헌은 다시는 유구인을 만날 수 없었다.

담헌은 몽고인과 러시아인도 적극 만나려고 하였다. 『연기』 곳곳에서 몽고에 대해 서술하고 있다. 몽고를 달자㺚子라고도 부른다는 것, 청에 벼슬하는 사람이나 태학에 입학하는 유학생은 의복과 모자가 만주인과 다를 것 없고, 공물을 바치기 위해 온 자들은 유독 누렇게 물들인 모피 모자를 쓰고 있으며, 생김새가 대체로 흉악하고 사나웠다는 것 등이다. 또 옥하관 북쪽의 몽고관은 수백 명의 몽고인이 머무르고 있으며, 낙타를 타고 시내를 돌아다니고 있다는 서술도 보인다.

담헌은 북경에 도착하기 전 방균점에서부터 몽고인을 길에서 자주 보았다. 담헌은 1월 24일 몽고어 통역인 이억성李億成과 일관 이덕성을 데리고 몽고관을 찾아가 보기도 하였다. 몽고관은 사면을 흙담으로 둘렀을 뿐 지붕 같은 것은 없었고, 넓은 초원에 10여 개의 펠트로 만든 천막이 있었다. 이억성의 제안으로 추장을 만났다. 담헌의 눈에 비친 몽고 추장은 이러하였다.

몽고 추장은 쭈그려 앉아 멀뚱멀뚱 바라볼 뿐이고 손님을 맞으려는 생각이 없었다. 생김은 미련하고 더러웠으며 얼굴 전체가 먼지와 때였다. 그 꼴을 보고 있으면, 마음이 오싹하였다.

마침 같이 온 사람 몇이 모두 가고 다시는 들어오지 않았다. 나 혼자 이억성과 마주 앉아 있었다. 천막 가운데는 원형으로 열 명쯤 들어갈 공간이었는데, 온통 양가죽과 잡털가죽을 깔아 놓았다. 복판에는 발이 셋이고 높이가 한 자쯤 되는 냄비를 걸어 두었는데, 그 아래에는 석탄을 때고 있었다. 천막의 꼭대기는 덮개를 벗겨 햇볕도 받고 연기도 나가게 하였다.

추장은 이억성의 말에 건성건성 답하다가 청심환 두 알을 받고서야 웃으며 대화에 적극 응했다. 그는 몽고왕의 종친으로서 관직은 1품이며, 오직 활쏘기와 말 달리기만 일삼아서 장수가 되었고, 중국 글자나 중국말을 알지 못하며, 몽고 글자도 알지 못한다고 하였다. 또한 몽고는 북경에서 3천 리 떨어져 있고, 숙위宿衞*를 위해 낙타를 타고 한 달 만에 북경으로 왔다고 하였다. 추장은 담배를 담아 이억성과 담헌에게 피우기를 권했고, 담헌은 다 피운 뒤 담배를 다시 담아 주었다. 헤어질 때 추장은 머리만 끄덕거릴 뿐 별다른 말이 없었다. 담헌은 이런 몽고인을 금수나 별로 다르지 않다고 평가했다.

담헌은 몽고 추장을 만나서 야만적이라고 평가했지만, 몽고 전체를 그렇게만 본 것은 아니었다. 귀국 직전인 2월 24일 담헌은 숙부 홍억과 상사 이훤李烜, 부사 김선행과 태학을 다시 찾았다. 이전 방문에서 학생들을 만나지 못해 다시 찾은 것이다. 태학의 생도 중에는 몽고 생도가 있어 김재행이 필담을 잠시 나누었다. 이 생도는 깔끔하고 수려하였다. 결코 야만족이 아니었다.

한편 몽고인에 대해 현실적이고 날카로운 시각을 보여 주기도 하였다. 길을 다니면서 자주 만난 몽고인들은 아무리 추워도 여관에 드는 법이 없고, 날이 저물면 수레를 길가에 세워 두고 물과 풀이 있는 곳으로 가서 밥을 지어 먹고 노숙을 하는데, 새벽에 길을 떠날 때 보면 서리와 눈이 옷과 모자에 가득해도 그대로 자면서 유유자적했다. 담헌은 몽고인이 완악하고 우둔하여 금수와 같지만, 강인하게 배고픔과 추위를 견

* **숙위** 황제를 호위한다는 명목으로 속국의 왕족들이 볼모로 가서 머물던 일

「여지도」에 그려진 외국 사람들
맨 위 왼쪽부터 갑군과 섬라인, 몽고
승과 몽고인, 달자와 서양인

려내는 점은 두려워할 일이지, 비웃을 일은 아니라고 말한다.

담헌이 관심을 보인 여러 나라에는 회회국回回國도 있었다. 12월 14일 사신단이 십삼산十三山에 도착하자 담헌은 호부 낭중戶部郎中의 젊은 아들 오씨를 만나, 그의 하인과 대화를 나누었다. 오씨와 그의 하인은 만주인으로 중국어가 능통하지 않아, 여진어 통역인 변한기邊翰基를 내세워 여진어로 대화했다. 여기에 회회인에 대한 언급이 나온다. 오씨는 10년 전 회회인이 반란을 진압할 때 종군하여 공을 세운 적이 있었다. 담헌이 회회인에 대해 좀더 자세히 물었다.

"회회인의 풍속은 어떠하던가? 전투에 임하여 용감함과 비겁함이 중국인과 비교해서는 어떠한가?"

오씨가 말하였다.

"회자回子는 사람이 아닙니다. 예법이 전혀 없어 남녀가 피하지 않고 대소변을 봅니다. 전쟁터에서는 흉악하고 사나워 화살과 돌을 두려워하지 않습니다. 이 때문에 우리 군사도 여러 번 패하였고, 언젠가 칠흑 같은 밤에 뒤엉

켜 싸울 때는 군사를 몽땅 잃을 뻔도 했지요. 다행하게도 용감하기만 할 뿐 꾀가 없고, 행진할 때 법도가 없기에 마침내 깨부수고 항복을 받아냈지요."

여기서 말하는 회국 또는 회자는 천산 남로天山南路 지역의 위구르 족을 말한다. 이들은 1757년 청에 반란을 일으켰다가 이듬해 평정되었다. 담헌은 회회국을 "변경에서 자주 말썽을 일으키는 종족으로서, 회회국의 하나라고도 하고, 혹은 회흘回紇의 남은 종족"이라고 하였는데, 여기서 말하는 '회흘'이 곧 위구르 족이다. 회회국 사람들이 담헌에게는 퍽 인상 깊었던 듯하다.

북경에 도착한 뒤 조회에 참여한 날 여진어 통역 변한기를 알아보는 회회인이 있었다. 그는 원래 포로로 북경에 잡혀 왔다가 황제의 특사로 풀려나 벼슬까지 한 사람이었는데, 몇 해 전에 본 변한기를 기억하고 아는 척을 한 것이다. 또 담헌은 정양문 밖 상점가를 지나다가 시장 문에 걸터앉은 회회인을 보았고, 옥하교 부근에서도 보았다. 담헌은 회회인을 눈이 매처럼 깊숙하고 수염이 고슴도치처럼 짧고 뻣뻣한 사람으로 묘사하였다. 중국인보다는 서양인에 가까운 모습이었다.

1월 17일 태액지와 오룡정을 구경하고 돌아오다가 제도와 단층이 이상한 회회국 사람의 집에 들렀다. 이곳은 청이 10년 전 전쟁에서 이기고 잡아온 회회국 사람들의 거주지였다. 하지만 회회인들이 중국어가 능통하지 않아 자세한 대화가 이루어질 수는 없었다.

북경에서 담헌은 러시아 사람도 보았다. 담헌의 시대에 러시아는 조선에 이미 알려져 있었다. 12월 9일 조선 사신단이 심양에 도착했을 때 만주 사람인 심양 부학瀋陽府學의 조교 납영수拉永壽의 집에 묵었다. 이때 담헌과 납영수는 중국어로 대화를 나눴는데, 문득 납영수가 담헌의 중국어에 감탄하며 이렇게 말하는 것이다.

"조선은 정말 예의의 나라군요. 다른 외번外藩에 비할 바가 아닙니다."

그러더니 러시아인에 대해 말했다.

"대비달자는 사람을 앞에 두고 오줌을 누고, 부인이 있어도 꺼리지 않지요. 담배도 입으로 피지 않고 코로 피우더군요."

납영수는 예의 바른 조선 선비 담헌을 보자, 그 정반대편에 있는 대비달자, 즉 러시아인이 떠올랐던 것이다.

"이들은 금수와 그리 다르지 않지요."

담헌의 대꾸에 납영수가 웃으며 대답했다.

"그렇지요."

담헌이 다시 말했다.

"그들의 행동이 추잡한 것은 밉지만, 사납고 모진 데다 싸움을 잘하는 것은 두려워할 만하지요."

하지만 납영수는 담헌의 말에 별로 동의하지 않는 듯했다.

"용맹은 있지만 꾀가 없고, 전투할 때는 진법이 없으니 두려워할 것은 없습니다."

사실 러시아에 대한 충분한 정보가 있는 것은 아니었다. 조선은 1654년효종 5과 1658년효종 9의 1차 나선정벌羅禪征伐*로 러시아를 인지하였다. 나선은 러시아를 한자음으로 옮긴 표기이다. 이후 청나라에 사행을 다녀온 관리들은 북경에서 러시아인을 만난 사실을 전했고, 그들이 청과 군사적으로 대치를 이루고 있다거나, 대국으로서 주변국에 위협이 되고 있다는 등의 이야기를 조선에 전하였다.

청과 러시아는 1689년 네르친스크 조약을 체결하면서 교역을 시작했다. 북경에 온 러시아인들은 조선 사신들이 머무르던 곳을 빼앗기도 하였다. 강선姜銑의 『연행록』 1699년 12월 24일의 기록을 보면, 북경 상인들이 대비달자들이 과거를 치르기 위해 와 있는데, 조선 사신단 숙소를 써야 하니 조선 사신단은 다른 곳으로 옮겨야 한다고 요구했다는 내용이 있다. 1721년 사은 부사로 북경에 간 이정신李正臣, 1660~1727의 연행록에도 유사한 내용이 있는데, 북경에 가서 조선 사신단이 으레 머물던 옥하관에 머물려고 했으나, 대비달자가 먼저 와 있어 다른 데로 객관을 정했다고 한다. 이정신은 옥하관을 지나다가 문 밖에 어떤 괴이한 사람이 있는 것을 보았는데, 말구종이 대비달자라 하였다. 그는 그때 만난 대비달자의 모습을 "그 장대하기가 청인보다 훨씬 크고, 그 코는 특별히 다른 사람보다 컸다."라고 묘사하였다. 청국 측은 따로 조선관을 다시 지어 주었다. 박지원은 『열하일기』에서 조선관의 위치를 "정양문 안 동성東城 밑 건어호동乾魚衚衕 한림서길사원翰林庶吉士院과 담장 하나를 사이에 두고 있다. 연공사年貢使, 동지사가 먼저 와서 관에 머물고, 다시 별사別使가 오면 서관西館으로 나누어 든다. 그래서 이곳을 남관南館이라 한다."라고 하였다.

✛
나선정벌 연해주 방면으로 세력을 확장하는 러시아를 정벌하는 청을 조선군이 도와 정벌한 싸움으로, 1654년에 1차 정벌이 있었고, 1658년에 2차 정벌이 있었다.

조선이 러시아를 인식하고 있었다고는 하지만, 조선의 러시아에 대한 지식은 보잘것없었다. 담헌 역시 마찬가지이다.

대비달자는 곧 악라사鄂羅斯로서 몽고의 별종이다. 그 사람들은 모두 코가 크며 흉악하고 사납기 때문에 우리나라에서 그들을 '대비달자' 라고 부른다. 그 나라는 사막 밖의 아득히 먼 곳에 있다. 그 땅에서 쥐 가죽과 돌거울이 난다. 우리나라가 연경 시장에서 사오는 것은 모두 이런 것이다.

'몽고의 별종'이란 러시아가 흑룡강 일대까지 진출했기에 그 위치를 보고 판단한 것일 터이다. '그 나라는 사막 밖의 아득히 먼 곳에 있다'고 한 것은 바로 그 때문이다. 담헌에게 실제 유럽의 러시아가 인식될 리 만무했던 것이다. 대체로 조선 후기 지식인들은 대비달자, 혹은 악라사를 흑룡강 부근에 있는 종족으로 인식했다.

북경 시장에서 팔리는 평면유리의 한 면에 수은을 바른 거울은 러시아에서 수입한 것이고, 이것은 다시 조선으로 수입되었다. 러시아인들은 당시 옥하관에 머무르고 있었기에 담헌은 여러 차례 가 보려고 했으나, 아문과 통역이 말려 갈 수 없었다. 다만 통역에게 들은 이야기를 전하고 있을 뿐이다. 여자를 겁탈하려다가 살해한 러시아인을 당시 황제가 사형에 처했던 이야기, 그리고 러시아 개의 사나움에 대한 이야기였다.

다시는 문전을 더럽히지 않겠습니다

북경에서 직간접적으로 체험하는 외국인 중 호기심을 가장 많이 끈 대상은 서양인이었다. 유구와 몽고, 베트남도 외국이기는 했지만, 조선 사람과 인종적으로 비슷한 데다 동일한 한문 문화권이고, 이미 조선에는 익히 알려져 있었다. 그에 비해 서양인은 전혀 다른 외모뿐 아니라 종교와 문화, 기술 등 여러 면에서 호기심의 대상이었다.

예수회의 마테오 리치가 1583년 천주교 선교를 목적으로 광동에 도착하여 1601년 만력제를 만나고 선교를 허락 받은 이래 서양인 선교사들은 중국의 전통 천문학과 경쟁하여 승리를 거두고, 마침내 이미 수많은 오류를 노정하고 있던 명의 대통력大統曆을 수정하여 1634년 『숭정역서崇禎曆書』를 완성한다. 중국에 파견되는 조선 사신들은 이들의 존재를 점차 인지하게 되고, 또 선교사들이 한문으로 번역한 서양 서적, 곧 천주교 관계 서적과 천문학·수학·지리 관련 서적, 세계지도 등을 사 오면서 서양의 존재를 보다 뚜렷이 인지하게 되었다. 서양에 대한 정보의 증가는 자연스레 서양인에 대한 궁금증을 불러일으켰다.

조선은 또 현실적인 필요 때문에 서양인 선교사와 접촉하고자 하였다. 1645년 청이 시헌력時憲曆을 공식 역법으로 선포하자, 조선 역시 1653년 시헌력을 공식 역법으로 채택하였다. 시헌력은 원래 명대에 완성된 『숭정역서』를 청이 그대로 수용하고 이름만 고친 것이다. 조선의 관상감은 시헌력을 조선에 적용할 때 발생하는 오류를 고치

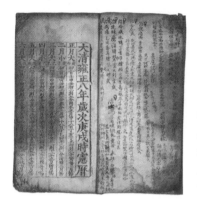

『시헌력』
서양 역법을 참고하여 만든 청나라 역법으로,
1645년부터 공식 역법으로 채택하자 조선에서
도 1653에 공식 역법으로 채택하였다. 그전까지
는 명의 역법인 대통력을 사용하였다.

기 위해 관상감 관원을 북경에 종종 파견했고, 그들은 천주당을 방문
해 서양인 선교사들에게 서양 천문학은 물론 천문 계산에서의 착오
등을 문의하였다. 1765년 담헌이 북경을 방문했을 때도 관상감의 일
관 이덕성은 조정의 명령으로 유송령과 포우관 두 사람에게 오성五
星, 화·수·목·금·토성의 운행제도와 역법의 오묘한 뜻을 묻고, 천문을 관
찰하는 여러 기구를 구입하고자 했던 것이다.

　이런 현실적 목적 외에도 서양인을 만나고자 하는 욕망은 북경을
방문하는 사신단이면 누구나 가지고 있었다. 예컨대 1720년 이이
명李頤命, 1658~1722이 고부사告訃使＋로 북경에 파견되었을 때 천주당
을 방문하여 포르투갈 코임브라Coimbra 출신의 예수회 신부 소림蘇霖,
Joseph Suarez과 독일 출신의 예수회 신부 대진현戴進賢, Ignatius Kogler을 만
나 토론한 것이 그것이다. 이이명 등의 전례, 그리고 이들의 경험과
그에 대한 글, 예컨대 이이명이 소림과 대진현 두 서양인 신부에게
보낸 편지 「여서양인소림대진현與西洋人蘇霖戴進賢」 등은 조선 경화세

서양인 선교사들이 지켜보는 가운데 천구의와 혼천의를 운반하는 모습
청나라에는 이미 서양인 선교사들이 포교를 이유로 많이 들어와 있었고, 그들은 특히 천문학, 수학, 지리학 분야에 대해 상당한 영향력을 행사하고 있었다.

족의 호기심을 자극하기에 충분했을 것이다. 이러기에 북경을 방문하는 사신단의 자제들에게 희한한 구경거리로 천주당만 한 곳은 없었을 것이다.

강희康熙, 1662~1722 이래로 우리나라 사신들이 북경에 가서 천주당을 찾아 구경을 청하면 서양 사람들은 언제나 흔쾌히 맞아 천주당의 기이한 그림과 신상神像, 기이한 기구들을 보여 주었고, 서양에서 만든 진귀한 물건도 선물로 주었다. 사신단 일행은 그들의 선물을 바라고 기이한 것도 구경할 겸 해마다 으레 천주당을 찾았다.

하지만 조선의 풍속이 교만하고 잘난 체하기를 좋아해 그들로부터 선물을 받고도 답례를 하지 않았다. 또 무식한 아랫사람들이 이따금 천주당에서 담배를 피우고 침을 뱉는가 하면, 기물들을 마구 만져 그들의 깨끗한 성품을 거스르기도 하였던 것이다. 요즘 서양 사람들은 더욱 조선 사람을 싫어하여 구경을 하자 해도 반드시 거절하고, 보여 주더라도 진심으로 대하지 않았다.

17세기 후반부터 조선 사신단은 천주당을 방문했고, 천주당의 서양 신부들은 포교에 목적이 있었기에 예수상이나 마리아상 등의 신상과 기구, 곧 자명종과 망원경 등의 과학기구, 그리고 선물을 아끼지 않았던 것인데, 조선 사람이 무례하게 굴어 담헌의 시대에 오면 구경을 거절하는 지경에 이른 것이다.

담헌 역시 북경에 온 뒤로 천주당을 가장 먼저 방문하고자 하였다. 1월 1일 조참에 참여한 뒤 3일과 4일은 조선관에 머물렀고 4일은 정양문 밖에서 연극을 보았으며, 5일은 태학·부학·문승상묘·옹화궁을 보았다. 6일은 바람이 많이 불고 연일 구경을 다니는 것이 탈이 잡힐까 하여 조선관에 머물렀다. 7일에 말구종 세팔을 불러 천주당을 찾아가기로 했지만, 서종맹이 심술을 부리는 바람에 달래느라 그날 하루를 허비했다. 실제 천주당을 찾은 것은 1월 9일이다. 북경의 천주당은 동당·서당·남당·북당이 있었는데, 담헌이 방문한 곳은 남당이었다. 이곳에 유송령劉松齡과 포우관鮑友官이 있었다.

서양인 수녀와 신부
북경을 방문하는 조선 사신단의 가장 큰 관심을 끈 외국인은 단연 서양인이었다.

담헌은 자신의 천주당 방문의 경험을 「유포문답劉鮑問答」으로 정리했다. '유송령·포우관과의 문답'이라는 뜻이다. 유송령은 슬로베이나 출신의 할러슈타인August von Hallerstein, 포우관은 독일인 고가이슬Anton Gogeisl이다. 물론 담헌은 이 두 사람이 슬로베이나인이고 독일인이라는 사실은 알지 못했을 것이다.

유송령과 포우관은 모두 서양 사람이다. 명 만력 때 이마두利瑪竇, 마테오 리치가 중국에 오면서 서양 사람이 내왕하게 되었다. 산수算數로 전도하기도 하고, 또 천문 관측 기구에 뛰어나 천문 관측에 귀신과 같았고, 천문 현상을 파악하는 데에 정묘하였으니, 한漢·당唐 이래 없던 바였다. 이마두가 죽은 뒤 배를 타고 바다를 건너 동쪽으로 오는 사람들이 끊이지 않았다. 중국에서도 그 사람들을 기이하게 여겨 그 기술에 힘입었고, 호사가들은 이따금 그들의 학문을 숭상하였다.

강희 말년에는 서양에서 온 사람이 더욱 많아졌다. 황제가 그 기술을 채택하여 『수리정온』이란 책을 지어 흠천감에 주었으니, 참으로 천문 현상 연구에 심오한 근원이 되는 것이다.

성 안에 네 곳의 천주당을 지어 그 사람들을 살게 했으니, 이름하여 천상대天象臺이다. 이로 인해 서학이 비로소 성행하였고, 천문을 말하는 사람들은 모두 그 기술을 받아들이게 되었다. …… 이제 서양의 법은 산수에 근본을 두고 천문을 관측하는 전문 기기로 참작해 오만 가지 형상을 살피고 재었다. 천하의 멀고 가까움, 높고 깊음, 크고 작음, 가볍고 무거운 것들을 눈앞에 죄다 모아 마치 손바닥을 가리키듯 하니, 한·당 이후에는 없던 것이라 해도 망령된 말은 아니다.

담헌은 서양을 수학과 천문학, 천문 관측 기기로 인지한다. 이것을 제외한 서양, 예컨대 기독교와 같은 종교는 관심사가 아니었다. 서양의 역사와 사회 등은 아예 떠올리지도 않았다. 담헌은 중국의 천문학을 '망상과 억측'으로 이루어진 것으로, 서양의 천문학은 전문 기기에 의한 관측과 수학적 계산에 의해 이루어진 것으로 생각한다. 서양의 수학과 천문학은 담헌의 세계관에 충격에 가까운 영향력을 행사한 것으로 보인다.

담헌은 이덕성과 함께 천주당을 방문하기로 하고, 1월 7일 말구종 세팔을 시켜 유송령과 포우관 두 사람에게 만나고자 하는 뜻을 전하였다. 하지만 그들은 공무가 있다며 20일 후에나 만나자는 답을 해

남천주당
북경에는 네 개의 천주당이 있었는데, 담헌이 방문한 곳은 남천주당이다.

왔다. 담헌은 서종맹에게 썼던 방법을 다시 쓰기로 한다. 정중한 편
지와 함께 선물을 보내기로 한 것이다.

삼가 새봄에 복 많이 받으시기 바랍니다. 저희는 궁벽한 곳에서 나고
자라 식견이 몽매하고 고루합니다. 성상星象·의도儀度에 본디 타고난
재능은 없지만, 망령된 생각에 배우기를 원합니다. 적이 듣건대, 좌하
께서는 하늘의 근원을 배우고 연구하여 미묘하고 깊은 이치를 남김없
이 드러내었다 하니, 대개 백세에 걸쳐서도 듣지 못한 바입니다.
저희는 대방가大方家를 찾아가 그분에게 배워 상수象數를 끝까지 연
구하고자 했지만, 나라의 경계에 막혀 그 생각을 한갓 마음속에만 뭉
쳐 두고 있었습니다. 이제 다행하게도 사신의 행차를 따라 도성에 와

서 높으신 분들을 바라볼 수 있게 되었으니, 묵은 소원을 푼 셈입니다. 다만 외국의 천한 몸이라 문지기에게 저지를 당할까 걱정하여 망설인 지 오래였습니다.

이에 감히 망령됨과 경솔함을 돌보지 않고, 어리석은 속마음을 펼쳐 말씀드리는 것입니다. 또 보잘것없는 토산물은 옛 사람이 예물을 올려 스승을 찾던 뜻을 본받은 것이니, 여러 선생께서는 굽어 살펴 주소서.

수학과 천문학을 배우고 싶다는 간절한 편지와 함께 장지 2묶음, 부채 3자루, 먹 3갑, 청심원 3알을 선물로 딸려 보내자, 과연 답장이 왔다. 담헌은 이덕성과 통역관 홍명복을 대동해 천주당을 찾는다. 약간 특이한 것은 이날 눈을 뜰 수 없을 정도로 바람이 불어 특별히 '풍안경風眼鏡'을 끼고 갔다는 것이다. 풍안경은 바람을 막는, 일종의 선글라스이다.

천주당에 도착하여 유송령과 포우관 두 사람이 나오기 전 객당客堂에서 기다렸다. 오늘날의 응접실인 객당에는 하늘의 별자리를 그린 천문도와 세계지도가 있었고, 안으로 들어가니 벽에는 서양화가 그려져 있었다. 벽화는 색채가 진하고 강하였다. 누각은 중간이 비었고, 들어가고 나온 것이 서로 잘 어울렸다. 사람과 사물은 마치 살아 있는 것처럼 떠서 움직였다. 원근법 사용이 뛰어나 냇물과 골짜기의 드러나고 어두운 것, 연기와 구름의 밝고 흐린 것, 먼 하늘의 텅 빈 곳까지 모두 순정한 색으로 칠해져 있었다. 담헌은 서양화의 입체감, 원근법, 그리고 동양화에서 여백으로 표현하는 하늘까지 채색한 서

예수의 십자가형을 형상화한 성화
15세기 이탈리아의 화가인 만테냐의 작품으로, 서양에서는 이미 강렬한 색채, 원근법과 입체감 등의 표현이 정착되어 있었다.

양화의 리얼리티에 감탄해 마지않는다. 더욱이 그는 원근법이 '산술에서 나온 재할裁割*비례의 법'에 근거한 것이라고 들었다고 말한다.

이어 유송령과 포우관 두 사람이 나왔고, 대화가 시작되었다. 이 대화는 『을병연행록』에만 실려 있다. 통역은 홍명복이 맡았다. 홍명복이 먼저 묻고 유송령이 대답하였다.

"귀국이 중국의 어느 편에 있으며 거리는 얼마나 됩니까?"

"중국의 남쪽으로 수만 리 밖이요, 대서양 사람입니다."

"대서양의 땅 넓이가 얼마나 됩니까?"

"세 성省이 있으니 땅은 넓지 않으나 인재는 매우 성합니다. 사대부주四大部洲를 아십니까?"

"어찌 모르겠습니까?"

"조선은 동승신주의 지방입니다."

"그대는 어느 해에 중국에 왔습니까?"

"중국에 이른 지 스물여섯 해째입니다."

"서양 나라의 복색이 중국과 다름이 있습니까?"

"우리 복색은 이렇지 않습니다. 머리를 깎지 않고 의복도 너릅니다. 다만 우리가 지금 중국에 들어와 중국의 녹을 먹는지라 마지못하여 중국 제도를 따르고 있습니다."

"글자는 중국과 다름이 없습니까?"

"우리는 우리 글자를 씁니다. 중국 글자는 잘 모릅니다."

"그러하면 중국 글을 모릅니까?"

"중국에 와서야 처음 한자를 배워 글자를 약간 알고, 이름 또한 중국에 와서 새로 지은 것입니다."

홍명복이 이덕성을 가리키며 말했다.

"이 사람은 우리나라 흠천감의 관원으로 그대에게 책력 만드는 법과 성신星辰의 도수度數를 배우고자 합니다."

"어찌 감히 당하리오. 다만 벼슬이 우리와 한가지이니 마음이 각별합니다."

유송령은 담헌을 가리키며 물었다.

"이 사람은 무슨 벼슬입니까?"

"이분은 우리 삼대인三大人의 공자로 벼슬 없이 선비의 몸으로 중국을 구경하고자 왔는데, 그대의 높은 의론에 참여하여 듣고자 합니다."

홍명복의 질문에서 당시 조선인들이 서양에 대해 무엇을 궁금해했는가를 짐작할 수 있다. 지리적 인식이 중국과 인도에 머물러 있던 조선 사람으로서는 서양의 지리적 위치에 대한 감각이 있을 수 없다. 물론 이때 이미 「곤여만국전도」 같은 세계지도, 『직방외기』 같은 지리서가 들어와 있었지만, 홍명복이 그것을 보고 이해했는지는 알 수 없다.

유송령이 홍명복의 질문에 대해 사대부주를 아는가를 묻고, 조선은 동승신주 지방에 속한다고 말한 것은, 조선인들의 이해를 돕기 위한 것이었다. 사대부주는 원래 불교에서 수미산須彌山*을 중심으로 동쪽을 동승신주東勝身洲, 서쪽을 서우하주西牛賀洲, 남쪽을 남섬부주南贍部洲, 북쪽을 북구로주北俱蘆洲 등 넷으로 구획한 데서 나온 말이다. 세계지도를 익히 알던 유송령이 조선 사람이라면 그와 같은 사실을 알 것으로 짐작하여 이해를 돕기 위해 인용한 것이다. 당시 이미 서양은 지구설에 입각해 세계를 파악하고 있었지만, 대부분의 조선 사람들은 아직 지구는 네모나다는 천원지방설天圓地方說을 믿고 있었으므로, 조선 사람에게 서양의 위치를 논리적으로 납득시키기 어려웠다.

담헌은 통역을 통해 유송령에게 중국에 들어온 연도, 서양인의 복색과 문자 등에 대해 물었다. 하

수미산 불교의 우주관에서 세계의 중앙에 있다고 하는 산

파이프 오르간
거문고 연주에 능통했던 담헌은 처음 접한 파이프
오르간으로 거문고 곡조를 연주해 내었다.

지만 서양에 대한 빈약한 사전 정보와 언어의 장벽으로 인해 대화는
순조롭게 이어지지 않았다. 담헌은 천주당 안을 구경하자고 청하였
고 두 사람이 허락했다. 중정을 지나 본 건물로 들어가자, 그 화려함
이 말로 표현할 수 없을 정도였다. 천주당에 진열된 온갖 기구와 벽
에 걸린 성화, 마테오 리치와 아담 샬 이후 북경에 파견된 예수회 신
부들의 초상화는 참으로 놀라운 것이었다.

이어 남쪽 누각에 설치된 악기를 보자고 청했고, 두 사람은 문을
열어 주었다. 거대한 파이프오르간이 있었다. 담헌은 지름과 길이가
서로 다른 수십 개의 납통, 곧 금속제 파이프와 송풍상자를 관찰한
뒤 송풍상자에서 보내는 바람에 의해 소리가 난다는 것을 이해하고,
'말뚝'이 각 파이프와 연결되어 건반을 만질 때마다 다른 음을 낸다
는 것을 알아차렸다. "생황의 제도를 따르되 크게 만들고, 기구를 이

용해 사람의 들숨날숨을 쓰지 않으니, 서양의 제도이다."라고 하며 자못 감탄하였다.

담헌이 파이프오르간 연주를 듣고 싶어 하자, 유송령은 연주자가 아프다며 자신이 직접 건반을 치며 연주법을 대략 설명하였다. 담헌은 유송령을 따라 건반을 조작하며 음계를 파악했다. 오르간 파이프의 길이와 지름에 따라 음이 다른 것은, 거문고가 현의 굵기와 괘의 길이에 따라 각각 다른 소리를 내는 것과 동일한 원리라고 깨닫고, 그 자리에서 파이프오르간의 건반을 쳐서 거문고 곡을 연주하였다. 담헌이 "이것은 동방의 음악입니다."라고 하자 유송령은 연주 실력이 상당하다며 매우 놀라워하였다.

이어 담헌이 유송령에게 파이프오르간이 소리를 내는 원리를 설명하면서 의문나는 것을 물었다. 유송령은 웃으며 홍명복에게 말하였다.

"저분이 설명을 분명하게 하시니, 분명 전에 청에 오신 분일 것입니다."

홍명복이 담헌을 한껏 추켜세우며 말하였다.

"저분은 우리 세 번째 대인_{홍억}의 조카이신데, 중국에는 처음 오셨소. 재주와 기술이 아주 높아 성상·산수·율력 등의 여러 법을 꿰뚫어 모르는 것이 없습니다. 직접 혼천의를 만들었는데, 천체의 형상에 묘하게 들어맞습니다. 그래서 두 분을 만나 높은 견해를 듣고자 하는 것입니다."

정직한 담헌은 홍명복에게 과장이 심하다고 나무랐으나, 홍명복은 이렇게 하지 않으면 그들의 마음을 움직여 '기이한 기구와 특별한 책을 얻어 볼 수 없을 것'이라면서 태연하였다. 이 말에 담헌이 한 걸음 더 나갔다.

"속담에 '수재는 문을 나서지 않아도 천하의 일을 두루 안다' 하거늘, 선생께서는 어찌 사람을 낮춰 보시는지요?"

"감히 어찌 ……."

유송령 역시 농담인 줄 알고 웃으면서도 속내를 털어놓으려 하지는 않았다.

담헌은 이어 자명종을 보고 싶다고 말했다. 자명종을 이용해 혼천의를 만들었던 담헌에게 자명종이야말로 가장 큰 관심사였다. 자명종은 따로 마련된 건물에 설치되어 있었다.

자명종을 보자고 청했더니, 유송령이 앞장을 섰다. 뜰 남쪽에 이르자 작은 집이 있었다. 위는 누각이고, 누각의 북쪽에는 쇠로 만든 추가 아래로 드리워져 있었다. 무게는 수십 근쯤 나갈 것 같았다. 바퀴가 힘차게 돌면 뎅뎅 소리가 났다. 큰 종을 매달아 놓았는데, 한 번 치면 누각 안이 모두 진동하였다.

두 길쯤 되는 사닥다리가 놓인 천정의 창은 겨우 한 사람이 들어갈 정도의 공간이었다. 유송령은 나만 올라가 보라고 하였다. 나는 갓을 벗고 누각에 올라갔다. 자명종의 만듦새를 보니 아주 기이하고 거창하여 작은 종에 비할 바가 아니었다.

큰 바퀴는 열 몇 아름이나 되고도 남았고, 그 옆에는 작은 종 여섯 개를 매달아 놓았는데, 모두 추가 있어 시각을 알리게 되어 있었다. 누각 남쪽에 쇠막대기가 가로로 나와 있는데 거기에 큰 동그라미를 그리고, 시간을 나누어 표시해 놓았다. 막대기 끝에 어떤 물건이 있어 시간을 가리키게 되어 있다. 자명종의 생김새가 대략 이와 같다.

직접 자명종 속으로 들어가 그 구성 원리를 본 담헌은 감탄을 금하지 못한다. 그는 서양에서 유래한 자명종을 중국이나 일본에서도 본떠 크고 작게 제작하기도 하지만, 확실히 서양의 것만은 못하다고 말한다. 서양의 것은 사람 주먹보다 작은 것은 물론이고, 때로는 반지보다 작은 것도 털이나 실처럼 가는 바퀴로 정확히 종을 치고 시간을 귀신처럼 맞춘다는 것이다. 다만 작은 것은 제작이 어렵고 망가지기 쉽기에 정확성과 내구성으로는 큰 자명종이 낫다고 말한다.

이날 자명종을 본 것으로 천주당 구경은 끝났다. 홍명복이 침실을 보여 달라고 했지만, 유송령이 핑계를 대며 거절했다. 담헌은 아직 궁금한 것이 많았다. 진짜 궁금했던 것은 서양의 수학과 천문학이었는데, 그에 대한 대화는 나누지 못했기 때문이다.

담헌이 이덕성과 다시 천주당을 찾은 것은 13일이다. 하지만 유송령은 공사로 출장을 갔고, 포우관은 현재 재상과 귀인들을 접대하기에 바빠 만날 수 없다며, 문지기는 19일에 다시 오라고 하였다. 19일에 다시 찾아가자, 문지기는 유송령과 포우관 두 사람이 지난밤에 천문 관측을 하느라 아침에 잠들어 아직 깨어나지 않았다며 담헌을 기다리게 하였다.

담헌은 준비해 온 선물을 문지기를 통해 보냈다. 하지만 신부들은 전에 받은 예물에 답례를 못 하였는데 또 받을 수는 없을뿐더러 일이 있어 만날 수 없다는 답을 해 왔다. 담헌은 최후의 수단으로 정성과 예의를 다한 편지 쓰기를 꺼냈다.

두 번 찾아와 가르침을 청하였으나 뵈올 기회를 얻지 못하였습니다. 무슨 잘못을 저질렀는지 알지 못하니 부끄럽고 송구함을 이기지 못하겠나이다. 삼가 하직을 고하며 다시는 문전을 더럽히지 않겠습니다. 모쪼록 이해해 주시고 용서해 주소서.

이 편지를 전하자 두 신부가 나와 맞이했다.

담헌이 중국어를 잘하지 못하므로 필담을 하자 했더니, 유송령이 필담을 대신할 사람을 불러왔다. 과거를 치기 위해 북경에 와 있던 남방 출신의 선비였다. 필담이 시작되었다.

"천체의 형상과 산수를 배우고자 여러 번 찾아왔으나, 거절을 당할까 아주 두려웠습니다. 여러분의 양해와 용서를 바랍니다."

담헌의 말에 두 신부는 고개를 끄덕일 뿐이었다. 다시 담헌이 물었다.

"무릇 사람이 어려서 배우고 장성해서 행할 때 임금과 어버이를 존귀한 이로 여깁니다. 들으니 존귀한 이를 버리고 따로 존귀하게 여기는 바가 있다고 합니다. 이것은 어떤 학문입니까?"

유송령은 좀더 질문을 구체적으로 해 주라는 뜻을 보였다.

"우리나라 학문은 이치가 아주 기이하고 오묘합니다. 선생께서 어떤 것을 알고자 하십니까?"

담헌이 다시 물었다.

"유교는 오륜을, 불교는 공적空寂을, 도교는 청정淸淨을 숭상합니다. 두 분의 나라에서 숭상하는 바를 듣고 싶습니다."

유송령이 대답하였다.

"우리나라의 학문은 사람들에게 사랑을 가르칩니다. 하느님을 우주만물의 최고로 높이고 남을 자기 몸처럼 사랑하라고 합니다."

담헌이 또 물었다.

"하느님은 무엇을 가리키는 것입니까? 따로 그런 사람이 있습니까?

유송령은 나름 담헌이 이해하기 쉽게 대답을 해 주었다.

"공자가 '천자가 천지에 지내는 제사의 예는 상제上帝를 섬긴다'라고 할 때 상제와 같은 것입니다. 하지만 도교에서 말하는 옥황상제는 아닙니다. 『시경』의 주석에서도 '상제는 하늘의 주재자'라고 말하지 않았습니까."

깊은 수준의 대화는 아니었다. 하지만 더 이상 천주교에 대한 대화는 이루어지지 않았다. 담헌도 천주교 쪽에는 별다른 흥미가 없었다. 담헌은 『을병연행록』에서 천주교에 대한 자신의 생각을 간단하게 밝혔다.

또 저희 학문을 중국에 전하니, 그 학문의 대강은 하늘을 존숭하여 하늘 섬기기를 불도의 부처 섬기듯이 하고, 사람들에게 아침저녁으로 예배하며 착한 일을 힘써 복을 구하라고 권하니, 대개 중국 성인의 도와 다르고 오랑캐의 가르침이어서 말할 것이 없다.

담헌은 천주교 자체에 대한 이해의 수준이 낮았다. 뿐만 아니라 오랑캐의 차원 낮은 종교로 여겼다.

담헌은 오성의 위치를 관측하여 계산하는 법의 유래에 대해 물었으나, 두 사람은 현재『역상고성曆象考成』이란 책을 다 고치지 못하고 있다고 답했다.『역상고성』은 강희제의 명령으로 1722년 완성된 청의 천문역산서天文曆算書이다. 그런데 여기에 오류가 있어 대진현이 1742년『역상고성후편曆象考成後篇』을 편찬한다. 아마도 당시『역상고성후편』에 오류가 있어 수정 작업이 이루어지고 있었던 것이 아닌가 한다. 이어 별의 위치에 대한 대화가 있었지만, 그 구체적인 내용은 기록하지 않았다. 또 천문학에 필요한 수학과 계산법에 대해 물었지만, 두 신부는 별 성의 없이 건성건성 답했다.

좁은 틈으로 엿본 서양

담헌은 천문 관측 기기에도 비상한 관심을 보였다. 담헌은 자신이 만든 혼천의에 오류가 있는 것 같다면서 유송령에게 관측 기구를 보여 달라고 청한다. 하지만 유송령은 볼만한 관측 기구는 관상감에 있고 현재 있는 것은 파손된 것뿐이라면서 대신 별자리를 그린 구球에 주석으로 만든 황도黃道와 백도白道를 끼운 세차歲差를 측정하는 각종 관측기구를 진열한 관상대 그림을 가져왔다.

담헌은 관상대란 말에 비상한 흥미를 느끼고 흠천감에서 근무하고 있는 유송령에게 구경을 주선해 줄 것을 부탁했다. 하지만 유송령은 관상대는 금지구역이어서 관계없는 사람은 함부로 들어갈 수 없고 황제의 아들이나 형제라 할지라도 마음대로 들어가지 못한다면서 거절하였다.

담헌은 이어 망원경을 보여 달라고 청했다. 망원경은 옥외에 설치되어 있었다.

망원경은 청동으로 경통鏡筒⁺을 만들었다. 경통의 크기는 조총의 통만하고, 길이는 주척으로 3자 남짓하였으며, 양쪽 끝에 모두 유리를 끼워 놓았다. 아래에 외다리 셋을 세우고, 그 위에 망원경 틀을 설치하였다. 그리고 하나의 직각 구조에만 망원경의 경통을 얹어 놓았다. 그 기둥들이 망원경을 받친 곳에 두 개의 움직이는 지도리를 두었다. 그래서 다리는 항상 한 자리에 서 있지만, 사람이 마음대로 망원경을 낮추고 높이고 돌릴 수가 있었다. 다리 앞에는 줄을 내리그어 놓았는데, 지평地平을 정하기 위한 것이다.

따로 종이를 바른 길이 한 치 남짓한 짧은 망원경은 한쪽 끝에 유리를 두 층으로 붙여 놓았다. 이것으로 하늘을 보면 한밤중처럼 캄캄한데, 망원경의 망통

⁺
경통 현미경이나 망원경 따위에서 접안렌즈와 대물렌즈를 연결하는 통

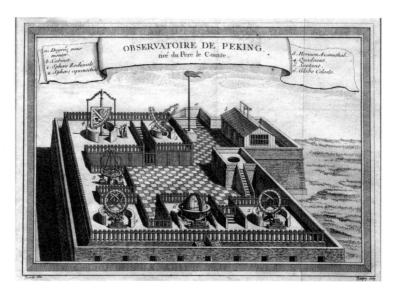

예수회가 북경에 설치한 것으로 알려진 천문대

에다 이것을 대고 걸상에 앉아 이리저리 올렸다 낮추었다 하면서 해를 향해 한쪽 눈을 감고서 보면, 둥근 햇볕이 경통 안에 가득 차서, 마치 옅은 구름 속에 있는 것 같았다. 해를 바로 바라보아도 눈을 깜박이지 않았고, 털끝만 한 물건도 살필 수가 있었으니, 대개 기이한 도구인 것이다.

실물을 보지 않은 이상 그 형태를 짐작하기 어렵지만, 대충 유추해 볼 수는 있다. 곧 담헌이 본 망원경은 삼각대 위에 설치한 천체망원경이다. 경통이 조총의 통만 하다고 하는데, 조총의 통 크기가 얼마나 되는지 알 수 없으니, 망원경 렌즈의 직경은 짐작할 수 없지만, 길이는 주척으로 3자라고 하니, 약 70센티미터쯤 된다. 이 망원경을 삼각대 위에 설치해서 천체 관측을 위해 높낮이를 조절하고 회전을 가능하게 한 것이었다. 담헌은 낮에 방문했기에 이 망원경으로 별을 관찰할 수는 없었다. 하지만 태양은 관찰했다.

또 한 치 남짓, 곧 3센티미터 조금 넘는 짧은 망원경은 아마도 색처리한 유리를 붙인 망원경으로 보이는데, 이것은 큰 망원경의 접안렌즈에 붙여 태양을 관찰하기 위한 것이다. 담헌은 이것으로 태양을 보았다. 색유리를 붙인 것이니, 눈을 깜빡일 필요가 없었다. 또 원래 큰 망원경은 천체망원경이었으니, 배율이 워낙 높아 다른 물체 역시 똑똑히 볼 수 있었던 것이다.

담헌은 태양을 관찰하다가 태양 중간에 수평으로 선이 한 줄기 놓여 있는 것을 보고 깜짝 놀라 무엇이냐고 물었고, 유송령은 원래 태양에 있는 것이 아니라, 지평 곧 수평을 유지하기 위해 그은 것이라고 답한다. 이어 담헌은 태양의 흑점에 대해 묻는다.

"일찍이 태양 가운데 흑점 셋이 있다 했는데, 지금은 없으니 어찌된 것인지요?"

유송령이 답했다.

"흑점은 셋만 있는 것이 아니지요. 많을 때는 여덟 개까지 됩니다. 다만 어떤 때는 있고 어떤 때는 없습니다. 이것은 태양이 마치 공처럼 뒤집히며 구르기 때문입니다. 지금은 마침 흑점이 없을 때입니다."

1610년 갈릴레이는 망원경으로 태양의 흑점을 관찰하고, 흑점의 이동 현상을 통해 태양이 자전한다는 사실을 밝혀내었다. 유송령의

'태양이 공처럼 뒤집히며 구른다'는 발언은 갈릴레이의 발견에 기초한 것이다. 담헌은 태양이 자전한다는 사실을 이때 처음 알았을 가능성이 높다. 담헌은 뒷날 「의산문답」에서 지구 자전설을 주장한다. 이때 들은 태양의 자전 이야기 역시 담헌의 지구 자전설에 영향을 주었을 것이다.

담헌이 북경에서 돌아오고 4년 뒤 서명응徐命膺, 1716~1787 역시 사신으로 북경에 파견되었고, 유송령을 만났다. 서명응은 융복시 시장에서 은 6전으로 마테오 리치가 만든 혼개통헌渾蓋通憲, 곧 아스트롤라베astrolabe*를 사서 갔더니, 유송령은 지금은 사용하지 않는다고 하였다. 또 천체망원경을 보고 싶으며 하나 구입하고 싶다고도 했으나 유송령은 팔 만한 것이 없다고 하였다. 최고급 유리로 만든, 칠정을 볼 수 있고 태양의 흑점도 관찰할 수 있는 것이 있기는 하나 팔 만한 여벌은 없다는 것이다. 여러 기록으로 볼 때 조선쪽에서는 아마도 선교사들로부터 천체망원경을 구입한 적이 없었을 것이다.

망원경을 보고 난 뒤 담헌은 다른 관측 기구와 시계를 보고 싶다고 했으나 두 신부는 없다고 했다. 담헌이 삼사가 보낸 예물을 주며 작은 예물이지만 받지 않으면 다시 오지 않겠다고 하자, 유송령은 선물을 받으며 삼사에게 감사의 뜻을 전해 주고 1월에는 시간이 없으니, 2월에 만나는 날짜를 상의해 보자고 했다.

다시 천주당을 찾은 것은 2월 2일이다. 하지만 필담을 맡은 선비가 미처 오지 않아 중국말로 대화가 이루어졌다. 유송령은 대마도와 부산이 조선의 어디에 있는지, 일본과 서로 왕래하는지, 조선에도 자명종이 있는지, 만세산萬歲山[+]에 있는 자명종을 보았는지 등을 물었다. 이어 천문학에 관한 긴 대화가 있었으나 담헌이 세세히 기록하지 않아 그 구체적인 내용을 짐작하기는 어렵다. 이덕성이 천문 계산과 관계된 책을 보여 달라고 청했고, 유송령은 '서양의 언자諺字' 곧 알파벳으로 쓴 인쇄본처럼 정교한 책을 보여 주었다. 붓으로 쓴 글씨와 다른 글씨의 형태를 희한해하는 담헌에게 유송령은 금속제 펜을 보여 주었고, 담헌은 먹물이 금속의 홈을 따라 흐르는 교묘한 장치에 다시 놀랐다.

이어 담헌은 의기儀器 및 요종鬧鐘, 곧 자명종을 보여 달라고 간곡히 청하였고, 유송령이 자명종을 가지고 왔다.

겉은 1자쯤 되는 나무상자이고, 안에는 주석상자가 있었다. 가운데에는 바퀴가 설치되어 있는데, 용수철을 돌려 그 기계를 때리면 종을 무수하게 친다. 그래서 요종, 즉 시끄러운 종이라 부르는 것이다.

새벽에 일이 있을 경우, 저녁에 시간을 맞추고 기계를 틀어 베개 옆에 두면, 때가 되어 종을 쳐 귀를 울리고 잠을 깨운다. 앞에는 시각의 분도分度를 배열하고, 뒤에는 유리를 붙여 그것을 가렸다.

포우관이 품속에서 일표를 수시로 꺼내 시간을 확인하는 것을 담헌이 유심히 보자 일표의 갑을 열어 보여 주었다. 담헌은 "귀신이 새긴 것 같고, 오랑캐의 생각에서 나온 것이 아닌 것" 같은 정밀함에

[+] **아스트롤라베** 고대부터 중세까지 그리스, 유럽 등지에서 사용된 천체 관측 기구로, 별의 위치나 시간 등을 측정하였다.

[+] **만세산** 현재 북경의 경산

항해용 나침반과 아스트롤라베

감탄을 금치 못했다. 두 사람이 안경을 쓴 것을 보고, 담헌은 서양 안경도 수정으로 만드느냐고 물었고, 유송령은 수정이 눈을 상하게 하기 때문에 사용하지 않는다고 했다.

이어 나경羅經, 곧 나침반을 보여 달라고 하자, 유송령이 하나를 보여 주었다. 나침반의 바늘 길이는 몇 마디쯤 되었고, 3백 60도를 표시해 두었다. 이어 나침반의 방위 수에 대해 대화가 이어졌다. 유송령은 서양의 나침반이 8위·16위·32위 등 다양한 방위를 가지고 있으며, 32위는 선박에서만 사용된다고 하였다. 담헌이 무진의撫辰儀란 기구를 보고 싶다고 하자, 유송령은 관상대에 있지만 육의六儀*보다 간편하지 않아 지금은 사용하지 않는다고 하였다.

담헌은 서양의 천문 관측기기와 천문학, 수학에 대해 대단한 열의를 보였지만, 유송령과 포우관의 반응은 그리 적극적이지 않았다. 매번 거절을 하고 헛걸음을 하게 했으며, 어쩌다 이루어진 만남에서도 데면데면했다. 19일 천주당에서 돌아오는 길에 이덕성은 그들의 태도를 자못 분해하였다.

한약재의 하나인 고과

"이전에는 천주당 사람이 우리나라 사람을 보면 가장 반겨하며 대접하는 음식이 극히 풍부하고 혹 서양 물건을 선물로 주는 것이 적지 않더니, 근래에는 우리나라 사람들이 보채는 것을 괴로이 여겨 대접이 이리 소홀하니 원통하고 분합니다."

이덕성은 원래 역법을 배우고, 의기 두어 가지와 천문학 서적을 사려고 온 것인데, 두 사람의 성의 없는 태도에 실망이 이만저만이 아니었던 것이다.

유송령과 포우관은 담헌 일행을 무시하는 태도가 역력하였다. 2월 2일 이덕성이 천문 계산과 관계된 책을 보여 달라고 했을 때 포우관은 알파벳으로 쓴 서양책을 가져다 주며 비웃듯 말했다.

"본들 어이 알겠소?"

헤어질 때도 마찬가지였다. 날이 저물어 헤어지면서 귀국할 날이 멀지 않아 다시 천주당에 올 수 없을 것이라는 말에도 유송령과 포우관은 조금도 서운해하는 기색이 없었다. 유송령은 근래 서양에서 오는 배가 드물어 답례할 만한 것이 없다면서, 인화印畵 2장, 능화綾花⁺ 2장, 고과苦果⁺4개, 흡독석吸毒石⁺ 2개를 담헌과 이덕성에게 각각 선물하였다. 하지만 조선의 삼사에게서 받은 예물에 대해서는 끝

⁺
육의 천체의·적도의·황도의·지평경의·지평위의·기한의

⁺
능화 능화지. 곧 마름꽃 무늬가 있는 종이로 보통 '菱花'로 쓴다.

⁺
고과 여성의 출산, 토사곽란, 학질 등에 쓰이는 약

⁺
흡독석 뱀이나 전갈, 지네 등의 독충에 물렸을 때, 종기, 부스럼 등을 고치는 데 사용되는 돌로, 상처에 갖다 대면 독을 빨아 낸다 한다.

내 아무런 답례가 없었다. 다시는 오지 말라는 말이었다. 담헌 역시 천주당을 다시 찾지 않았다.

담헌이 천주당을 찾은 것은 서양의 천문 관측 기기를 보고자 해서 인데, 마음껏 볼 수 없었다. 관측 기기는 흠천대·관상대·관성대·천상 대 등에도 있었다. 1월 24일 담헌은 몽고관에 가서 몽고 추장을 만나 고 이어 동천주당을 찾아 자명종 누각을 본 뒤 관성대로 갔지만, 창구 멍을 뚫고 혼천의와 망원경 등의 기기를 겨우 볼 수 있었을 뿐이다.

관측 기기를 조금 더 관찰할 수 있었던 것은 관상대였다. 관상대는 외부인의 출입을 금지하는 구역이었다. 3월 귀국할 때 담헌은 관상 대를 찾아가서 10여 개의 의기가 진열되어 있는 것을 멀리서 보았다. 지키는 사람에게 구경하고 싶다고 하자, 원래는 금지구역이어서 들 어갈 수 없지만 이른 아침이라 상관이 아직 오지 않았으므로 잠시 들 어가 보라고 허락해 주었다. 담헌은 거기서 청동으로 만든 중국의 전 통적 관측 기구인 혼천의와 혼상渾象*, 간의簡儀*와 강희제 이후 서양 천문학에 입각해서 만든 육의 등을 보았다. 하지만 제대로 관찰하기도 전에 문지기의 독촉으로 정신없이 나오고 말았다.

담헌은 북경에서 외국 사람을 만날 수 있었다. 몽고와 유구·위구르·러시아는 조선에서 문헌으로 혹은 소문으로 이미 알고 있었지만, 그들과 직접 접촉한 것은 담헌에게 큰 인상을 남겼을 것이다. 북경 여행 이후 그의 행보를 볼 때, 특히 천주당에서 경험한 서양의 존재, 그리고 서양의 과학과 기술, 기기 등은 담헌에게 큰 충격이었을 것이다. 물론 담헌의 천주당 방문과 서양인 신부와의 대화가 만족스러웠던 것은 아니다. 서양인 신부의 수동적이고 냉담한 태도, 자신이 가진 편견 등으로 인해 서양과 서양의 과학에 대해 깊은 지식과 정보를 얻을 수는 없었다. 하지만 담헌만큼 서양의 수학과 천문학에 대한 높은 식견을 가지고 진지하고 적극적인 자세로 천주당에서 관찰과 대화에 임했던 사람은 없었다. 조선 사람 중에서는 유일한 사람이라 해도 과언이 아닐 것이다.

담헌 자신도 천주당 방문에 큰 자부심을 느꼈다. 박지원의 『열하일기』에는 담헌이 천주당을 다녀온 뒤 자신의 천주당 방문을 어떻게 생각했는지가 남아 있다. 이에 의하면 담헌은 1712년 북경에 갔던 김창업이 『노가재연행일기』에서, 1720년 북경에 갔던 이기지李器之가 『일암연기一菴燕記』에서 중국을 잘 관찰한 것은 높이 평가하지만 그들의 천주당에 대한 기록은 유감스러운데가 있다고 평가했던 것이다. 그는 천주당에 대해

✦
혼상 하늘의 별들을 보이는 위치 그대로 둥근 구면에 표시한 천문 기기. 별이 뜨고 지는 것, 계절의 변화와 시간의 흐름을 측정할 수 있다.

✦
간의 고도와 방위, 낮과 밤의 시간을 정밀하게 측정할 수 있는 천문 관측 기기이다.

이미 선입견을 가지고 있는 데다가 서양의 천문학이나 수학, 음악학에 대한 이해가 부족했기 때문이라고 지적하였다.

담헌은 북경에서 유구·몽고·회회·러시아 인을 만났고, 천주당에서는 유송령과 포우관 두 서양 선교사와 만나 대화를 나누었다. 이들과의 만남으로 담헌은 중국이 유일한 세계가 아니라는 것을 깊이 깨달았던 것이다.

국경을 초월해
지기知己를 사귀다

마음을 알아주는 이를 만나 마음을 이야기하는 것이야말로 인생의 지극한 즐거움인데, 이제 우리들은 만 리 먼 곳에서 만나 속내를 털어놓고 며칠을 함께 노닐었으니, 너무나도 기이한 일입니다. 사사로운 정이 속에 맺혀 이별하는 즈음에 서글픈 생각이 드니, 사람이란 만족할 줄 몰라 괴로운 것이지요.

중국 지식인을 찾아서

담헌이 중국으로 간 것은 중국의 번화하고 장려한 면모를 구경하는 것은 물론 바른 선비를 만나 그곳의 사정과 그들이 숭상하는 학문을 알고자 했기 때문이다. 곧 중국의 지식인을 만나 중국의 현재 사정과 그들이 어떤 문학과 사상을 높이 평가하고 있는지 알고 싶었던 것이다.

담헌은 중국 여행 내내 중국 지식인과 만나 대화하는 일을 간절히 원하였다. 물론 그 이전에도 중국 지식인을 만나 대화를 나눈 사람이 있었다. 김창업은 청의 황제를 가까이서 모시는 만주인 이원영李元英, 마유병馬維屛 등과 만나 거리낌 없이 대화를 나누었다.

12월 16일 영원성에 이르렀을 때, 담헌은 처음으로 '선비'라고 부를 만한 사람을 만났다. 하지만 그 사람은 글도 글씨도 수준이 너무 낮아 대화를 할 상대가 아니었다. 17일 사하소에서 만난 곽생은 마음에 드는 사람이었지만, 사신단이 식사 후 곧장 출발하는 바람에 더이상 대화할 수가 없었다. 이후 북경에 도착할 때까지 여러 차례 중국 지식인과의 대화를 시도하지만, 도무지 상대를 찾을 수 없었다. 1월 10일 담헌은 유친왕의 아들 양혼을 만나기는 했지만, 문시종 때문이지 대화를 하기 위해서 만난 것은 아니다. 또 애써 양혼과는 깊은 관계를 맺지 않으려고 하였다. 강희제의 증손인 양혼과 깊이 사귀는 것은 귀국 후 비난을 초래할 것이 분명했기 때문이다.

제대로 된 최초의 대화 상대는 1월 1일 조참에 참여했을 때 조선 사신단의 의복을 눈여겨보던 오상과 팽관이었다. 담헌은 두 사람이 조선 사신단의 복색에 관심을 보이는 것을 보고, 그들이 오랑캐 조정에 몸을 굽히고는 있지만 속에 다른 뜻이 있기 때문일 것이라고 오해하였다. 1월 1일의 짧은 만남에서 담헌은 두 사람의 성만 알았을 뿐이다. 중국 관리 명부를 구입해 샅샅이 뒤진 끝에 그들이 한림검토관翰林檢討官으로 재직중이며 이름이 오상과 팽관이라는 것을 알아내었다. 담헌은 열흘을 수소문한 끝에 팽관의 집을 찾아냈고 찾아가 대화를 청했다. 서로 호기심 어린 대화를 한참 나누었지만, 담헌은 끝내 실망해 마지않았다. 그들의 학문도 사상도 더불어 이야기할 만한 수준이 못 되었던 것이다. 23일 한 차례 더 만났으나, 담헌이 이미 이들에게 실망한 터라, 더 이상의 진지한 만남은 이어지지 않았다. 1월 26일에는 유리창의 미경재 책방에서 감생인 장본과 주응문을 만나 대화를 나누지만, 그들 역시 담헌의 기대에 못 미치는 인물이었다.

담헌은 유리창에서 자신이 찾는 수준 높은 식견을 가진 선비를 만날 수 있지 않을까 기대하였다. 유리창에는 책과 서화 등 선비들이 좋아하고 사용하는 물건이 많으므로 글하는 선비나 낙방한 과거 응시자가 많이 찾아올 것이라 여긴 것이다. 단지 화려하고 이름난 상점가를 구경하기 위해서만 유리창을 찾은 것이 아니었던 것이다. 하지만 유리창 어디에서 대화할 만한 인물을 만난다는 말인가.

기회는 뜻밖에 찾아왔다. 비장裨將 이기성李基成이 안경을 사기 위해 유리창에 간 것이 실마리가 되었다. 당시 조선에서도 수정으로 안경을 만들기는 했지만, 소비의 대부분을 차지하는 유리안경은 유리

조선 시대의 안경

안경은 담헌의 북경 여행에서 가장 중요한 인연을 맺어 주는 매개체가 되었다.

창에서 구입하고 있었다. 이기성은 책방에서 안경을 낀 채 책을 보고 있는 선비 둘을 보고 말을 건넸다.

"안경을 구하는 친지가 있는데, 저자에서는 진품을 구하기 어렵습니다. 족하가 낀 것이 눈병에 꼭 맞을 듯하니, 모쪼록 제게 주시면 좋겠습니다. 족하에게 여벌이 있을 수도 있고, 또 다시 구한다 하더라도 그리 어렵지 않을 것입니다."

이기성의 말을 듣고는 한 사람이 안경을 벗어 건넸다. 그는 시력이 나쁜 사람의 고통을 이해한다면서 팔 것은 없고 그냥 주겠다는 말을 남기고 그 자리를 떠났다. 엉겁결에 안경을 받아든 이기성이 그냥 받을 수 없다고 하자, 그 사람은 안경 하나에 어찌 좀스럽게 굴 수 있느냐고 하면서 말을 잘라 버렸다. 감격한 이기성이 그들의 출신지와 거소를 물으니, 강남 절강성 사람이고 과거를 치르기 위해 현재 정양문 밖 건정동에 머무르고 있다고 하였다.

이기성은 돌아와 담헌에게 두 사람의 언사와 태도에 대해 말하고,

찾아가 볼 것을 권했다. 담헌은 마음이 동했지만 그들이 과거를 보러 왔다는 것이 약간 마음에 걸렸다. 절강이라면 북경에서 멀리 떨어진 강남지방이고 필시 한인일 것이다. 한인이 그 먼 길의 괴로움을 마다하지 않고 북경까지 와서 과거에 응시하는 것은, 명리를 위해 '더러운 오랑캐'의 조정에 몸을 팔려는 것이 아니겠는가.

담헌은 즉시 건정동을 찾지는 않았다. 천주당을 방문하는 일이 더 급했기 때문이다. 대신 이기성이 예물을 가지고 건정동을 방문했다. 이기성은 두 사람의 말과 행동이 예의와 법도가 있는 것을 보고 돌아와 다시 담헌에게 당부했다.

"반드시 남보다 뛰어난 재주와 학문이 있을 것이니 놓치지 말라."

이기성은 절강성에서 치른 과거의 예비시험에 합격한 두 사람의 답안지를 얻어 왔는데 담헌이 보기에 아주 높은 수준이었다.

그토록 찾던 사람들, 엄성과 반정균

2월 3일 김재행과 함께 이기성을 앞세우고 두 중국 선비가 머무르고 있는 정양문 밖의 객점인 천승점을 찾았다. 인사가 끝난 뒤 서로 이름과 나이를 물었다. 몸이 약간 마르고 속기가 없어 선비의 풍모가 뚜렷한 사람은 엄성嚴誠으로, 담헌보다 한 살 적은 35세였다. 자는 역암力闇, 호는 철교鐵橋였다. 작은 체구에 얼굴이 여자처럼 곱고, 재기가 넘치는 사람은 반정균潘庭均으로, 25세의 청년이었다. 자는 난공蘭

公, 호는 추루秋廑였다.

담헌은 이들을 만나 주고받은 대화, 만나지 못한 날 주고받은 편지를 『항전척독杭傳尺牘』에 고스란히 담았다. 그 중에서도 이들이 직접 만나 이야기를 나눈 날의 일은 「건정동필담乾淨衕筆談」으로 따로 정리하였다.

이들의 대화는 담헌의 말로 시작되었다.

"나는 이 공李公을 통하여 아름다운 성함을 들었고, 또 과거 답안을 보고 문장을 우러러 사모한 나머지 삼가 이 공과 동지 김생金生과 와서 뵈옵는 것입니다. 모쪼록 당돌함을 용서하시기 바랍니다."

담헌의 말에 두 사람은 감당할 수 없다고 사양하였다.

"두 분의 고향은 절강성 어느 고을입니까?"

엄성이 대답하였다.

"항주 전당錢塘입니다."

담헌이 엄성의 고향을 듣고, 당唐의 시인 송지문宋之問의 「영은사'靈隱寺」라는 시의 한 구절을 외웠다.

"다락에서 창해에 뜬 해를 구경하고.樓觀滄海日"

그러자 엄성이 화답하였다.

"문에서 절강의 조수를 대한다.門對浙江潮"

문인다운 대화였다. 초면이니만큼 공통의 관심사를 끌어내는 것이 필요했던 것이다.

반정균은 김재행의 성이 '김'이라는 것을 꼬투리 삼아 김상헌金尚憲, 1570~1652*을 아느냐고 물었다. 담

*
김상헌 조선 후기의 문신.1636년 병자호란 때 예조 판서로서 척화를 주장하다가 이듬해 강화되자 파직당하였다. 1639년 청이 명을 치기 위해 요구한 출병을 반대하는 상소를 하여 이듬해 요동 땅 심양으로 잡혀 갔다. 1645년 석방되어 귀국 후 좌의정 등을 역임했다.

헌이 조선의 재상으로 시와 문에 모두 능하고 도학과 절의가 있는 분인데, 8천 리 밖 당신들이 어떻게 아느냐고 물었다. 이에 반정균이 왕어양王漁洋이 편집한 『감구집感舊集』을 가지고 와서 보여 주었다. 명·청대의 시를 모은 책이었다. 원래 김상헌이 1626년 중국에 사신으로 가던 중 왕어양을 만나 시를 주고받은 적이 있는데, 그때의 시가 실려 있었다.

중국어로 대화를 나누다가 답답해진 담헌이 필담을 하자고 제안했고, 모두 붓과 먹을 앞에 놓고 탁자에 둘러앉았다. 반정균은 육비陸飛의 그림을 내놓았다. 담헌은 육비를 2월 23일에 만나게 된다. 연꽃을 그린 수묵화였는데, 거기에는 엄성과 반정균의 시가 쓰여 있었다. 김재성은 앵무새를 제재로 한 시 3수를 써 보였고 이어 호평이 오갔다. 반정균은 엄성이 말리는데도, 엄성의 시집을 가져왔고, 그 중 한 수를 가리켰다. 어떤 높은 벼슬아치가 엄성을 조정에 천거하려고 하였지만, 엄성은 가지 않고 그 시를 지어 의연히 거절했다는 것이다. 청 조정에 벼슬하는 것을 거부한, 엄성의 깨끗한 처신은 담헌에게 깊은 인상을 남겼다.

다양한 화제로 이야기를 나누다가 담헌은 엄성과 반정균이 명과 청에 대해 어떻게 생각하는지 떠보았다. 담헌은 이전에 팽관과 오상에게 물어본 명의 절의지사節義之士 여유량에 대해 물어보았다.

"여만촌은 어느 곳 사람이며, 그 인품이 어떠합니까?"

반정균이 대답했다.

"절강성 항주 석문현石門縣 사람으로 학문이 깊었는데 애석하게도

난難에 걸렸습니다."

담헌이 팽관에게 했던 질문 그대로였고, 답도 같았다.

담헌이 또 물었다.

"절강의 산수가 어떠하기에 이렇게 인재를 배출할 수 있는지요?"

반정균이 별 감정없이 대답하였다.

"남방은 산이 밝고 물이 빼어납니다."

담헌은 질문을 하면서 여만촌이 강남의 절의지사라는 것을 계속 환기시키고 있는 것이다.

이때 김재성이 끼어들었다.

"우리 부대인副大人, 김선행이 난공반정균의 과거 답안지 중에 '이 넓고 넓은 우주에서 주周를 버리고 어디로 가리오.'라는 말을 보고 자신도 모르게 옷깃을 여미었습니다."

전날 이기성이 가져온 반정균의 답안지를 보고, 김선행은 그 구절을 존주의식尊周意識, 다시 말해 명에 대한 충절의식을 나타내는 말로 해석하여, 옷깃을 여몄던 것이다.

하지만 이것은 본래 문맥에서 벗어난 해석이었다. 반정균은 뜻밖의 해석에 당혹스럽기 짝이 없었다. 안색이 일순간 바뀌었다. 반정균은 자신의 의도를 밝혔다.

"이는 거친 말이고, 큰 뜻은 이렇습니다. 즉 중화는 만국이 으뜸으로 섬기는 바이고, 지금 천자는 성스럽고 신령스러워 문과 무를 겸하셨으니, 문신과 무신 들은 마땅히 사랑하여 받들고 귀의해야 한다는 뜻입니다. 존주尊周는 지금의 조정을 높이는 것입니다."

청에 대한 충성을 표하는 글이라는 것이다. 하지만 담헌은 반정균의 말을 한인들이 청의 비위를 거스르지 않으려는 태도라고 여겼다.

담헌은 화제를 돌렸다.

"왕양명王陽明도 절강성 사람입니까?"

왕양명에 대해 물은 것은, 오로지 주자학을 숭상하는 조선과는 달리 중국에서는 명대 이래 양명학陽明學[*]이 크게 유행했기 때문이다. 담헌은 반정균이 절강성 사람이라는 것을 듣고 왕양명을 연상한 것이겠지만, 동시에 상대방의 사상적 기반을 확인하고 싶었던 것이다. 반정균은 모두 주자朱子를 높인다면서, 왕양명을 따르는 사람은 극소수라고 하였다. 이 시기 중국 사상계는 명대 말기에 양명학이 크게 유행한 것이 명의 멸망을 초래했다는 논리가 유행하였고, 이로 인해 양명학계가 퍽 위축되어 있었다. 반정균의 주자를 높인다는 말은 그런 사정을 지적한 것이 아닌가 한다.

담헌과 반정균이 대화를 이어갔다.

"양명을 따르는 자도 있습니까?"

"양명은 큰 학자로서 공묘孔廟[*]에 배향되었습니다. 다만 그 양지良知[*]를 강론한 것이 주자와 다르기 때문에 학자들이 으뜸으로 받들지는 않습니다. 간혹 한두 사람이 그를 따르지만 그리 드러난 것은 아닙니다."

"양명은 세상에 드문 호걸스런 선비이고, 문장과

[*] **양명학** 주자의 성리학에 반대하여 명나라 때 왕양명이 주창한 학문. 육상산의 철학과 함께 심학心學으로도 불린다. 왕양명은 육상산의 설을 이어 심즉리心卽理·치양지致良知·지행합일설知行合一說 등을 주창하였다.

[*] **공묘** 공자를 모신 사당

[*] **양지** 왕양명은 인간이 태어날 때부터 타고난, 도덕을 자각할 수 있는 능력이 있다고 하였다. 이것을 양지라고 한다. 왕양명은 자신의 마음 속에 있는 양지를 깨닫기만 하면 도덕적 완성자가 될 수 있다고 하였다. 이것은 차근차근 공부하고 실천하여 도덕적 완성자가 될 수 있다고 주장하는 주자의 학문과 아주 달랐다.

사업은 실로 전조前朝의 거벽巨擘입니다. 다만 그 문로門路는 정말 난공의 말과 같습니다."

담헌과 반정균이 문답을 주고받는 사이 엄성이 끼어들었다.

"귀처에서도 육상산陸象山을 물리칩니까?"

담헌이 짧게 대답했다.

"그렇습니다."

엄성이 말을 이었다.

"육상산은 타고난 자질이 매우 뛰어나고, 양명은 공이 천하를 뒤덮으니, 강학講學을 하지 않았어도 큰 인물이 되는 데 아무런 지장이 없습니다. 주자와 육상산은 본래 같고 다를 것이 없는데, 배우는 이들이 두 사람을 갈라놓은 것일 뿐입니다. 길은 다르지만 귀착처는 같지요."

담헌은 왕양명에 대해 보통의 조선 지식인처럼 그의 공적과 문학적 역량은 높이 평가하지만, 학문 자체는 긍정하지 않았다. 양명학에 대한 담헌의 낮은 평가에 대해 엄성은 불편해했고, 주자학과 대척적 입장에 놓여 있던 육상산의 학문이 근본적으로 주자학과 다르지 않다고 변호한다. 주자와 육상산의 대립은 후대의 유학자가 조성한 것일 뿐이고, 두 학문의 귀착처는 같다는 것이다. 담헌은 엄성의 그와 같은 주장에 '귀착처가 같다'는 말은 감히 받아들일 수 없다고 하였다. 역시 철저한 정주학자程朱學子였다. 반정균과 엄성도 담헌을 정주학자로 평가했다.

조선이라면 양명학을 옹호하는 지식인이 있을 수 없고, 또 그런 사

왕양명
명대의 대표적인 철학자로 육상산의 학문을 계
승하였다. 담헌을 비롯한 조선의 지식인은 그가
주창한 학문 자체를 인정하지 않았다.

람을 그냥 둘 리도 만무하지만, 이곳은 중국이었다. 논쟁은 필요치
않았다. 담헌은 약간 절충적 입장을 취했다.

"양명의 학문이 진실로 그른 곳이 있거니와 다만 후세 학자들이 겉
으로 주자를 숭상하나 입으로만 의리를 의논할 따름이요, 몸의 행실
을 돌아보지 아니하니, 도리어 양명의 절실한 의논에 미치지 못할 것
입니다. 어찌 부끄럽지 아니하겠습니까?"

주자학을 말로만 따르고 실천하지 않는, 저급한 주자 추종자는 양
명학을 공부하는 사람만 못하다고 비판한 것이다. 그렇다고 해서 그
가 양명학이 주자학보다 우월한, 진리에 가까운 것이라고 생각한 것
은 아니다. 담헌의 기본 사상은 정주학이기 때문에 북경에서는 물론
귀국해서도 편지를 보내어 엄성에게 양명학을 포기하고 정주학으로
돌아올 것을 계속 권유하였다.

양명학에 관한 대화가 끝난 뒤 담헌은 엄성과 반정균의 조상 중 유명한 벼슬아치가 있는가 물었다. 반정균은 '농가의 아들'로서 벼슬로 이름난 조상이 없다 하고, 엄성 역시 항주에서 터를 잡은 이후 13대에 걸쳐 단 두 명의 향시 합격자가 있는 보잘것없는 집안 출신이라고 하였다. 이들이 한미한 집안 출신으로서 과거에 응시하는 지식인이 되었다는 것은, 담헌에게 꽤나 큰 충격이었고, 문벌 중심적인 조선 사회를 다시 돌아보게 했을 것이다.

항주의 풍경과 풍속, 조선의 풍속 등으로 옮겨간 대화는 오후까지 이어졌다. 담헌은 대화가 퍽 만족스러웠고, 엄성과 반정균에게 큰 호감을 느꼈다. 헤어질 때가 되자 담헌이 다시 만날 수 있겠느냐고 물었고, 반정균은 남의 신하된 사람은 외교를 하는 법이 없으니, 좋은 모임을 다시 도모하기란 어렵겠다고 하였다. 담헌은 그것은 중국이 작은 나라로 갈라져 줄곧 전쟁을 하던 전국시대에나 하던 말이고, 천하가 통일된 지금이야 안 될 것이 있겠느냐고 반문했다. 반정균은 자신이 과거에 합격한 뒤 조선에 사신으로 파견되면 만나기를 기대한다고 답하였다. 실현 가능성이 거의 없는 말이었다.

모임은 처음이자 마지막이 될 상황이었다. 못내 아쉬웠던 담헌이 엄성과 반정균을 조선관으로 초청했고 두 사람은 동의했다. 담헌의 초청과 두 사람의 응낙은 국경을 초월한 우정이 이루어지는 데 결정적인 계기가 되었다.

목이 메일 뿐입니다

2월 4일 아침 일찍 엄성과 반정균이 조선관으로
찾아왔다. 두 사람은 담헌 처소의 중치막中赤
莫*을 보고, 수재秀才*의 옷이냐고 물었고, 담헌
은 명의 제도를 따른 것이라고 답했다. 의도
적으로 명을 상기시킨 것이다. 이후 복식
문제는 대화에서 끊임없이 등장한다.

　가벼운 대화를 나눈 뒤 이야기가 점차 진
지해졌다. 조선의 역관 장택겸張宅謙이 지금
도 진헌장陳獻章이나 왕양명 같은 학자가 있
는지를 물었고, 이에 반정균은 육농기陸隴

엄성이 그린 홍대용

其와 탕빈湯斌, 이광지李光地, 위상추魏象樞 등을 큰 학자로 꼽았다. 다
시 장택겸이 물었다.

　"명대에는 주자학과 육상산의 학문이 반반이었는데, 지금도 그렇
습니까?"

반정균이 답했다.

"지금은 천하가 모두 주자를 따릅니다."

주자학의 나라에서 온 조선 사람들의 관심사는
역시 주자에 쏠려 있었다. 반정균이 대유로 꼽은 진
헌장은 육상산의 학풍을 계승한 명대의 유학자로
흔히 왕양명 철학의 선구자로 일컫는다. 이광지와

중치막 벼슬하지 않은 선비가 소창
옷 위에 덧입는 웃옷. 넓은 소매에
길이는 길고, 앞은 두 자락, 뒤는 한
자락이며 옆은 무가 없이 터져 있다.

수재 과거를 준비하는 선비

조복 의식을 할 때 차려 입는 예복

위상추는 모두 청대 초기의 주자학자이다.

중국과 조선의 예禮에 대한 대화가 이어지다가 반정균이 조선의 조복朝服*에 대해 물었다.

"귀처의 조복은 모두 사모와 단령입니까?"

담헌은 간단하게 조선의 조복에 대해 설명해 주었다. 엄성은 이야기를 들으며 면류관과 각종 관을 그림으로 그려 보이며 꼭 같이 그렸는가 물었다. 담헌의 대답이 의미심장했다.

"그렇습니다. 중국의 극장무대에서 오로지 옛날의 옷과 모자를 사용하니, 생각건대 이미 그것을 보았을 것입니다."

담헌은 1월 4일 「비취원」 연극에서 망건과 사모관대 등 명대 옷을 입은 배우들을 보았던 것이다. 반정균이 연극이 어느 부분이 좋은지 물었다. 연극의 오락성과 예술성에 대해 물은 것이다. 하지만 담헌의 답변은 뜻밖이었다.

"불경스런 놀이지만, 나는 남몰래 취하는 점이 있습니다."

담헌이 연극을 '불경스런 놀이'로 보는 것은 '부질없는 재물을 허비하고 무례하고 거만한 희롱이 많다'는 것이 이유였다. 이것은 유가의 경직된 예술관의 연장이지만, 담헌은 그래도 '취하는 것이 있다'고 여지를 두었다. 반정균이 '취하는 것'을 묻자, 담헌은 웃으며 답하지 않았다. 담헌은 그 연극에서 명대의 복식을 본 것이고, 그것을 엄성과 반정균에게 말할 수가 없었던 것이다. 하지만 총명한 반정균은 담헌의 속내를 짐작하였다.

"어찌 다시 한관漢官의 위엄 있고 엄숙한 차림새를 본 것이 아니겠

단령과 각대
단령은 조선 시대에 관원들이 평상시
집무를 볼 때 입었고, 각대는 관복에
두르는 띠이다.

습니까?"

반정균은 이 말을 곧 지워 버렸다. 담헌 역시 웃으며 동의를 표한
뒤 말을 이었다.

"내가 중국에 들어와 보니, 땅은 크고 풍물이 성대하여, 눈에 닿는
것마다 기뻐할 만하고, 정밀하였습니다. 하지만 머리 모양 하나만은
사람을 갑갑하게 합니다. 우리는 해외의 작은 나라 사람이라 우물 안
에서 하늘을 보고 살아, 삶에 즐거움이 없고 하는 일이 슬프기는 하지
만, 두발을 보존하고 있는 것만은 가장 큰 즐거움이라 할 수 있지요."

다분히 도발적인 발언이었다. 만주족이 한인에게 강요한 변발에
대해 입장 표명을 요구한 것이다. 담헌의 속내는 이렇다. 당신들의
문화는 문명의 중심이고 조선보다 훨씬 발전해 있지만, 오랑캐의 압
박에 굴복하여 문화적 정체성의 핵심을 상실한 것이 아닌가. 이에 반

해 조선은 비록 변방이지만, 여전히 유가의 정신에 투철하여 문명을 유지하고 있다. 이 말은 일방적이기는 하지만, 조선 지식인들이 중국인, 곧 한인에게 드러낼 수 있는 유일한 우월감이었다.

속내를 떠보기 위한 이 말에 동의하는 태도를 보인다면, 보다 깊은 이야기가 가능할 것이었다. 두 사람은 돌아보며 말이 없었다. 난처하지만 동의하는 태도였다. 그들 역시 청의 지배에 온전히 동의하는 것은 아니었던 것이다. 이것을 확인한 담헌이 말하였다.

"내가 두 분에게 진실로 정이 없으면 어찌 감히 이런 말을 하겠습니까?"

두 사람이 고개를 끄덕였다. 공감의 영역이 확보된 것이다.

이때 김선행이 엄성과 반정균을 초청했다. 필담에 상사 이훤과 부사 김선행, 서장관 홍억, 그리고 김재행이 함께 참여하게 되었다. 이들은 상당히 오랜 시간 필담을 나눴지만, 담헌은 그 내용에 대해서는 짧게 요약하고 있다. 오히려 스물다섯 젊은이인 반정균의 놀라운 재능에 보다 큰 인상을 받은 듯하다.

반정균이 필담 전체를 기록하였는데, 조정·관방官方·서호西湖의 고적과 기타 수천 리 밖의 일이 붓을 대기만 하면 문장을 이루어 통하지 않는 것이 없었다. 의관과 이전 조정의 일을 말하거나 부사가 일부러 각박하게 따져 물어 잘못된 표현을 해도 응수에 전혀 어려움이 없고, 당황하거나 허둥대지도 않았다. 말마다 지금 조정을 찬양하고 농담과 웃음을 섞으며 조금도 빠진 곳이 없되, 속뜻은 절로 가릴 수 없었으니,

사리로 보아 당연한 것이었다. 순간순간 대화를 조율하고 덮어씌우는 모습은 정말 기이한 재주였다.

김선행이 당시에 저촉될 만한 것, 곧 청의 중국 지배에 관한 난처한 문제들을 각박하게 물었지만, 반정균은 여유 있는 태도로 청 체제를 찬양하면서 이면에 비판을 적절하게 섞어 넣었던 것이다. 김선행은 그의 태도에 흡족했을 것이다.

자리가 길어지자 김선행이 덕담을 건넸다.

"우연히 서로 만나 한나절 수작함이 큰 연분이로되, 다시 만날 기약이 없으니 마음이 서운합니다. 회시를 높이 마치시고 몸을 조심하여 만 리 밖에서 생각하는 마음을 위로해 주십시오."

이 말에 반정균이 감사의 뜻을 전하고 허둥지둥 문을 나왔다. 담헌

반정균이 김선행에게 보낸 부채

은 아직 시간이 있으니 대화를 더 하자 하였고, 반정균은 그러자고
답했다.

그 순간 미묘한 일이 일어났다. 반정균이 '부사의 후한 뜻은 죽어
도 잊지 못할 것'이라면서 눈물을 내비친 것이다. 두 사람은 김선행
의 방을 나와 담헌의 방으로 왔다. 담헌이 자신은 특별한 임무가 있
어서가 아니라, 천하의 기이한 선비를 만나러 온 것이고, 바랐던 것
처럼 두 사람을 만나 소원을 이루었지만, 헤어지면 다시 만날 기약이
없을 것이라고 하자, 반정균은 눈물을 쏟았고, 엄성 역시 눈물을 흘
리지는 않았지만 슬픈 기색을 누르지 못했다.

반정균은 재기가 넘치는 인물이었지만, 다정다감하여 감정을 쉽게
절제하지 못했다. 담헌은 너무 지나친 것이 아닌가 싶어 한마디 했다.

"옛말에, '울고 싶어도 여자가 될까 한다' 하였는데, 마음속으로야

울음을 그칠 수 없겠지만, 난공이 이렇게 하는 것은 너무 지나친 것이 아닐까요?"

반정균이 대답하였다.

"대방가에게 비웃음을 당해도 이해해 주실 것입니다. 다른 사람들이 들으면 정말 한번 웃을거리도 못 되겠지요."

엄성 역시 자신도 절로 코가 시큰해져 울고 싶지만 눈물을 참는 것이고, 평생 이런 경우는 당해 본 적이 없다고 하였다.

이어 엄성과 반정균 두 사람이 담헌에게 거문고 연주를 요청하였다. 막상 연주가 시작되자 반정균은 오열하기 시작했고, 연주가 끝나도록 그치지 않았다. 담헌이 반정균의 손을 잡고 위로하자, 반정균역시 담헌의 손을 잡으며 속내를 털어놓았다.

"저희 두 사람이 연경에 온 지 열흘 남짓인데 아직 한 사람이라도 기인奇人을 만나 손을 잡고 지기知己라 일컫지 못했습니다. 고향에서도 속내를 다 털어놓는 벗이 없었는데, 생각지도 못하게 두 분 형을 상봉했으니, 정말 만행 중의 다행입니다. 하지만 한번 이별하면 다시 만날 기약이 없어 목이 메일 뿐입니다."

담헌은 반정균의 감상적 태도를 나무랐지만, 그의 눈물이야말로 세 사람이 감정의 바닥까지 보여 줄 수 있는 사이가 되었음을 의미하는 것이었다.

담헌은 반정균을 진정시키고 두 사람에게 자기 집의 기문記文과 시를 지어 줄 것을 부탁했고, 반정균은 엄성이 기문을, 자신이 시를 짓겠노라 하였다. 이어 담헌이 떠나기 전 자주 만날 것을 약속하여 이날의 모임을 끝냈다.

담헌은 이날의 만남에 대해 이렇게 적었다.

반생은 젊고 정이 넘쳐 이별을 과도하게 슬퍼하였는데, 마음이 약하고 그릇이 작은 사람이다. 그러나 이미 서로 사귀어 정분이 있으면 한나라 사람이 잠시 이별하는 것과는 달라서 마침내 죽는 이별이 될 것이니, 이때의 사정을 상상하고 정리情理를 짐작하면 또한 인정에 괴이치 않은 것이다.

담헌은 반정균이 울던 모습이 아른거려 잠이 편치 않았다. 반정균의 울음은 담헌에게는 퍽 당황스러운 것이었다. 겨우 두 번 만났을 뿐인데, 상대방은 자신의 속내를 보이고 있었다. 조선의 양반은 본래 감정을 쉽게 드러내지 않았다. 더욱이 양반들이 사람을 사귈 때는 문벌을 따지는 등 매우 까다롭게 구는 관습이 있었다. 한두 번 만난 사이에 눈물을 쏟으면서까지 속내를 거침없이 드러내는 것은 있을 수 없는 일이었다.

편지에 담은 진심

2월 5일 담헌은 조선관에서 건정동으로 보내는 편지를 썼다. 사신단의 삼사가 모두 엄성과 반정균 두 사람에게 선물과 편지를 보냈고,

김재행도 편지를 보냈다. 편지 심부름꾼은 돌아올 때 담헌이 어제 부탁한 「윤인비尹寅碑」를 가지고 왔다. 엄성이 보낸 것이다. 담헌은 늦게야 편지를 보냈는데, 자신이 부탁한 「담헌기湛軒記」에 대한 설명, 곧 '담헌팔경湛軒八景'에 대한 설명을 쓰느라 시간이 적지 않게 걸렸기 때문이다.

담헌과 엄성과 반정균 이 세 사람은 2월 6일까지 다섯 차례 만남을 더 가졌는데, 만나지 못하는 날은 편지를 주고받았다.

담헌이 보낸 첫 편지이다.

밤새 평안하셨는지요. 저는 동쪽 변방의 비루한 사람입니다. 재주도 없고 배운 것도 없어 세상에서 버린 물건이 되어 궁벽한 바다 한 모퉁이에 사는 터라 견문이 좁고 비루합니다. 단지 읽은 것은 중국의 책이고, 종신토록 우러르고자 하는 바는 중국의 성인입니다. 이런 까닭에 한번 중국에 와서 중국의 사람과 벗이 되어 중국의 일을 논하려고 했지만, 나라의 땅에 갇혀 중국으로 갈 방도가 없었습니다. 그런데 다행하게도 숙부가 사신으로 파견되는 기회에 멀리 집을 떠나 수천 리 여행길을 사양하지 않았으니, 참으로 오랜 소원이 바로 여기에 있었기 때문입니다. 산천과 성곽을 둘러보는 것은 눈과 귀를 시원하게 할 뿐이니, 정말 부차적인 것입니다.

북경에 들어온 뒤 행동에 자유를 얻지 못하고, 게다가 이끌어 주는 사람이 없어 어디를 찾아가려 해도 갈 곳이 없었습니다. 늘 거리와 저자, 푸줏간 사이를 정처 없이 돌아다니며 옛날 사람들이 슬피 노래 부르고 비분강개해하던 자취를 상상하고, 불행하게도 뒷날 태어난 것을 속으로만 아파했더니, 뜻밖에도 바라던 그런 분이 앞에 나타나 해후하게 되었으니, 저의 소원이 이루어진 것입니다. 이제 어느 날 아침 세상을 뜬다 해도 이 생을 헛되이 보낸 것이라고는 말할 수 없겠지요.

돌아보건대 이 비천하고 속이 텅 빈 사람은 군자의 마음에 흡족하지 않을 수도 있을 것입니다. 고산高山의 장章⁺을 외우고 체두杕杜의 그늘⁺을 바라도 자신의 역량을 헤아리지 못한 꼴만 보일 터이지요. 그런데 크나큰 도량으로 포용해 주고, 옛 친구처럼 친밀하게 대해 주며, 헤어질 때 정다운 모습을 보여 주시니, 옆에서 보는 사람도 감동할 지경이었습니다.

아아! 말세의 야박한 풍토라 벗을 사귀는 도가 사라진 지 오래입니다. 얼굴을 마주 대할 때는 아첨하고 돌아서면 비웃으니, 온 세상이 모두 이렇습니다. 하지만 하늘의 도가 덕을 좋아하여 선류善類가 끊이지 아니하고, 음기가 온 천지에 위세를 떨쳐도 저 깊은 샘에서 한 줄기 양기가 뻗쳐 나오는 것을 손상시키지 못한다는 말이 정말 믿을 수 있는 말이로군요. 어떤 사람의 시를 외우고 글을 읽으면 아무리 천 리 밖에 있고 백세 뒤일지라도, 충분히 그 사람을 느낄 수 있다더니, 하물며 제가 몸소 직접 뵌 분임에랴 말해 무엇 하겠습니까.

담헌이 편지에서 밝힌 뜻은 의례적인 말이 아니

⁺
고산의 장 『시경』「소아」'차할'시에 "고산앙지高山仰止, 경행행지景行行止"라는 구절이 있는데, "높은 산을 우러러보며 큰 길을 가노라."라는 뜻이다. 고산의 장을 외운다는 것은 큰 덕이 있는 사람을 본받는 것을 말한다.

⁺
체두의 그늘 체두는 아가위나무로 곧 아가위나무의 큰 그늘을 말한다. 『시경』「당풍」'체두'라는 시에 나오는 말이다. 어려움에 처해 도움을 바라는 사람에게 큰 그늘이 되어 주기를 바란다는 뜻이다.

라, 진심이었다.

편지를 가지고 갔던 덕유德裕가 답장을 들고 왔다. 먼저 엄성의 편
지다.

무릎을 꿇고 수교手敎*를 받들었습니다. 지나치게 추켜 주시니 부끄러
워 몸 둘 바를 모르겠습니다. 자신의 뜻을 말씀하신 부분과 저를 사랑
해 주시는 부분에 이르러서는 슬픔에 잠긴 나머지 두세 번 거듭 읽다
가 눈물이 줄줄 흘러내렸습니다.

아아! 까마득히 떨어진 곳의 지기知己는 천고에 없는 바입니다. 우리
들은 촌스런 야인으로 요행히 중국에서 태어나 교유가 자못 넓기는
하지만, 여태껏 형처럼 속내를 다 털어 보여 마음에 새기고 진심과 정
성으로 대해 주는 사람은 보지 못했습니다.

너무나도 감격한 나머지 손이 떨립니다. 가슴 속에 꽉 맺힌 감정은 아
무리 천 마디 만 마디가 있은들 붓으로 그려 낼 수 있겠습니까. 오직
피차 묵묵히 이 외로운 심정을 살펴볼 뿐입니다. 내려 주신 후한 선물
은 원래 감히 받을 수 없는 것이오나, 어른이 자상히 일러 주신 말씀
을 받들어 삼가 받겠습니다. 별도의 시문은 조만간 의무적으로 써야
할 시문이 줄어들면 곧 어리석은 생각이나마 써 올려 가르침을 받고
자 합니다.

엄성은 담헌의 참되고 정성스런 태도와 마음에 감동했음과 자신
이 중국에서 태어난 덕에 교유가 넓지만, 속마음을 털어 보인 경우는

오직 담헌뿐이라고 털어놓았다. 엄성 또한 진심이었다.

반정균의 편지는 이랬다.

정균은 담헌 학장學長 형 족하에게 두 번 절하나이다. 정균은 어젯밤 돌아와 밤새 잠을 이룰 수 없었습니다. 눈에 은은히 세 분 대인과 족하, 그리고 김양허 형의 모습이 떠올라, '해동은 정말 군자의 나라이고, 몇 분은 당대의 절세기인'이라고 생각했습니다.

조금 전 편지를 읽고 더욱 족하의 고아하여 세속에서 벗어남을 알게 되었습니다. 입신立身이 구차하지 않음과 뜻과 소원이 몹시 큼이 중국의 도정절陶靖節* 과 임화정林和靖* 같으니, 이런 분은 천고에 몇 사람에 지나지 않는 터라 높고 빼어난 풍모에 더욱 존경하게 되었습니다.

또 영사令師 대인 선생의 경개梗槩를 일러 주셨는데,* 연원이 유래한 곳이 확실히 있음을 알 수 있고, 공자·안자의 즐거움을 방불하게 생각해 낼 수 있으니, 더욱 사람으로 하여금 그 높은 경지를 바라고 아주 잊을 수가 없습니다. 다만 깊이 유감스러운 것은, 각각 아주 다른 세상에 있어 자주 가르침을 받들지 못하고, 영사 선생을 뵐 수 없다는 것입니다.

이 아우가 비록 중토에 외람되게도 평생의 마음을 나눈 벗은 한두 사람에 지나지 아니합니다. 역암力闇 외에는 겨우 그의 형 구봉九峰 선생과 오서림吳西

<table>
<tr><td>*
수교 직접 쓴 편지</td></tr>
<tr><td>*
도정절 시인이자 은자인 도연명을 말한다. 젊어서 벼슬을 했지만 40대 초에 그만두고 전원에서 농사를 지으며 살았다. 가난과 병으로 고통을 겪으면서도 자연을 찬미하는 빼어난 시를 남겼다.</td></tr>
<tr><td>*
임화정 송의 시인 임포이다. 도시를 피해 서호의 고산에 살았던 은자로 글씨와 시에 능했다. 결혼도 하지 않고 매화를 심고 학을 키우며 살았다고 한다.</td></tr>
<tr><td>*
담헌이 편지에서 자신의 스승인 김원행에 대해 알려준 것을 말한다. 앞의 편지 인용에서는 생략하였다.</td></tr>
</table>

林 선생 같은 분뿐인데, 모두 스승으로 섬기고 있습니다. 서로 어울리는 사람이 백여 명이지만, 그 나머지는 모두 스승으로 삼거나 본받을 만한 지기가 아닙니다. 그런데 이제 또 족하를 얻으니, 정말 다행이 아닐 수 없습니다. 어느 날 문득 죽는다 해도 황천에서 눈을 감을 수 있겠습니다. 서로 그리워함이 가슴에 치미는 것이 어찌 끝이 있겠습니까. 이것은 필묵으로 다 쏟아낼 수 있는 바가 아닙니다. 오직 저 하늘 끝을 바라보며 바람을 향해 눈물을 흘릴 뿐입니다.

반정균은 세속적 출세에 마음을 두지 않는 담헌의 인품에 깊은 존경을 표하였다. 또 이 넓은 중국에서 평생에 사귄 벗이 두셋밖에 없는데, 담헌 같은 사람을 만나 감격스러울 뿐이라고 솔직한 심정을 털어놓았다.

엄성과 반정균은 담헌의 엄격한 자기 절제와 언행, 확고부동한 가치관, 상대방에 대한 배려, 진실한 충고 등 담헌의 인간됨에 매료되었던 것이다. 담헌과 같은 인간형은 아마도 처음이었을 것이다. 두 사람이 겨우 두 차례의 만남에서 담헌을 진실한 벗으로 인정한 것은 인사치레가 아니라 진심이었던 것이다.

편지를 전한 덕유는 담헌에게 반정균이 편지를 반도 채 읽기 전에 눈물을 글썽였고, 엄성 역시 안타까운 마음을 숨기지 않았다고 했다. 담헌은 편지에서 이별의 슬픔에 대해 한마디도 하지 않았는데도 두 사람이 비감해하는 것을 납득하기 어려웠다. 하루 이틀 사이에 이렇게 정이 들고 의기투합하는 경우는 일찍이 듣지 못한 바였다. 하지만 그렇게 말하면서도 담헌 역시도 그들의 진심어린 답변에 감동이 없을 수는 없었을 것이다.

2월 6일 태화전 등을 보기 위해 방물을 바치러 가는 사신단을 따라 자금성 안으로 들어갔다. 이날은 당연히 엄성과 반정균은 만날 수 없었고 대신 편지를 보냈다. 이 편지는 담헌과 두 사람의 우정이 굳어지는 결정적 계기가 된다.

두 형이 이미 지기로서 인정해 주시니, 저 역시 뻔뻔하게도 지기로서 자처하겠습니다.

좀 이상하지만 두 번 만나고 지기가 되는 것을 인정한 것이다. 이제 특별한 사이가 된 것이다. 담헌은 이어 지기로서의 충고를 건넸다. 특히 반정균의 감상적인 태도를 나무랐다. 밤잠까지 제대로 이루지 못했다는 것을 떠올리며, 지나치게 마음을 상하고 슬퍼하는 것은 오히려 서로의 만남이 좋은 인연이 아니라 전생의 원업冤業이 되게 할 뿐이라고 지적하였다. 요컨대 불필요한 감상에 빠지지 말고 눈앞에 닥친 과거에 마음을 기울이기를 간절히 바란다는 것이다. 아울러 이미 '지기'라고 한다면, 다시는 자신을 '선생'이라 일컫는 일이 없었으면 한다는 부탁도 덧붙였다.

반정균은 외출 중이라 편지를 받지 못했지만, 엄성은 편지를 읽고 답장을 보냈다.

수교를 받들어 읽었습니다.

사랑해 주시니 더욱 감격해 마지않습니다. 다만 우붕友朋이나 지기知己이실 뿐만 아니라 골육이라 할지라도 더 나을 수가 없으니, 삼가 마땅히 큰 띠에 써서 늘 경계로 삼겠습니다.

이 아우의 사람됨은 감히 스스로 뻐기는 것은 아니지만, 성정이 고원高遠하고 교유가 대강의 남북에 두루 미치지만 좋은 사람은 적고 좋지 않은 사람은 많아, 속마음까지 알아준다고 할 만한 사람은 아주 드뭅니다. 그 나머지는 얼굴을 마주 대할 때는 아첨하고는 돌아서면 비웃으니, 어제 형께서 말씀하신 바와 같은 자들이 허다합니다.

뜻밖에도 우리 형처럼 숨어도 어버이를 어기지 않고 곧아도 세속을 끊어 버리지도 않는 분을 만나서 한번 뵙게 되자, 사람을 심취케 하였느니, 참으로 기이한 인연입니다. 하지만 대장부는 천 리를 넘어 정신으로 사귀는 법이니, 어찌 꼭 아녀자처럼 자주 만나 살갑게 지내야겠습니까. 난형蘭兄이 마음이 부드럽고 기가 약한 것은 정말 형의 가르침과 같습니다. 하지만 역시 속마음에서 격발하여 스스로 금할 수 없는 것일 뿐입니다. 이 아우와 같은 경우는 한번 지기를 만나면 마음이 죽고 기가 소진되어 울고 싶어도 울 수가 없습니다. 오직 하늘을 우러러 길게 한숨을 내쉴 때 아득하게 온갖 생각이 마구 떠오를 뿐입니다. 아아, 천하의 정이 있는 사람이라면 정말 저의 뜻을 말없이 알아줄 것입니다.

엄성은 자신이 담헌의 인감됨에 진정으로 감복했음을, 담헌이 자신의 지기가 되었음을 솔직히 고백하고 있다. 이 편지로 담헌과 두 사람은 서로의 마음을 다시 확인했던 것이다.

2월 7일 엄성과 반정균은 편지와 시를 보내며, 부채와 붓, 인석印石, 『한예자원漢隸字源』 등의 선물을 보냈고, 담헌 역시 간단한 답장을 보냈다.

학문을 이야기하다

세 번째 모임은 2월 8일에 있었다. 하루 종일 대화를 나누기 위해 엄성은 이미 문지기에게 다른 손님을 들이지 말라 단단히 일러 놓은 터였다. 반정균이 지난번 편지와 함께 보낸 시에 대한 평을 부탁했고, 담헌은 엄성의 시와 함께 그의 시를 높이 평가해 마지않았다. 이날은 다양한 주제를 가지고 경쾌한 대화를 나누다가 점차 중후한 주제에 이르게 되었다.

담헌이 오서림吳西林에 대해 물었다. 오서림은 담헌이 2월 3일 두 사람을 처음 만났을 때 반정균이 엄성과 한 마을에 살며 학문과 실천에 힘쓰는 선비로 소개한 인물이다. 담헌이 굳이 그에 대해 다시 물은 것은, 그를 세속적 가치를 추구하지 않는 비타협적인 인물로 생각했기 때문이다. 엄성은 오서림의 저작과 문학의 성격에 대해 간단히 소개했고, 또 드문 효행이 있는 사람이라고 했다. 그런데 끝에 덧붙인 말이 시비의 단서가 되었다.

"부처에게 아첨하기를 좋아하여 꿰뚫지 못한 불경이 없습니다."

엄성이 오서림의 한 가지 병통으로 불가에 경도된 것을 지적한 것이다.

담헌이 그 말에 의견을 덧붙였다.

"그분의 큰 덕과 지극한 행실은 사람을 감동시키고 분발하게 하지만, 부처를 좋아하는 것은 지극히 애석한 일이군요."

철저한 정주학자인 담헌에게 세속적 가치를 도외시하는 오서림이 불경에 빠진 것은 납득할 수 없는 일이었던 것이다.

엄성은 오서림에 대해 좀더 이야기를 했다.

"『능엄경』 같은 불경을 대단히 좋아하고 아울러 인과응보를 말하기 좋아합니다."

담헌은 이번에도 안타까운 뜻을 전했다.

"『능엄경』에 마음을 논한 부분은 좋은 곳이 정말 많지만, 인과응보란 부분에 있어서는 오서림을 위해 애석하게 생각합니다."

정주학자 담헌다운 말이다. 하지만 엄성은 담헌처럼 불교에 대해 냉담하지 않았다. 『능엄경』 읽기를 좋아하고 그것이 마음을 다스리는 데 유용하며, 마음을 논한 부분은 유가와 다를 것이 없다고 말했다. 다만 『능엄경』의 주지가 결국 '공空'으로 귀착되는 것이 유가와 다를 뿐이라고 여겼다. 불교에 대해 매우 호의적인 자세였다.

그러나 담헌은 그 말에 전혀 동의할 뜻이 없었다.

"우리 유가에서는 마음을 논한 것에 본디 스스로 즐길 부분이 있는데, 무엇 때문에 다른 도에서 구할 것입니까."

불교 경전 중의 하나로, 특히 중국 선종의 주요 경전이다. 마음을 다스림으로써 보리심을 얻게 되고 진정한 경지를 체득한다는 것이 주요 내용이다.

엄성은 그제야 자신이 유가의 공부에 미진한 부분이 있음을 고백했다.

"불교에는 『능엄경』이, 도가에는 『황정경』이 있습니다. 우리 유가에는 '분노를 참고, 욕심을 막고, 경망스러움을 바로잡고, 게으름을 경계한다懲忿窒慾矯輕警惰'는 여덟 자가 있지요. 제가 유가에서 조금이나마 깨친 것은 이와 같을 뿐입니다. 정심正心과 성의誠意는 아직 크게 어렵게 여기고 있습니다."

'정심과 성의'에 대해 어렵게 여긴다고 한 말은 겸손의 표현은 아닌 듯하다.

2월 3일 첫 만남에서 보았듯 엄성은 원래 양명학에 깊은 이해가 있었으나, 성리학의 수양론에는 확고한 신념이 없었다. 반면 성리학의 수양론에 확고한 신념이 있었던 담헌은 이 부분을 뒷날 계속 지적

『철교화』
엄성과 담헌의 대화를 엮은 두 권
짜리 책이다. 이덕무가 편집하고 평
을 붙여 필사하였다.

했다. 이때 마침 반정균이 밖에서 들어와 필담을 보더니, 자신도『능
엄경』을 손 씻고 외우고, 아울러 불경 필사하는 것을 좋아한다고 너
스레를 떨었다. 이에 담헌이 형들 모두 반드시 천당에 오를 것이라며
맞장구를 쳐서 모두 한바탕 웃었다.

　엄성은 자신이『능엄경』을 읽게 된 내력을 말했다. 원래 병으로 인
해 죽음의 문턱에 갔다가『능엄경』의 내용에 큰 감명을 받았다는 것
이다. 모든 존재가 흙, 물, 불, 바람의 임시적인 결합에 지나지 않는다
는 깨우침을 얻고 욕심을 내려놓자 병도 나았다고 고백했다. 하지만
이후 불가에 몰두한 적은 없고, 불경이 유가의 책만 못하다는 것을
깨달았다고도 했다. 담헌은 엄성에게 진지하게 충고했다.

　"이 아우가 감히 아첨하려고 하는 말이 아닙니다. 형의 재주와 학
문이 매우 높으니 우리 유학을 위해 깊이 힘쓰시기 바랍니다.『근사
록』을 좋아하니 이미 편안히 여기는 바가 저쪽에 있지 않음을 알겠

습니다. 하지만 조금이라도 차질이 생기면, 반드시 유가에 한 사람의 강적을 만드는 것이니, 어찌 두렵지 않겠습니까? 모쪼록 도를 위해 스스로 힘쓸 것을 바랍니다."

엄성은 담헌의 충고를 기쁜 마음으로 받았다.

"이 아우가 이학理學에 대해 말하기를 아주 좋아하지만 동지가 없어 한스럽더니, 오늘이야말로 '벗이 있어 멀리서 찾아왔다'고 할 만합니다. 우리 도가 외롭지 않은 것을 다행으로 생각합니다. 다만 말이 통하지 않는 것이 가장 유감입니다. 말만 통한다면 마음 놓고 이야기를 나누어 몇 달이 되어도 그치지 않을 것을 것입니다."

담헌의 성리학에 대한 확고한 신념은 불교와 양명학을 기웃거리며 방황하던 엄성을 크게 감동시켰다. 담헌이 귀국한 뒤 엄성이 담헌에게 보낸 편지를 보면, 과거를 포기하고 성리학을 본격적으로 공부하기 시작했으니, 담헌의 성리학에 대한 신념이 엄성의 삶의 방향을 바꾸었던 것이다.

이후 유학의 마음을 다스리는 법에 대한 대화가 한참 이어졌다. 그러다가 담헌이 문득 『주역』을 읽을 때 어떤 주석을 선택하는가를 물었고, 엄성은 과거시험에서는 정자의 주석을 따른다고 하였다. 정이程頤의 『이천역전伊川易傳』*을 표준 주석으로 선택한다는 말이었다. 그런데 엄성이 덧붙인 말이 논란의 꼬투리가 되었다. 즉 경서는 대부분 주자의 주석을 채택하지만, 『시경』만은 그렇지 않다는 것이다. 주자의 『시경』 주해는 조선에서도 유일한 정통 주석으로 채택하고 있는 『시집전詩集傳』을 가리키는 것

* **이천역전** 송대의 성리학자 정이가 『주역』을 해설한 책

인데, 『시집전』의 주자 주해에 인정하기 어려운 부분이 많다는 말이었다. 엄성은 주자가 시서詩序를 인정하지 않은 것을 대표적인 경우로 지적했다.

시서에는 『시경』 전체의 서문격인 대서大序와 개별 작품의 간단한 해설인 소서小序가 있다. 시서의 작자는 공자의 손자인 자하子夏 또는 동한東漢 사람 위굉衛宏이라 하지만 정확한 것은 아니다. 시서의 해설은 억지스런 부분이 적지 않아 주자는 「시서변설詩序辨說」이란 논문을 써서 시서가 신빙성이 없음을 논증하고 자신이 『시경』을 주해한 『시집전』에서는 시서를 거의 채택하지 않았다. 그런데 청대에 와서 모기령毛奇齡과 주이존朱彝尊 등의 학자가 주자의 학설을 비판하고 다시 시서를 믿어야 한다는 주장을 펼쳤던 것이다.

엄성이 말을 이었다.

"주자가 소서를 배척하는 것을 좋아했는데, 지금 소서를 보면 아주 따를 만합니다. 그러므로 학자들이 주자에 대해 의심을 두지 않을 수 없지요. 본조의 주죽타朱竹垞, 주이존는 『경의고經義考』 2백 권을 지었는데 또한 주자가 옳지 않다고 반박했습니다. 예부터 주자가 소서 고치기를 좋아했는데, 그것은 대개 문인의 손에서 나온 것이라 합니다. 예컨대 「모과木瓜」 시는 제환공齊桓公을 찬미하고, 「자금子衿」 시는 학교가 폐지된 것을 풍자하고, 기타 「야유만초野有蔓草」 및 정홀鄭忽을 풍자한 것과 유왕幽王을 풍자한 여러 시는, 경전經傳을 모두 살펴보아도 확실히 증거로 삼을 만한데 주자는 모두 반대했습니다."

엄성의 말이 끝나자 담헌이 대꾸했다.

『시경』과 주희
주희는 대표적인 성리학자로, 그의 경전 해석은 조선 지식인들에게 절대적인 영향을 끼쳤다.

"주자의 「시서변설」을 이미 본 적이 있을 것입니다."

담헌이 말을 더 잇기 전에 심부름하는 하인이 병과餠果를 탁자에 가져다 놓았다. 반정균은 김재행의 종이에 그림을 그리다가 와서 필담에 『시경』 소서 운운하는 구절이 있는 것을 보고는 너스레를 떨었다.

"모르는 일입니다. 병과나 먹지요"

『시경』의 소서에 관한 이야기는 이것으로 끝이었다.

『시경』의 해석에서 조선은 오직 주자의 『시집전』만 믿었고, 그 외 다른 해석의 가능성은 생각해 보지 않은 것이다. 중국의 경우 명대에는 역시 『시집전』을 믿었지만, 청대에 들어서서 주자의 『시집전』에 대한 비판이 나오기 시작하였다. 주자와 달리 『시경』의 소서를 믿어야 한다는 설은 담헌이 북경을 방문했을 때 중국 학계에 주류적 견해가 되어 있었다.

담헌이 북경을 방문한 1760년대 조선 학계는 청대 이래 중국 학계에서 일어난 변화에 대해 거의 아는 바가 없었다. 모기령과 주이존의 존재 역시 알려져 있지 않았다. 이 중에서도 특히 모기령은 문제의 인물이었다. 모기령은 경전과 문학에 관한 한 박학하기 짝이 없는 학자로서 그는 평생 주자의 경전 해석을 비판하는 것을 자신의 학문적 과업으로 삼았다. 모기령은 억지스런 '비판을 위한 비판'을 하는 사람이라는 비난을 듣기도 하지만, 그가 주자의 경전 해석을 전면적으로 혹독하게 비판한 것은, 중국 학술사상 유례가 없는 일로 학계에 큰 파란을 일으켰다. 그의 주자 비판은 고증학적 경향을 띤 것으로 광범위한 문헌적, 언어적 증거에 의한 것이기에 주자를 옹호하는 사람들이 쉽게 논박할 수 없었다. 모기령 학설의 유효성 여부를 떠나 주자학에 대한 그의 비판은 '주자학에 대한 객관화'란 긍정적 효과를 불러온 것이다.

또 하나 지적해야 할 것은 엄성과 반정균 등은 고증학考證學[*]의 영향 아래 있었다는 것이다. 곧 그들의 스승이 유명한 고증학자의 제자였던 것이다. 따라서 그들이 주자의 경학에 대해 비판적인 입장을 취한 것은 전혀 이상한 일이 아니다. 하지만 담헌은 그들의 주자 비판 뒤에 있는 학문사적 컨텍스트를

고증학 명 말·청 초에 일어난 실증적 고전 연구의 학풍 또는 방법으로, 중국에서는 고거학考據學, 또는 박학朴學으로 많이 불린다. 성리학과 양명학이 철학적이고 추상적인 문제를 다룬 반면 고증학은 현실에 바탕을 두고 사실을 밝히고자 하는 경향을 띠었다.

전혀 알지 못하고 있었던 것이다. 모기령은 물론 청대 고증학에 대해서는 전혀 아는 바가 없었다. 이런 이유로 해서 주자학의 진리성을 믿어 의심치 않던 담헌에게 주자 경전 해석에 대한 비판은 엄청나게 당혹스러운 것이었다. 담헌이 『시경』 소서의 준신 여부를 두고 2월 23일 다시 엄성과 반정균 두 사람과 토론을 벌인 것도 이런 맥락을 몰랐기 때문인 것으로 보인다.

어쨌든 『시경』 소서의 준신 여부에 관한 이야기는 담헌에게 큰 충격이었다. 담헌은 주자의 경전 해석에 오류가 있을 수 있음을 이때의 대화를 통해 깊이 인식한 것으로 보인다. 주자의 『시경』 해석이 비판당하고 있다는 사실과 모기령과 주이존의 경학은 담헌의 귀국 뒤부터 서울의 학계에 알려지기 시작했다. 담헌의 벗들인 박지원, 이덕무 등이 모기령의 학설을 검토했고, 이어 경화세족 내부에서 모기령의 경학이 크게 유행하게 되었다. 급기야 정조와 신하들이 경서를 강하는 경사강의經史講義 자리에서도 모기령의 경학이 검토된다. 정약용의 방대한 경학도 모기령의 경학을 의식해서 이루어진 것이었으니, 이날 담헌의 충격은 담헌의 것만으로 제한되지 않았던 것이다.

이날 『시경』에 관한 이야기 뒤에는 자질구레한 화제를 가지고 토막 이야기가 이어졌을 뿐 별다른 심각한 주제는 없었다. 다시 만날 것을 약속하고 모임이 끝났다.

이들이 다시 만난 것은 나흘 뒤인 2월 12일이다. 네 번째 만남이었다. 그 사이 사흘 동안 담헌은 9일과 10일 이틀을 조선관에 머물렀고, 11일 하루는 서산西山을 구경하러 갔다. 엄성과 반정균과는 세 차례 편지만 주고받았다.

2월 9일 담헌은 두 사람에게 매우 긴 편지를 보냈는데, 이 편지에서 담헌은 자신의 감정을 솔직하게 털어놓고 있다.

슬프다! 마음을 알아주는 이를 만나 마음을 이야기하는 것이야말로 인생의 지극한 즐거움인데, 이제 우리들은 만 리 먼 곳에서 만나 속내를 털어놓고 며칠을 함께 노닐었으니, 너무나도 기이한 일입니다. 사사로운 정이 속에 맺혀 이별하는 즈음에 서글픈 생각이 드니, 사람이란 만족할 줄 몰라 괴로운 것이지요.

마음을 털어놓고 알아주는 사람을 만났는데, 이별할 것을 생각하니 너무나 괴롭다는 것이다. 이 편지에 대해 두 사람은 워낙 바빠 엄성만 서너 줄의 짧은 답신을 보냈다.

정작 중요한 편지는 10일의 것이다. 이 편지에서 담헌은 『시경』소서 문제를 다루고 있다. 요지는 주자의 『시경』 해석은 자신이 생각하기에도 약간의 의심이 있지만, 그렇다고 해서 주자의 견해와 달리 소서를 『시경』 해석의 중요한 논거로 채택하기에는 소서 자체가 갖는 문제점이 너무나 많다는 것이다.

11일에 담헌은 서산에 가면서 간단한 편지를 써서 보냈고, 돌아와 답을 받았다. 심각한 내용이 있는 것은 아니었다.

금기마저 허문 우정

2월 12일 조선 사신단 일행은 서산에 갔고, 담헌은 홀로 건정동을 찾았다. 이날의 대화, 곧 필담은 대단히 길었고 주제도 매우 다채로웠다. 주목할 만한 것은 담헌이 엄성과 반정균 두 사람에게 청에 대한 비판적 발언을 건넸고 아울러 우정 어린 충고를 아끼지 않았다는 것이다.

필담이 시작되자, 엄성이 어제의 서산 구경이 볼만했느냐고 물었다. 담헌은 이렇게 답했다.

"장려한 경물이 해외의 고루한 소견을 놀라게 하지만, 다만 오로지 사람의 기교로 이룬 것이요 자연스러운 점이 없으니, 끝내 깊은 취미를 깨치지 못하고, 또 고루한 소견에 특별히 애달픈 곳이 있으니 어찌 즐겁기를 의논하겠습니까."

예상 밖의 대답이었다. 엄성은 당연히 담헌이 서산의 화려함에 감탄해 마지않을 것이라 예상했을 것이다.

엄성은 애달픈 일이 무엇인지를 물었고, 담헌은 서산의 건축 자체가 엄청난 사치인 것이 아쉽다고 하였다. 엄성은 머쓱해하며, 그것은 황상_{황제}이 검소한 덕을 숭상하지 않은 것이 아니고, 신하들의 잘못이라고 변명했다. 하지만 담헌은 물러서지 않았다.

"형의 말이 매우 충후하지만, 내가 중국에 와서 두루 구경한 곳이 적지 않은데, 곳곳에 부질없는 묘당을 지어 무한한 재력을 허비하고 앉아서 후한 봉록을 먹는 라마승이 수천수만으로도 헤아리지 못하였습니다. 반면 오가는 길에 가난한 백성이 배고픔과 추위를 견디지 못하여 수레 앞에서 돈을 구걸하는 거동은 차마 보지 못할 지경이었습니다.

또 일찍이 황상이 남방에 거둥하는 그림을 보니, 곳곳에 궁전과 누관이 매우 사치스럽고 연극 공연을 하는 집이 궁중 가운데 없는 곳이 없었습니다. 백성의 재물은 한정이 있고 사람의 욕심은 다함이 없으니 어찌 애달프지 않겠습니까?"

담헌은 황제와 지배계급, 종교의 풍요와 사치는 민중을 착취한 데서 나온 것이라고 꼬집고 있는 것이다. 이와 같은 발언이 유가의 애민의식에서 비롯된 것임은 물론이다. 하지만 담헌이 중국의 풍요를 마주하는 심정은 참으로 착잡한 것이었다. 중국의 풍요를 볼 때마다 낙후하고 가난한 조선이 떠올랐기 때문이다.

진지한 애민의식에 기초한 담헌의 비판은 엄성으로서는 전혀 예상하지 못한 것이기에 별다른 대꾸를 하지 않았다. 이때 반정균이 재치 있는 한마디를 하며 어색한 분위기를 깼다.

"연극은 묘한 곳이 있으니, 한관漢官의 예법과 차림을 다시 보는 것이지요."

2월 4일 두 번째 모임 때 자신이 한 말을 반복한 것이다. 담헌 역시 간단하게 대꾸하고 말았다.

"황상이 만일 한관의 예법과 차림을 보고자 하여 연극을 베푼다면 이것은 천하에 다행한 일입니다."

이어 엄성이 사람 둘을 그렸는데, 하나는 관대에 사모를 쓴 모습이

청대 문관 복장과 마래기

고, 하나는 호복에 청 관리들이 쓰는 모자인 마래기를 쓴 모습이었다. 전자를 두고 엄성, 후자를 두고 반정균이라 하면서 농담을 하다가, 담헌이 정색을 하고 물었다.

"오늘은 조용히 서로 만났고 떠날 날이 멀지 않으니, 서로 흉금을 헤쳐 꺼리는 말을 피하지 않음이 어떠합니까?"

거리낌 없이 말해 보자는 제안이었다. 두 사람 역시 동의했다. 담헌은 조선의 정통 노론 지식인의 속생각을 중국의 두 한인에게 꺼내 놓았다.

"중국은 사방의 표준이 아닙니까. 곧 종국宗國이고, 그대는 우리의 종인宗人인 셈인데, 그대의 머리 모습을 보고 어찌 마음을 썩이지 않겠습니까?"

변발 문제는 잠시 언급한 바 있지만, 비로소 정색을 하고 두 사람의 변발을 지적한 것이다. 엄성과 반정균은 서로 마주보고 답을 하지 않았다. 특히 엄성은 머쓱하여 말이 없었다.

반정균이 또 우스갯소리로 분위기를 바꾸었다.

"머리를 깎으면 아주 묘한 데가 있습니다. 상투를 빗는 번거로움과 가려운 데를 긁는 괴로움이 없지요. 상투를 하는 사람은 아마도 이 맛을 알지 못할 것입니다."

담헌 역시 농담으로 받았다.

"'감히 훼손시키지 말라'고 말한 증자는, 도무지 일을 헤아리지 못한 사람이로군요."

'신체와 털은 부모에게 받은 것이니, 감히 훼상하지 않는 것이 효의 시작이다.'라고 말한 증자가 잘못된 사람이라는 농담이었다. 엄성과 반정균 모두 웃었다.

엄성은 자신의 고향인 절강성의 우스갯소리를 꺼냈다.

"절강에 우스갯말이 있는데, 머리 깎아 주는 가게에 '성세낙사盛世樂事'란 네 글자 간판을 내건 것이지요."

'머리를 깎는 것이 태평성대의 즐거운 일'이라는 말이다. 담헌은 이 우스갯말을 절강 사람이 청의 변발 강요를 비꼬는 말로 자의적으로 이해했다.

"이 네 자를 보니 머리 깎는 것을 원통히 여기며 나라 제도를 조롱

청인의 변발

하는 뜻을 감추지 않으니, 이래서 남방 사람들이 진짜 담이 크고 두려움이 없다는 것이로군요."

엄성과 반정균이 또 웃음을 터트렸다. 이로써 변발에 대한 생각도 담헌과 엄성은 공유하게 되었다.

의복제도에 관한 대화는 계속 이어졌다. 담헌은 조선인의 망건을 거론했다.

"망건은 명의 제도이기는 하지만, 실제로는 좋지 않습니다."

엄성이 이유를 물었고, 담헌은 말의 꼬리로 머리를 덮기 때문이라고 했다. 엄성이 다시 조선인이 망건을 버리지 못하는 이유를 물었다. 담헌이 말하였다.

"옛 습속에 익어 있기 때문이기도 하지만, 한편으로는 명의 제도를

망건과 전족하는 가죽신

차마 잊지 못하기 때문이지요."

중국은 변발로 인해 망건을 없앤 지 오래였으므로 명의 제도를 잊지 못하기에 버리지 못한다는 말 역시 뼈 있는 말이었다.

담헌은 이어 중국 여성의 전족이 시작된 시대를 물었다. 반정균이 남당南唐 때 시작된 것이라 하자, 담헌은 전족 역시 매우 좋지 않은 것이라면서, 자신은 '망건과 전족이 중국 액운의 징조'라고 한 적이 있다고 말했다. 반정균이 농담을 건넸다. 자신이 배우의 망건을 써본 적이 있는데 아주 불편했다는 것이다. 담헌이 이 말을 받아쳤다.

"월나라 사람은 장보章甫를 쓸 일이 없지요."

장보는 은나라 때 사용하던 예관禮冠이다. 월나라 같은 야만인에게는 문명국의 의관이 필요 없다는 뜻이었다. 두 사람은 모두 부끄러워하는 빛이 있었다.

반정균이 절강에 있는 자기의 친구가 연극배우의 모자와 띠를 착용하고 옛사람이 절하는 모양을 흉내 내자 주위 사람들이 모두 웃은 적이 있다고 하자, 담헌 역시 농담으로 '흑선풍黑旋風이 정사 보는 모양'*이라고 해서 한바탕 웃었다. 반정균은 자기 친구의 장난을 전한 것이지만, 담헌은 진지한 어조로 받았다.

"연극배우라는 천함을 잊고 옛 의관을 흠모하여 이러한 행동에 이르니, 그 사람의 마음을 생각건대 어찌 슬프지 않겠습니까."

그리고 자신이 들었던, 조선 사신단의 의복을 빌려 입어 보고 비감해했다던 옥전현 지현의 이야기를 전했다. 엄성과 반정균은 충격을 받았다. 특히 엄성은 낯빛까지 변하며 얼굴을 숙이고 말이 없어 보는 사람마저 슬프게 하였다. 잠시 후 반정균이 말을 꺼냈다.

"좋은 지현입니다. 그런데 그런 마음이 있었다면 왜 벼슬을 버리고 떠나지 않았을까요?"

이렇게 말하더니 다시 얼른 말을 덧붙였다.

"이것은 또한 쉽지 않은 일이니, 우리가 할 수 없는 일을 어찌 남에게 책임지울 수 있으리오?"

잠시 침묵하였다. 반정균 역시 마음 깊은 곳에는 청 조정에서 벼슬하는 것이 정당치 않다는 생각이 똬리를 틀고 있었던 것이다. 이것으로 세 사람 사이에 강력한 유대감이 생긴 것으로 보인다.

이날의 대화는 담헌이 압도했다. 우스갯소리를 가끔 섞기는 했지만 담헌은 시종일관 진지했고, 조선 선비의 엄격한 몸가짐을 유지했다.

분위기가 가라앉자 엄성이 화제를 바꿀 요량으로 조선에 음란한 풍습이 있는가를 물었다. 담헌은 사대부가의 여성이 개가하는 풍습은 없지만, 관官에

✛
흑선풍은 검은 회오리바람이란 뜻인데, 중국 소설 『수호지』에 나오는 이규의 별명이기도 하다. 무식하기만한 이규가 지방 수령 대신 정사를 본 것을 이르는 말로, 전혀 어울리지 않는 것을 빗대는 표현이다.

서 기녀를 두어 음란함을 조장한다고 하였고, 이 이야기가 꼬투리가 되어 기악妓樂*에 대한 대화가 이어졌다.

엄성이 명의 부흥을 외치던 홍광제弘光帝가 남경에서 기녀를 두고 놀다가 결국 패망한 것을 떠올렸고, 담헌은 그런 이유로 인해 명의 부흥이 실패한 것은 당연한 일이라고 찬동했다. 담헌은 또 강희제가 기악을 없앤 것을 높이 평가하고, 조선에서도 강희제를 '영걸한 임금'이라 일컫는다고 말했다.

이 말에 반정균이 농담을 건넸다.

"본조의 법도와 규칙이 다 좋습니다. 다만 관기를 없앤 것은 살풍경이라 할 수 있지요."

엄성은 반정균이 여색을 좋아하기에 이런 말을 한다 하였다. 하지만 담헌은 그 말을 농담으로 받지 않고 정색하였다.

"농담은 생각에서 나오는 법이지요. 난형은 용모가 매우 아름답습니다. 예부터 용모가 아름다운 사람 중에는 색을 밝히는 사람이 많았지요. 목숨을 해치는 일이 여럿이지만, 색을 밝히는 사람은 반드시 죽으니 또한 두려운 일이 아닙니까?"

반정균은 담헌의 정색에도 아랑곳하지 않고 농담을 이어가다가 끝에 가서는 조금 전의 말이 모두 농담이니 진담으로 여기기 말라고 했다.

담헌은 역시 그저 농담으로만 여기지 않았다.

기악 기생과 풍류를 아울러 이르는 말이다.

"모르는 것이 아닙니다. 하지만 농담과 진담이 뒤섞일까 두렵습니다."

담헌은 유가 윤리의 실천에 관한 한 타협의 여지가 없는 인물이었다. 이 시기 담헌은 유가적 근본주의자에 가까운 인물이었다. 청이 중국을 지배하고 있는 것을 비정상적인 상태로 보는 대명의리 역시 이 근본주의에 바탕을 둔 것이다.

엄성과 반정균, 이 두 사람과의 대화에서 담헌은 두 한인 지식인에게 청, 곧 여진족이 중국을 지배하는 상황에 대한 견해 표명을 요구했다. 그것은 곧 청을 비정상적으로 보는 자신의 견해에 동의해 달라는 요청이었다. 그럴 때마다 엄성과 반정균은 매우 머쓱한 태도를 보였던 것이다.

엄성은 기악과 여색에 관한 대화가 끝난 뒤 청을 옹호하는 발언을 하였다.

"본조가 나라를 얻은 것은 매우 정당합니다. 도적을 멸하고 대의를 펴서 명조의 수치를 씻고 중국에 주인이 없는 때를 당하여 자연스럽게 천하를 얻은 것이지, 천하를 업신여겨 그런 것이 아닙니다."

청이 명을 위해 수치를 씻었다는 것은, 즉 청이 명을 멸망시킨 농민반란군 이자성을 격파하여 명을 위해 복수를 했고, 황제의 자리가 비어 있는 상태에서 자연스레 천하를 차지하게 된 것이지 의도적으로 명을 멸망시키고 천하를 차지한 것이 아니라는 말이다.

엄성은 이 말을 마치고 담헌을 보며 희미하게 웃었다. 담헌은 그것이 자신의 소견을 시험해 보는 기색이라고 여겼다. 담헌은 청이 중국을 차지할 생각이 없었다는 네는 동의할 수 없지만, 명조가 망한 뒤 청이 산해관을 넘어 들어온 뒤로는 청이 중국을 차지할 수밖에 없는 필연성이 있었다는 데에는 일부 동의했다.

엄성은 담헌의 말에 묘한 농담을 던졌다.

"강외江外에 '보내온 예물을 왜 안 받겠는가?'라는 희한한 이야기가 있습니다."

이 말은 명이 중국 대륙을 들어 청에게 그냥 헌납했다는 것이다. 담헌은 그 예물은 '오삼계가 준 것'이라고 화답하였고, 엄성과 반정균은 모두 웃었다.

엄성의 발언은 한인 지식인이 청에 대해 갖고 있던 평균적 속마음의 일단으로 보인다. 명의 실정이 천하를 청에 넘겨주었다는 인식은, 청 체제의 정당성을 완벽하게 인정하는 것은 아니지만, 적어도 청 체제를 부정적으로만 인식하지 않는 데 대한 상당한 심리적 정당성을 제공했던 것으로 보인다. 담헌은 청 체제 성립의 불가피성을 인정한다는 점에서는 엄성에게 동의했지만, 그럼에도 약간 미묘한 차이가 있었다.

담헌은 원나라 때도 중국이 머리를 깎고 복색을 바꾸었는지 물었고, 엄성은 아니라고 답했다. 담헌은 이어 길게 말을 덧붙였다.

"전조 말년에 태감太監, 환관이 권세를 부리고 반란군이 틈타 일어나고 매산煤山에서 사직을 위해 죽었으니,* 진실로 하늘이 그렇게 만든 것입니다. 무어라 하겠습니까. 대적을 멸하고 대의를 편 것은 본조의 큰 결단이었습니다. 다만 중국이 머리를 깎고 의복을 바꾼 것은, 몰락의 참상이 금·원 때보다 심하니, 중국을 위해 슬픈 눈물을 흘리지

*
1644년 이자성이 이끄는 반란군이 북경성을 공격하자, 명의 마지막 황제가 황궁 뒤의 매산에서 목을 매어 자살한 사건을 가리킨다.

않을 수 없습니다."

명조의 무능과 비극, 그리고 청 체제의 필연성은 세 사람 모두 동의하는 바였다. 다만 담헌이 결정적으로 문제 삼은 것은 변발과 변복에 있었다. 한인이 변발을 하고 호복을 입은 것은, 문명, 곧 중국에 대한 야만 즉 오랑캐가 강제한 결과라고 본 것이다. 이것은 엄성과 반정균에게 뼈아픈 지적이었다.

하지만 변발과 호복을 제외하면 청이 중국인에게 달리 요구한 것은 없었다. 담헌은 중국인의 변발과 호복을 중화문명의 본질을 오염시킨 것으로 생각하지만, 중국인에게 그 문제는 그리 큰 문제가 아닐 수도 있었다. 냉정하게 생각한다면, 조선 사람인 담헌이 중국인의 복색과 변발에 이토록 슬퍼하는 것은 엄성과 반정균에게는 당혹스러운 일일 수 있었다. 두 사람이 '서로 보며 말이 없었던 것'은 그 당혹스러움의 표현이었던 것이다. 담헌은 설명을 덧붙였다.

"만력 연간에 왜적이 우리나라에 쳐들어와 팔도가 쑥대밭이 되었는데, 신종황제가 천하의 군사를 동원하고 천하의 재물을 허비해 7년 뒤에야 평정했으니, 지금까지 2백 년 동안 백성이 누린 편안과 이로움은 모두 신종황제가 내린 것입니다. 또 말년의 도적떼의 변고가 우리나라를 도운 것에서 말미암지 않은 것이라고 할 수 없습니다. 그래서 우리나라는 명이 우리 때문에 망했다고 생각해 이제껏 평생 슬피 사모해 마지않고 있는 것이지요."

남헌의 논리는 이렇다. 임진왜란 때 신종황세는 조선을 구하느라 군사와 재정을 소모했다. 전쟁 이후 2백 년 동안 조선 백성이 누린 편안과 이로움은 모두 신종황제의 덕택이다. 조선 사람들은 명이 조선을 구하기 위해 국력을 소모하여 망했다고 생각하고 지금도 명을 사모해 마지않는다. 완벽한 대명의리 의식이다.

담헌은 자신이 명대의 복식에 깊은 관심을 보이는 역사적 배경을 설명했지만, 두 사람은 여전히 말이 없었다. 그들은 임진왜란 때 명이 조선에 파병한 사실에 대해서도 모르고 있었다.

어색한 분위기가 감돌았으나 담헌으로서는 속에 있는 말을 다 털어놓은 셈이다. 반정균이 조선이 청의 연호를 쓰느냐고 묻자, 담헌은 이제 숨길 말이 없노라면서 공식적인 문자에는 청의 연호를 쓰지만 사적인 글에는 쓰지 않는다고 했다. 반정균은 또 김상헌의 문집에 대해 물었고, 담헌은 김상헌이 조선의 큰 선비로서 십 년 동안 심양에 구금되었으나 끝내 지조를 굽히지 않고, 명을 위해 수절한 사람이라고 소개했다. 담헌으로서는 금기를 무릅쓰고 한인에게 조선 지식인의 속내를 다 털어놓은 셈이다.

약간 무거웠던 분위기는 반정균이 조선의 시집 『기아箕雅』에 대해 묻자 다시 가볍게 풀렸다. 담헌은 『기아』를 구해 보내겠다 했고, 자신은 여유량의 문집과 서건학徐乾學의 『독례통고속편讀禮通攷續篇』을 구했으면 한다고 하였다.

이어 병서兵書의 신뢰성, 중국의 『주자가례』 준행 여부, 양자제도에 대한 문답이 오갔고, 중국과 조선 여성의 개가에 대한 의견 교환이 있었다. 특히 조선 여성이 남편의 사후 거의 예외 없이 수절한다는 이야기는 엄성과 반정균의 큰 관심을 끌었다. 담헌이 수절하다가

재혼하는 여성의 경우, 부모 형제는 물론 가까운 친족이 벼슬을 못하게 된다고 하자, 반정균은 너무 지나치다고 하였다. 담헌은 조선이 중국에 비해 한쪽에 치우쳐 있어 그런 일에도 치우침이 심하기는 하지만, 그런 처사가 그렇게 해롭지는 않다고 응수했다. 이어 조선과 중국에서 아동 교육에 사용하는 『천자문』『사략』『소학』 등의 텍스트에 대한 간단한 의견 교환이 있었다.

반정균은 담헌이 천문학을 비롯한 여러 분야의 학문에 정통한 것으로 안다면서 그 방면에 대해 들려 달라고 청하였다. 담헌은 해와 달과 별의 운행을 대략 알기에 혼천의를 만들기는 했지만, 천문을 안다고는 말할 수 없고, 또 거문고를 대강 알지만 중국의 고악古樂이 아니고 오음육률에 대한 깊은 이해가 없으며, 산서와 병서, 역법을 평생 좋아하지만, 하나도 그 요체를 제대로 파악하지 못했노라고 겸손하게 답했다.

또 하나 주목할 만한 화제는 반정균이 제공했다. '동방의 풍류와 아름다운 이야기'를 요청한 것이다. 남녀 사이의 사랑에 대한 이야기를 들려 달라는 말이었다. 하지만 담헌은 그 말에 호응할 뜻이 없었다. 조선 사람은 둔하고 꽉 막혀 말할 만한 풍류에 관한 일이 없고, 몸을 닦고자 하는 일은 '풍류' 두 글자를 멀리하기에 말할 만한 것이 없다는 것이다. 담헌에게 인생의 최고의 가치는 도덕적 수양이기에 남녀 간의 애정은 당연히 멀리해야 할 것이었다. 반정균은 다시 성性과 사랑을 주제로 한 이야기를 듣고 싶어 했지만, 담헌은 단호히 거절했다. 반정균은 풍류재자風流才子도 원할 만한 것이 못 되는가 하고 웃었다.

담헌의 엄정한 생각과 언어, 행동, 폭넓은 학문은 이미 엄성과 반정균을 압도하고 있었다. 반정균은 자신은 담헌의 종노릇하기에도 부족한 사람이라 했고, 엄성은 담헌은 거유鉅儒이지 순유醇儒*라고 하는 것은 충분하지 않다고 하며, 따라가서 학생이 되지 못하는 것이 한스럽다고 하였다. 젊고 영리하지만 진중하다고는 할 수 없는 반정균과 유가이기는 하지만 불교와 양명학 사이에서 서성대고 있던 엄성에게 담헌처럼 확신에 찬 주자학자는 놀라움의 대상이었던 것이다.

담헌에게 보다 깊이 경도된 사람은 엄성이었다. 반정균의 말이 끝나자, 담헌은 이별에 대한 아쉬운 감정을 드러냈다.

"일찍이 들으니 군자의 사귐은 의義가 정情을 이기고, 소인의 사귐은 정이 의를 이긴다 하였습니다. 이 아우가 며칠 전부터 이별이 마음에 쓰여 먹고 자는 것이 편치 않습니다. 의가 정을 이기면 아마도 이와 같지는 않겠지요. 아니면 인정이 부득이해서 그런 것일까요?"

이 말에 엄성이 말했다.

"역시 정의 그 바른 것을 얻은 것이니, 크게 성현의 의리에 어긋남에 이르지는 않습니다. 이 아우는 이제 마음으로 감복한 뒤에 마침내 형을 신명神明같이 받들게 되니, 이것은 혹 너무 지나침을 면치 못하는 것일까요?"

엄성은 담헌에 깊이 감복했던 것이다. 둘은 한동안 대화를 주고받았다. 담헌이 말하면 엄성이 그 말에 대답하는 식이었다.

"일단 이별을 하면 만사는 모두 말할 것이 못 될

✛
거유·순유 거유는 학문이 깊은 큰 학자를 뜻하며, 순유는 결백하고 정직한 선비를 일컫는다.

니다. 다만 각자 서로 노력하여 피차 한번 이별한 뒤에는 만사가 모두 말할 것이 못 되니, 각각 서로 노력하여 피차의 사람을 알아보는 밝은 눈을 손상시키지 않게 하는 것이 가장 큰 일이 될 터이지요."

"한스러운 것은, 제가 한번 형의 이끄는 말씀을 듣고서 이렇게 깨달았다는 것입니다. 평생 이런 사람은 만날 수 없었고, 앞으로 만나는 사람이 못된 친구나 함부로 구는 벗은 아니겠지만, 이렇게 옛 성인의 바른 도리로 도타이 격려해 주는 사람을 얻어 자주 편책鞭策하는 기회는 얻을 수 없을 것입니다. 이별의 괴로움으로 마음 아파하는 것은 아닙니다."

"이 아우는 두 형에 대해 그 재주를 사랑하는 것이 아니라, 그 학문을 취하고, 그 마음을 사모합니다. 다만 한스럽게도 언어가 통하지 않고 만나고 헤어지는 것이 너무나 촉박하여 속에 갖춘 깊은 경지를 다 물어볼 수가 없는 것입니다. 저 또한 소소하나마 평소에 자득한 것이 있지만, 다 말씀 드릴 수가 없습니다. 이것이 지극히 한스러운 일입니다."

"형 같은 사람을 얻어 아침저녁으로 같이 지내게 된다면, 장래에 저절로 나아지는 경지가 있게 될 것입니다. 이 아우는 타고난 자질이 원래 좋지만, 골망汨亡하는 때가 많아 정인正人의 강론하는 공이 없을까 두렵습니다. 난공반정균 역시 마땅히 같이 노력해야 할 점입니다."

"두 형은 날로 나아가고 달로 나아가니 어찌 다른 사람을 기다릴 필요가 있겠습니까. 다만 그냥저냥 세월만 보내고 내일을 기다리는 뜻은 독약보다 더 해가 됩니다. 이것이 제가 마흔이 되도록 알려진

바가 없는 이유입니다. 이제 돌아가면 마땅히 더욱 자신을 책하여 형
의 기대를 저버리지 않고자 합니다. 다만 오두烏頭의 힘[+]이 오래지 않
아 담담해질까 두렵습니다. 난형에게 조금 전 색을 경계하라고 한 것
은 농담이 아니니, 흘려듣지 않기 바랍니다. 나이가 젊기 때문이라고
는 하지만, 다시 '위중威重' 두 글자에 유의해야 할 것입니다."

"옛사람이 '문인이라 이름 하면 나머지는 볼만한 것이 없다.' 하였
습니다. 또 어떻게 '풍류風流' 두 글자를 지독할 정도로 좋아해서야
되겠습니까. 이것은 난공의 큰 병통입니다."

"'풍류' 두 자는 두목杜牧[+] 같은 사람에게나 해당되는 말이지요. 이
어찌 말할 만한 가치가 있겠습니까. 미원장米元章[+]과 조송설趙松雪[+] 같
은 사람을 문묵지사文墨之士들이 태산북두처럼 우러르지만, 식자들이
본다면 비루하고 또 비루할 뿐입니다."

"난공은 단지 미원장과 조송설 같은 사람들의 경지를 바라 평생 이르지 못할까 두려워하는데, 이제 형의 말씀을 들으니, 정말 몇 첩 겹이나 어긋나는군요."

"요긴한 말은 번거롭지 않지요. 다만 한 걸음 한 걸음 실천하는 것이 필요할 뿐입니다."

"이런 학문은 등뼈를 곧추 세워야 해낼 수 있습니다. 종일 대충대충 비슬비슬하게 지낸다면 '취생몽사醉生夢死'를 면할 수 없지요. 어쭙잖은 생각이지만, 미원장과 조송설처럼 예술에 정통하는 것도 하루아침에 이룰 수 있는 바가 아닙니다. 한데 그 노력을 신심身心·성명性命의 학문에 옮긴다면, 어떤 경지엔들 이르지 못하겠습니까."

"그 또한 하늘의 조화를 앗은 뒤에야 할 수 있을 것이니, 그리 쉬운 일이 아닙니다."

엄성은 담헌과 같은 사람을 만나 본 적이 없으며, 자신이 장차 만날 사람이 형편없는 사람은 아니겠지만, 옛 성인의 바른 도리로 자신을 격려하는 사람을 다시 만나지 못할 것이기에 상심하는 것이고, 이별의 괴로움 때문에 상심하는 것은 아니라고 말한다. 담헌 역시 자신도 평소 약간 깨달은 바가 있지만 말할 기회가 없는 것이 유감이라고 답했다. 엄성이 담헌과 같이 있으면 자신이 진보하는 바가 있게 될 것이라고 말하자, 담헌은 엄성과 반정균이 날로 진보하고 있으니, 다른 사람이 필요 없을 것이라면서 자신도 귀국하면 통절히 반성하고 엄성의 기대를 저버리지 않겠다고 답했다. 나아가 반정균이 여색을 좋아하는 것과 미불과 조맹부와 같은 예술가를 지향하는 것을 경계했다.

두 사람이 최종적으로 나아가고자 하는 경지는 '심신心身과 성명性命의 학'이었다. 곧 유가적 세계관과 가치관을 완벽하게 체득하고 실천하는 사람이 되는 것이 두 사람의 학문적 목표였다. 흥미로운 점은 담헌이 그토록 반정균에게 여색에 대한 경계를 늦추지 말라고 조언했지만 2월 17일 5차 모임에서 반정균은 또 조선의 기녀가 쓴 시가 있으면 알려 달라고 했다가, 담헌으로부터 알려 줄 수 없다는 근엄한 대답을 들었다는 것이다.

엄성은 담헌이란 인물에 점점 더 깊이 매료되고 있었다. 담헌은 이어서 엄성에게 이번 회시會試에 합격하지 못하면 또 과거에 응시하겠느냐고 물었고, 엄성은 단연코 다시는 북경에 오지 않을 것이라 다짐했다. 엄성이 과거를 단 한 번으로 끝내겠다고 한 것 역시 담헌의 영향을 받은 것이었다. 다만 반정균은 세 번까지 응시하겠노라 하였고, 엄성은 부모와 벗들의 권유 때문에 포기가 쉽지 않을 것이라 하였다. 담헌은 자신도 같은 이유로 아직 과거를 포기하지 못하고 있다고 말했다.

담헌은 숨김없이 속내를 터놓음으로써 엄성과 반정균의 마음을 얻었다. 이날의 대화는 이들의 만남에서 매우 중요한 의미가 있었다. 특히 엄성은 담헌의 생각과 태도에 깊이 공감했고, 유일한 벗으로 인정했던 것이다.

강남 제일의 인물을 만나다

2월 13일과 14·15·16일에는 조선관에 머물렀다. 서종맹이 자신에게 알리지 않고 서산을 구경한 것에 기분이 틀어져 외출을 불허했기 때문이다. 14일 조선 사신단의 정사 이훤이 반정균이 부탁한 서첩을 써 보냈고, 그 편에 김선행·홍억·김재행 등이 시를 써 보냈다.

엄성은 세 사신의 글씨에 감사의 뜻을 표하고, 다시 담헌과 김재행에게 글씨를 써 달라고 첩책을 보냈다. 집안에 전하며 보배로 삼겠다는 것이었다.

2월 15일 담헌은 엄성과 반정균 두 사람 앞으로 편지를 보내고, 조선의 지리와 역사, 고려 말 이래의 도학·문학·풍속·고적·산천을 간략히 정리한 글을 딸려 보냈다.

2월 16일에는 건정동을 방문하려 했으나, 저지당하여 김재행만 건정동에 갔다. 담헌은 하루종일 김재행을 기다려 저녁에야 엄성과 반정균의 필담을 읽어 볼 수 있었다.

2월 17일에 담헌은 조선관의 문을 지키는 하인을 술과 청심환으로 구워삶아 건정동으로 갈 수 있었다. 담헌은 볶음장 한 통을 내놓고, 반정균은 죽순을 내놓아 같이 아침밥을 먹었다. 식사가 끝나자 엄성은 담헌이 부탁했던 「담헌팔영시」를 보여 주었고, 이에 대한 대화가 있었다. 이후 대화의 주제는 종횡무진이었다.

반정균은 담헌이 보낸 조선의 역사와 문화에 대한 소감을 말하며 특히 조선이 문벌로 인재를 취하는 것을 비판했다. 담헌도 수긍했다. 불교와 천주교, 그리고 천주당에 관한 이야기도 있었는데, 엄성과 반정균은 북경에 천주당이 있다는 담헌의 말에 도리어 놀라기까지 하였다. 자신들은 강남 출신인 데다가 북경에 도착한 지 얼마 되지 않아 천주당이 있는지 모른다는 것이다. 담헌은 천주교의 교리는 가소로운 것이나, 천문 역법만은 중국인이 미칠 수 없는 경지를 열었다고 평가했다.

이날 가장 길게 이어진 화제는 과거에 관한 것이다. 담헌은 조선의 과거의 폐단을 떠올리고 청에도 다른 사람이 대신 과거시험을 치르거나 남의 글을 베껴서 제 것인 양 제출하는 차작借作과 차술借述 같은 과거시험의 폐단이 있는지 물었다. 그러자 청에도 같은 폐단이 있

청대 과거시험장 풍경

기는 하지만 범하는 사람이 적다고 하였다. 두 사람은 중국의 과거
제도, 문제, 절차, 합격자와 그중에서도 장원의 명예스러움과 대우,
합격 이후 관료 생활 등에 대해 소상히 언급했다.

　별다른 굴곡 없이 이어지던 대화는 담헌이 황후 폐립 사건*에 대
해 물음으로써 갑자기 파란이 일어났다. 중간에 엄성과 반정균이 중
국어로 이 문제로 인해 언쟁을 벌였기에 구체적인 내용을 짐작할 수
는 없으나 반정균의 입장에서는 중국 조정의 비밀스런 일이 외국인
인 담헌에게 새 나가면 자신이 발설자로 몰려 죽음
을 당할 수도 있다는 두려움을 표한 것 같고, 엄성
은 담헌이 그럴 인물이 아니라면서 반박한 것으로
보인다. 이 해프닝은 담헌이 자신의 망발 때문이라

*
황후 폐립 사건 건륭제의 두 번째 황
후인 오라나랍烏喇那拉이 1766년
건륭제의 총애를 잃고 폐립된 사건
을 말한다.

면서 일본산 미농지 두 묶음과 전약煎藥*·청심환·담배 등을 두 사람에게 선물하고, 화제를 옮김으로써 끝났다.

끝으로 이별에 관한 이야기가 나왔다. 담헌이 조선 사신단이 2월 21일 북경을 떠난다면 다시 만나지 못할 것이고, 24일까지 머무르게 되면 마지막으로 찾아와 인사를 할 것이라고 하였다. 엄성은 헤어진 뒤에도 담헌이 옆에서 자신들을 격려하는 것처럼 여기고 학문에 힘써 천만 리 밖에 있는 벗을 등지지 않으려 한다고 말했다. 담헌은 다시 한 번 두 사람이 진실한 공부를 하여 속유俗儒가 되지 말 것을 당부하였다. 그렇게 된다면 자신은 만 리 밖 해외에서도 감히 한스러운 생각이 없을 것이라고도 했다.

담헌과 김재행이 건정동을 다시 찾은 것은 2월 23일이다. 이날 모임의 특기할 만한 것은 반정균이 '강남 제일의 인물'이라고 평한 육비陸飛를 만난 것이다. 반정균은 담헌이 도착하자 육해원陸解元이 어제 북경에 왔다며, 육비가 담헌과 자신들의 사귐에 대해 전해 듣고 함께 사귀기를 원한다는 내용의 정중한 편지를 보여 주었다. 해원은 초시에서 장원을 한 사람을 일컫는 말이었다. 육비가 과거에서 장원을 했기에 그렇게 이른 것이다.

육비는 담헌이 2월 3일 첫 만남 때 엄성과 반정균으로부터 이름을 전해 듣고 그의 그림과 글을 보았던 사람이었다. 김재행이 편지를 보고 육비의 거처를 묻자, 같은 숙소 옆방에 있다 하였고, 담헌과 김재행이 즉시 육비의 방으로 가려던 차에 그가 막 들어오고 있었다. 이렇

*
전약 소가죽을 진하게 고아 만든 아교에 대추·꿀·생강·계수나무 껍질·정향·후추 등을 넣어 굳힌 음식이다.

게 육비가 국경을 초월한 우정의 세
계로 들어오게 되었다.

　사람들이 이구동성 결의형제의
교분을 맺자 하여, 나이를 따져 보
니, 육비는 48세로 36살의 담헌보다
12년 연상이고, 김재행보다는 한 살
이 적었다. 약간의 가벼운 대화가 이
어지다가 육비가 자신의 시집 다섯
권과 비단에 그린 수묵화 다섯 장을
삼사와 담헌·김재행에게 증정하였
다. 담헌은 조선으로 돌아가 보배로
삼을 것이라며 감사의 뜻을 표했다.
육비는 시집 중「충천묘忠天廟」시를
가리키며, 충천묘의 벽화는 자신의
증조가 그린 것이라고 했고, 이어 담
헌과 김재행에게 기념할 시문을 부
탁했다. 담헌은 증조의 내력을 말해
주면 자신이 짓는 글에 넣어 존경하
는 마음을 담겠다고 했고, 육비는 증
조 육한陸翰은 명대 말기 그림에 몸
을 숨긴 사람이라 답했다. 그림에 몸
을 숨겼다는 것은 다분히 청 체제를

육비의「궁원도」
반정균은 육비를 강남 제일의 인물로 꼽았는데, 시
문과 그림에 모두 뛰어난 인물이었다.

거부했다는 의미가 있었다. 엄성은 옆에서 육비의 집에 있는 하풍죽
로荷風竹露라는 이름의 초당을 제재로 삼아 글을 지으면 될 것이라고
거들었다. 육비는 거기에 덧붙여 정사·부사·서장관도 글을 지어 주
도록 청을 넣어 달라고 했다. 담헌은 그 뜻을 전달하겠다고 답했다.

인사가 끝나고 본격적인 대화가 시작되었다.

육비가 대뜸 질문을 하고 들었다.

"형은 주자를 존숭한다고 들었는데, 나는 육학陸學을 합니다. 어찌
해야 하는지요?"

엄성과 반정균이 담헌이 주자학을 독신하는 사람이라고 소개한
모양이었다. 알다시피 주자학은 육왕학과 대립하는 것이라, 서로 가
치관이 다르니 무언가 곤란하지 않으냐는 뜻으로 물은 것이다.

담헌이 재치 있게 응수하였다.

"육 선생의 성이 '육陸'이니, 선생의 학문이 육학이 아니고 무엇이
겠습니까?"

모두들 박장대소하였다. 이어서 주자학과 육왕학의 학문적 차이에
대한 토론이 있었다.

담헌은 엄성과 반정균 두 사람과의 이별을 기념하여 주는 말을 지
어 왔다면서 육비에게도 평을 부탁한다고 하였다. 육비가 글을 건네
받아 반정균에게 주는 글을 먼저 읽었다.

어진 사람의 이별에는 반드시 말로 선물을 한다고 하지만, 내 어찌 감
당할 수 있으리오. 하지만 우리는 장차 생사의 이별을 할 것이니, 또한

말이 없을 수 있겠는가.

가장 높은 경지는 자신을 닦고 남을 편안히 만들어 주는 것이고, 그
다음 경지는 도를 잘 행하고 가르침을 세우는 것이고, 가장 낮은 경지
는 저술을 하여 불후를 도모하는 것이다. 이것을 벗어나는 것은 이익
과 출세를 도모하는 것일 뿐이다. 이익을 구하고 출세를 도모한다면
장차 무슨 일인들 못 하리오.

벼슬은 때로는 영광스러운 것이기도 하고, 때로는 부끄러운 것이기도
하다. 남의 조정에 서서 뜻을 삼대의 예악에 두지 않는다면, 구차하게
용납되기 위한 것이고, 또 부귀를 위한 것이다. 이렇게 하면서도 부끄
러워할 줄 모르면, 아마도 더불어 말하기 어려울 것이다.

높은 재주가 있고 문장에 능해도 그것을 덕으로 다스리지 못하면, 야
박하다는 이름을 얻거나 경박한 사람이 될 것이다. 이처럼 재주는 믿
을 수 없고, 덕은 늦출 수 없는 법이다.

욕심을 적게 가지지 않으면 마음을 기를 수 없고, 몸가짐을 무겁게 하
지 않는다면 잘 배울 수 없다. 책임은 무겁고 갈 길은 머니, 우리 동지
들이 어찌 경敬을 닦지 않을 것인가.

선악이 안에서 싹트면 길흉이 밖으로 드러난다. 도덕에 나아가고 학
업을 닦으려면 돌이켜 자신에게서 찾아야 할 따름이다.

반정균이 재능이 빼어나지만 말과 행동이 가벼운 것, 여색에 관심
을 보이는 것 등을 들어 몸가짐을 무겁게 할 것을 당부하고, 아울러
과거에 집착하는 것을 경계한 것이다.

반정균은 잠시 멍하게 있더니, 글을 여러 번 읽고 안색을 가라앉힌 뒤 말하였다.

"큰 가르침은 참으로 병통에 맞는 약입니다. 마땅히 종신토록 마음에 간직하겠습니다."

담헌은 그런 반정균을 높이 평가했다.

대개 반생에게 주는 글은 오로지 반생의 병통을 가리켜 이른 것이라 말이 간절하여 모난 구석을 감추지 못하니, 반생이 또한 제 병통을 아는지라 창졸에 무연한 기색을 감추지 못하였는데, 필경은 저를 아끼고 사랑함을 짐작하는 것이었다. 즉시 마음을 고쳐먹고 순손한 말이 이에 이르니, 또한 그 인품을 짐작할 만했다.

이어 엄성에게 주는 글을 읽었다.

항주에 산 있으니 나무 하고 나물 뜯고, 항주에 물 있으니 몸 씻고 고기 잡네. 문·무의 도가 책에 두루 실려 덮을 수도 펼 수도 있지. 자제들이 따르니, 그 성취를 볼 수 있네. 여기서 한가로이 노닐며 내 평생을 마치리라.

대저 도가 한결같으면 오롯해지고, 오롯하면 고요해진다. 고요해지면 밝음이 생겨나니, 밝음이 생겨나면 만물이 환히 비친다.

명경지수明鏡止水*는 체體가 서는 것이요, 개물성무開物成務*는 용用이 달達한 것*이다. '체'에만 전념하는 것은 불씨佛氏가 공적空寂으로 달

아난 것과 같고, '용'에만 전념하는 것은 속유俗儒가 이를 쫓는 것과
같다.

주자는 공자를 계승하였다. 공자가 아니면 내가 누구에게 귀의하리.
거죽만 본받아 같고자 하는 것은 아첨이고, 억지로 이견을 세우는 것
은 도적이리라.

담헌은 엄성의 학문 한 쪽에 양명학과 불교가 있는 것을 지적하여,
주자학에 전념하여 힘써 균형을 잡기를 바랐다. 엄성은 희색이 만면
하여 예서체로 간책 위에 "담헌 선생께서 작별에 임하여 선물로 주신
말씀이니 후손에게 전해 뵈어 영원토록 보배로 삼으리라."라고 썼다.

담헌은 두 사람을 간절히 사랑한 나머지 기대하는 것도 깊어 당부
하는 말을 하는 것이라면서 거칠고 졸렬한 말이지만 그래도 음미해
볼 것이 있을 것이니, 자신의 부족함 때문에 말까지 버리지 말기를
바란다고 덧붙였다. 엄성은 담헌의 말을 평생 경계할 말로 삼고 반정
균에게 준 '위중威重' 두 글자도 깊이 생각하겠노라
하였다.

담헌의 우정 어린 충고가 끝난 뒤 가벼운 이야
기가 이어졌다. 김재행이 엄성이 지어 준 「양허당
기養虛堂記」에 있는 '음주飮酒'라는 말은 주금령이
있는 조선에서는 곤란하니, 다른 말로 바꾸어 달라
고 한 것을 계기로 하여 술에 관한 이야기가 한참
이어졌다.

명경지수 밝은 거울과 정지된 물처
럼 고요하고 깨끗한 마음을 가리킨
다. 이것이 곧 체, 근본이 되어야 한
다는 말이다.

개물성무 만물의 속성을 드러내 밝혀
천하의 일을 성취시킨다는 말이다.

명경지수와 같은 마음이 개물성무
란 실천을 완전히 이루었음을 의미
한다.

김재행이 말했다.

"'기주嗜酒'의 '주' 자는 고칠 것이 없지만, 음주飮酒의 '주' 자는 결코 안 됩니다. 모난 데를 조금 깎아 드러내지 않는 것이 좋을 듯합니다."

엄성이 답하였다.

"문장의 파란은 구실로 삼는 것이 없을 수 없습니다. 만약 술 마시는 고취高趣를 제거한다면, 자못 흥취가 줄어들 것입니다. 오늘 아침 육형도 이 문단을 각별히 칭찬했는데, 빼 버린다면 자못 풍미가 감소할 것입니다."

육비가 대안을 제시하였다.

"방금邦禁이라 말하지 말고 근래 '지주止酒'했다고 말하는 것이 어떠하겠습니까?"

김재행은 수긍하지 않았다.

"'지주' 두 글자는 진실이 아닙니다."

육비는 더 이상 어쩔 수가 없다고 하였다.

그러자 엄성이 김재행에게 물었다.

"김형은 술을 즐기는데 방금이 이처럼 엄하니, 어떻게 날을 보냅니까?"

"사는 게 죽는 것만 못하지요."

김재행의 우스운 답변에 육비와 엄성이 거들었다.

"술귀신이로군!"

"안됐군, 안됐어! 빨리 죽어 중국 땅에 태어나면 다행이겠네!"

반정균은 한술 더 떴다.

"중국에 태어난다면 절강성에 태어나야만 합니다. 소흥주를 날마다 마실 수 있으니까요."

육비도 거들었다.

"나도 동방에 가서 그렇게 놀고 싶군. 나는 해동을 백련사白蓮社*로 만들 거야."

엄성도 지지 않고 한마디를 보탰다.

"김형은 반드시 자주 몰래 마실 것이니, 내가 고발을 하고 글을 지어 그 죄악을 세상에 드러낼 거야!"

농담을 섞어가면서 모두가 웃었다. 술자리는 계속되었고, 술에 관한 이야기도 한참 이어졌다.

그러던 중 엄성이 2월 8일 세 번째 만남에서 문제가 되었던 『시경』의 소서에 관한 이야기를 다시 꺼냈다.

"앞서의 글에 대해서 오랫동안 답을 못 했지만, 뒤에 꼭 답을 드리겠습니다. 소서는 결코 없앨 수 없습니다. 주자의 『시경』 주석에는 꽤 혼란스러운 것이 많아 감히 동의할 수 없습니다."

담헌이 2월 10일 보낸 편지에서 『시경』 소서를 믿을 수 없다고 주장한 것을 의식한 말이었다.

이어 반정균이 덧붙였다.

"주자가 소서를 없앤 것은 정어중鄭漁仲에 근거한 것이 많습니다."

담헌이 정어중이 누구냐고 묻자, 반정균이 대답

<hr />

✦
지주 '술을 그만 마시다'라는 뜻

✦
백련사 동진 때 여산 동림사의 고승 혜원법사가 당대의 명유인 도연명, 육수정 등을 초청하여 승속이 함께 염불수행을 할 목적으로 결성한 모임. 도연명 같은 사람이 워낙 술을 좋아했기에 육비가 백련사 운운한 것이 아닌가 한다.

하였다.

"이름은 초樵, 호는 협제夾漈이고, 민閩 사람이며, 『통지通志』를 지었지요."

정초鄭樵, 1104~1162는 독창적이고 풍부한 저술을 남긴 송나라의 학자였는데도 담헌은 전혀 몰랐던 것이다.

담헌은 『시경』 소서에 관한 문제에 있어서 오직 주자의 『시집전』만 알고 있었다. 주자학을 신념하고 있던 그에게 주자의 「시서변설」과 『시집전』이 비판의 대상이 된 것은 곤혹스러운 일이 아닐 수 없었다. 이어 담헌과 육비, 반정균 사이에 소서의 준신 여부를 두고 의견이 오갔다.

"이 아우는 소서에 대해 감히 앞의 말을 도습하는 것도 아니고, 감히 주자를 비호하는 것도 아닙니다. 그 말을 보건대 정말 근거가 없으니, 형이 상세히 일러 주시어 어리석음을 깨우쳐 주셨으면 합니다."

담헌이 묻자 육비가 먼저 답을 하였다.

"늙은 아우老弟께서 주자를 존숭함은 극히 옳다 하겠지만, 소서를 없앤 것은 억지로 해명할 필요가 없습니다."

반정균이 이어 질문을 하였다.

"「백구白駒」 시의 경우, 주자의 주석에는 '가객嘉客은 소요逍遙와 같다'고 하였습니다. 주자의 주석에 이와 같은 것이 아주 많습니다. 과연 옳은 것인지요?"

담헌이 답하였다.

"훈고訓詁, 자구의 뜻풀이는 정말 유감이 있습니다. 하지만 끝내 그 전

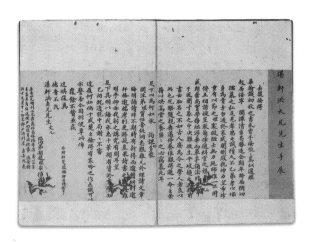

『담헌서찰첩』
담헌이 북경 여행 중 교류한 중국 학자들과 주고받은 서찰을 모은 것으로, 학문적인 토론 내용이 주를 이룬다.

『중조학사서한』
엄성, 반정균, 육비가 김재행에게 보낸 시문 17편 등이 수록되어 있는데, 이중 11편은 담헌의 문집에 실려 있으나 6편은 이 첩에만 실려 있어, 담헌의 북경 행적을 조명할 수 있는 중요한 자료이다.

체적으로 옳은 것은 부정할 수 없을 것입니다."

주자의 훈고에 문제가 될 만한 부분이 있기는 하지만 전체적으로는 주자의 견해가 옳다는 것이다.

『시경』의 각 작품의 의미에 대한 경학사經學史의 복잡한 논란이 개재되어 있으니, 여기서 세세하게 언급할 필요는 없다. 어쨌거나 엄성·반정균·육비는 주자의 견해를 고수하는 담헌을 비판했고, 담헌은 홀로 방어하며 쉽게 물러나지 않았다. 육비와 엄성은 구체적인 증거를 들어가면서 길게 반박했고, 반정균은 자신은 주자의 주석 중 많은 부분이 문인의 손에서 나온 것으로 생각한다고 하면서 주자의 오류를 문인의 책임으로 돌렸다. 이런 설은 모기령의 학설을 중심으로 한 것이고, 담헌은 그때까지 주자의 학설이 청대 학계에서 비판의 대상이 되고 있는 줄을 몰랐던 것이다.

더 이상의 토론은 무의미하였다. 담헌은 엄성 등의 주장을 자세히 음미한 뒤 자신에게 새로운 견해가 있으면 답하겠노라고 하며, 토론을 끝냈다.

이때 마신 술이 십여 잔이나 되었다. 김재행이 시령詩令을 발하고 운자韻字를 나누어 주었다. 육비·엄성·반정균 세 사람 중 술을 가장 잘 마시는 사람은 육비였다. 담헌은 시도 짓지 못하고 술도 마시지 못한다며 시령과 술을 거절했고, 김재행만은 호쾌하게 마셨다. 육비·엄성·반정균 세 사람은 자신들은 작은 잔으로 마시면서 김재행에게는 큰 주발로 권했고, 김재행은 단숨에 들이켰다. 육비가 너무 급하게 마신다고 했지만, 담헌이 본래 조선에서는 그렇게 마신다고 하자, 그 역시도 그렇게 단숨에 들이켰다.

마시던 술이 바닥나자 소주가 나왔다. 김재행은 술맛이 너무 좋지만 섞어 마시면 숙소로 돌아갈 수 없을 것이라면서 사양했다. 하지만 사람들은 무시하고 계속 술을 권했다. 엄성과 반정균은 열 잔 가까이 마신 뒤 더 마시지 않았지만, 육비와 김재행은 통음해 마지않았다. 김재행은 정신을 잃었다.

이때 육비가 육상산과 주자의 학문에 대해 다시 말하기 시작했다. 육비의 말은 궁극적으로 육상산과 주자의 학문은 지향하는 바가 동일하기에 차이가 없다는 것이다. 주자학자인 담헌에게 육상산과 그것의 계승자인 양명학을 옹호하고 싶었던 것이다. 담헌은 동의할 수 없었고 그래서 토론이 계속될 수는 없었다. 담헌이 숙소에 돌아가 다시 생각한 뒤에 답하겠노라고 하여 토론은 끝을 맺었다.

대화는 이후 좀 더 이어졌지만, 크게 중요한 내용은 아니었다. 무엇보다 김재행이 만취하여 갓을 벗고 띠를 풀고 팔을 걷어붙인 채 붓을 휘둘러 말에 아주 두서가 없었기 때문이다. 담헌은 누차 돌아가자고 하였으나 김재행은 듣지 않았다. 덕유가 밖에 인력거를 불러 대령했고 겨우 육비의 시고와 비단그림과 필담 초본을 거두어 조선관으로 돌아갔다.

조선관으로 돌아오자 김선행이 담헌에게 "그대는 사람을 덕으로 사랑하지 않는구만." 하며 나무라자, 담헌은 사과하며 "정말 가르치신 바와 같습니다. 하지만 오늘 일은 상리常理로 말할 수 없습니다." 하였다. 김선행 역시 웃고 말이 없었다.

2월 24일 담헌은 육비에게 편지를 보냈다. 엄성과 반정균을 통해 육비를 다시 만나 사귀게 된 기쁨, 그러나 곧 헤어져야 한다는 안타까움을 표하였다. 그리고 이미 엄성·반정균 두 사람에게 글과 시를 받아 자신의 집 '담헌'을 빛낼 수 있게 되었다면서 육비에게는 자신이 심력을 기울여 제작한 혼천의에 대한 기문을 써 달라고 부탁하였다. 편지 끝에 담헌은 혼천의에 대한 길고 자세한 설명을 붙였다.

엄성과 반정균에게도 짧은 편지를 보냈다. 지난밤의 술자리가 너무나도 유쾌했고, 토론에서는 무언가 충만하게 깨친 것이 있는 것 같다고 한 뒤, 복잡한 세상사를 벗어나 자연 속에서 같이 어울려 노닐고 싶다고 두 사람에게 따스한 우정을 표했다. 이어 지난 밤 서두르는 탓에 가져오지 못한 육비의 글과 지난번에 보낸 서첩에 육비의 글씨를 받아 줄 것을 청했다.

편지를 가지고 간 덕유가 육비의 편지를 받아 왔다. 육비는 담헌과 김재행을 사귀게 된 기쁨을 말하고, 능력은 부족하지만 혼천의에 대한 기문을 써 보내겠다고 답했다. 반정균은 담헌이 혼천의 제작과 관련하여 언급한 나경적에 대해 묻고, 26일에 만날 것을 기대한다고 짧은 편지를 보냈다.

담헌은 25일에도 세 사람에게 편지를 보냈다. 먼저 육비에게는 농수각籠水閣에 대한 기記를 지어 주겠다고 허락한 데 대한 감사를 표했다. 농수각은 천문학에 관심이 많았던 담헌이 천문의기를 보관하기 위해 자신의 집 남쪽 마당의 호수에 지은 정자의 이름이다. 담헌은 이 농수각에 직접 만든 혼천의를 보관했다고 한다. 엄성과 반정균에게는 나경적은 남긴 시문이 없고, 다만 혼천의 제작에 정력을 지나치게 쏟은 나머지 불행히도 세상을 떠났다고 말했다.

바다가 마르고 돌이 썩을 때까지

2월 26일 담헌은 김재행과 함께 건정동을 찾았다. 일곱 번째 만남이자 마지막 만남이었다. 반정균은 없었고, 엄성과 육비가 두 사람을 맞았다. 담헌이 3월 1일 북경을 떠날 예정이기에 오늘의 모임이 영원한 작별이 될 것인데, 반정균이 돌아오지 않으면 너무나 서운할 것이라고 하자, 엄성은 '영원한 작별'이란 말은 차마 견딜 수 없다며 괴로워하였다. 또 반정균이 꼭 오기로 했는데, 오지 않으니 이상하다고 하였다.

이어 지난 밤 육비가 탈고한 「농수각기」를 두고 약간의 토론이 있었다. 육비가 글에서 혼천의가 물에 의해 작동한다고 쓴 것을 두고 담헌은 사실과 다르지만 원래 혼천의가 물에 의해 작동하는 것이니 무방하다고 하였고, 육비는 물이 아니면 어떤 원리로 작동하는가를 물었다. 담헌은 서양의 자명종처럼 톱니바퀴가 서로 맞물려 움직이는 원리로 작동한다고 설명했다. 그러자 육비는 글에다 "물 없이 움직이는데 천도天道와 오묘하게 합치되니, 누가 이것을 주장하는 것인가."라는 말을 추가하였고, 담헌은 글에 불균형이 생겼다고 지적하였다. 육비는 다시 물에 의해 작동한다는 등의 말을 줄였다. 그러자 담헌은 생략된 부분이 아쉽다고 말했다.

또 담헌은 엄성에게 자신을 지나치게 높이 평가한다고 말했다.

"마음속 솔직한 심정을 하소연하고 싶습니다. 이 아우는 형에 대해 높이 우러르는 마음이 간절하지 않은 것이 아닙니다. 그럼에도 털끝만큼도 감히 찬탄하는 말을 하지 않은 것은 곧 벗의 도리로 자처하기 때문입니다. 한데 형은 저에게 맞지도 않는 말을 많이 하고 있습니다. '시중時中'*, '순수純粹' 등의 문자가 어떤 말인데, 번번이 이런 말로 칭찬을 하는 것입니까. 이것은 형이 벗으로 나를 대우하지 않고, 곧 눈앞에 놓인 장난감으로 여기는 것이니, 이 어찌 우리 형에게 바라는 바이겠습니까.

게다가 이소체離騷體의 문장은 굴원屈原과 송옥宋玉*의 아래가 아니라고 했는데, 군자의 언행은 이처럼 경솔해서는 안 될 것입니다. 어떻게 생각하는지요?"

엄성은 담헌이 그런 평가를 받기에 조금도 부족함이 없어 자신도 모르는 사이에 '시중' 등의 표현을 쓴 것이며, 굴원과 송옥을 말한 것도 모두 진심이라고 하였다. 담헌은 사람을 앞에 두고 지나치게 칭찬하는 것은 아첨하는 것일 수도 있다고 경계하였다. 그러자 엄성이 단호하게 말하였다.

"형은 자처하는 것이 깎아지른 천길 절벽 같으면서도 남에게 자신을 따르라 강요하지 않으니, 아무리 생각해 보아도 진실로 사랑하고 공경할 만한 분

✦
시중 어떤 장소, 어떤 상황을 만나도 행동과 말이 마땅함을 잃지 않는 것을 일컫는 말로, 공자가 이런 인물이었다고 한다.

✦
이소·굴원·송옥 이소는 중국 초나라의 유명한 시인인 굴원이 궁정으로부터 추방당하여 유랑 중에 쓴 작품으로, '근심을 만나다'라는 뜻이다. 이후 이 시의 형식과 내용을 차용한 시들을 이소체라고 한다. 송옥은 역시 중국나라의 궁정시인으로 굴원 다음가는 부賦 작가로 불려, 흔히 두 사람을 굴송屈宋으로 아울러 칭한다.

입니다. 만약 그 말이 이 아우의 진심에서 나오지 않고 얼굴을 대해 아첨하는 것이라면, 사람도 아닐 터입니다."

엄성은 담헌을 진정으로 높이 평가하고 있었다.

둘이 대화하는 사이 반정균이 돌아왔다. 이어 식사가 시작되었고 육비는 김재행에게 지난 23일에 흠뻑 취한 것이 어떠했느냐고 물었다. 김재행의 답은 유쾌했다.

"어찌 좋지 않았겠습니까? 나라에서 금하는 것이 지극히 엄하지만 여러 형들의 지극한 뜻으로 흥취를 금치 못해 크게 취하여 돌아갔습니다. 비단 대인에게 죄를 지었을 뿐만 아니라 여러 사람을 놀라게 했습니다. 이제 다시 마신다면, 영원히 법을 무시하는 사람이 될 것입니다. 오늘은 나에게 한 잔도 권하지 마시기 바랍니다."

술을 권하지 말라 했지만, 엄성이 마시지 않을 수 없다 했고, 담헌이 세 잔까지 한도를 정하자고 하자, 엄성이 혹 다섯, 여섯 잔까지는 할 수 있다고 하며 웃었다.

이날 집중되는 화제는 없었지만, 담헌이 반정균에게 당부한 다음 말은 기억할 만하다.

"순임금이 동이東夷의 사람이고, 문왕은 서이西夷의 사람이니, 왕후장상이 어찌 종자가 있겠습니까. 하늘의 때를 받들어 이 백성을 편안하게 해 준다면, 이런 사람이 천하의 의로운 주인입니다. 지금의 조정이 중원에 든 뒤 도적떼의 무리를 평정하고 1백여 년 동안 백성이 편안하게 살고 있으니, 그 정치의 도리가 훌륭하다고 할 만합니다.

오직 예악과 문물을 한결같이 선왕의 옛 제도를 따른다면, 천하의 비평하는 선비들이 유감으로 여기는 일이 없을 것이고, 후세에도 할 말이 있게 될 것입니다.

형이 만일 벼슬을 한다면 반드시 이 의리를 가지고 위에 고하고 아래에 펼쳐 앞서 두 사람의 말을 거듭 밝혀 천하를 행복하게 만든다면, 우리들도 같이 영광스러울 것입니다."

이 부분은 담헌이 중국을 여행하고 북경을 관찰하면서, 또 엄성과 반정균, 그리고 육비와 사귀면서 사유에 변화를 일으킨 곳이라고 생각한다. 유가의 성인인 순임금이 동이이고, 문왕이 서이이며, 왕후장상이 종자가 없고 누구라도 하늘의 때를 잘 받들어 '이 백성'을 편안하게 다스린다면 천하의 의로운 주인이라는 발언은 매우 파격적이다. 이는 청의 중국 통치를 인정한 것이기 때문이다.

담헌에게 정치권력을 장악한 통치자의 종족은 문제가 되지 않는다. 중요한 것은 선왕이 남긴 예악문물의 실천 여부이다. 담헌은 청이 한인에게 강요한 변발과 호복은 선왕의 예악문물의 실천이 아니라고 생각하였다. 이 생각을 연장하면, 누가, 어떤 종족이 통치자가 되든지, 그가 선왕의 예악문물을 실천한다면, 곧 유가의 정치이념을 온전히 실현한다면, 그는 현재와 미래에 존중받게 될 것이다. 담헌은 이로써 여진족의 중국 통치가 갖는 문제를 넘어선다. 이 생각이 나중에는 화華와 이夷, 즉 중화와 오랑캐의 구분이 없다는 데에까지 나아간 듯하다.

벼슬을 하게 된다면, 여진족이 선왕의 예악제도를 실현하는 데 기여하라고 하는 담헌의 완곡한 청에 반정균이 자신은 농사짓는 사람이 되어 한 세상을 보낼 것이라 겸양하자, 담헌은 반정균이 현달할 기상이 있기에 자신이 앞에서 써 준 글에서 조정에 벼슬할 때 삼대의 예악에 뜻을 둘 것을 권했노라고 하였다. 하지만 반정균은 별 소득이 없을 것이라며 자신없어 하였다. 하지만 담헌의 생각은 달랐다.

"내가 마땅히 해야 할 일을 하는 것일 뿐이고, 성패는 따질 것이 없습니다."

소득이 없다고 해도 일단 조정에 선다면 시도는 해 봐야 한다고 말하고 있는 것이다.

담헌의 이와 같은 말에도 반정균은 못내 회의적이었다.

"감히 잊지 않겠습니다. 하지만 반드시 제가 벼슬을 할 것 같지는 않습니다."

이날 여러 이야기를 주고받았지만 가장 핵심적인 대화는 담헌이 꺼낸 양명학과 『시경』 소서에 관한 것이었다. 담헌이 23일 육비가 양명학과 육왕학에 대해 담헌에게 요구한 판단과 『시경』 소서 문제에 대해 장문의 변론문을 작성해 온 것이다. 변론문의 요지 중 양명학에 대한 것은 대개 이렇다.

담헌은 양명의 학문을 높이 평가한다. 양명은 세상에 드문 호걸스런 선비로서 그의 양지학良知學 역시 너무나도 높고 깊으며, 실지로 빼어나게 깨친 것이 있어, 후세의 말재주 있는 선비가 비슷하게라도 미칠 수 있는 경지가 아니며, 후대의 비난처럼 그가 결코 주자학의 논리와 가치를 저버린 것이 아니라는 것이다. 다만 양명의 학문은 너무나 고원하고 주관성이 강하여 쉽게 배울 수가 없으며, 자칫하면 상도를 벗어나고 선禪으로 빠질 수 있다는 것을 지적했다. 주자의 『시경』 해석의 오류를 지적하면서 그것이 문인의 손에서 나왔다고 하는 주장에 대해서는 그와 같은 일은 객관적으로 불가능함을 지적하고, 소서의 주장이 작품 해석과 괴리가 나는 점 등을 지적하여 주자의 『시집전』을 옹호하였다.

담헌의 주장은 중국의 세 선비의 반박에 부닥쳤다. 육비는 즉석에서 장문의 반박문을 써서 소서를 폐기할 수 없음을 주장했다. 결론이 날 수가 없었다. 담헌은 이렇게 말한다.

"우리나라는 단지 주자의 주석이 있는 것만 알고 그 밖의 것은 모릅니다. 제가 진술한 것을 또한 어찌 감히 스스로 바꿀 수 없는 논의라고 하겠습니까. 더욱이 소서로 말하자면, 한번 읽어 보고 버렸고, 다시 정밀히 연구해 보지 않았습니다. 돌아간 뒤 다시 충분히 읽어야겠습니다."

곧 조선에는 주자의 주석밖에 없었고, 소서를 읽기는 했지만 눈여
겨보지는 않았다는 것이다. 귀국 후 소서를 읽고 깨우친 바가 있으면
다시 편지를 보내겠다고 했다. 이 말에 모두들 기뻐했다. 육비 역시
자신들도 주자의 주석을 자세히 보아야겠다고 말했고, 담헌은 독서
할 때 가장 큰 문제가 선입견이라고 지적하며 주의를 요청했다.

육비는 청이 산해관으로 들어오기 전 조선이 당한 병화兵火에 대
해 물었다. 담헌은 명이 조선에 끼친 '은혜'와 정묘호란, 병자호란, 삼
학사*의 절행, 포수砲手 이사룡李士龍* 등에 대해 언급하고, 자신의 생
각을 숨김 없이 털어놓았다.

"우리나라가 비록 힘이 약하고 군사가 적어 명에 대한 은혜를 갚지
못하였으나 이처럼 두어 사람의 의기를 힘입어 천
하에 길이 말이 있을 것입니다. 오늘날 형들을 만나
금기하는 것을 피하지 아니하고 말이 여기까지 이
른 것은 서로 깊이 마음을 허락함을 믿고 우리나라
의 본심을 밝혀 중국의 뜻 있는 사람으로 하여금 감
동함이 있기를 바라기 때문입니다."

중국의 세 선비는 서글퍼하며 모두 아무 말이 없
었다. 그들은 자신들은 북경에서 멀리 떨어진 남방
사람이기에 조선에서 일어난 일에 대해 전혀 모른
다 하였다. 또 명을 잊지 못하는 담헌의 기색을 자
못 난처하게 여겼던 것이고, 담헌은 사정이 그럴 만

✝
삼학사 병자호란 때 청과의 화의를
반대하고 끝까지 싸울 것을 주장하
다가 인조가 항복한 뒤 청의 심양으
로 끌려가서 참형을 당한 홍익한·윤
집·오달제 등 세 명의 선비를 일컫
는다.

✝
이사룡 조선의 군사이다. 1641년
청이 명의 장수 조태수가 지키고 있
던 금주위를 칠 때 조선의 군사를 강
제로 동원했는데, 이때 참전한 포수
이사룡은 명군에게 총을 쏠 수 없어
공포만 쏘았다. 이것을 알아차린 청
군이 총을 쏘라 협박하자, 명은 과거
조선을 도와주었기 때문에 해칠 수
없다고 거절하였다. 이에 청이 이사
룡을 죽였다.

하다고 양해했다. 이런 토론을 통해 중국의 지식인과 조선의 지식인은 상호간 이해의 폭을 넓힐 수 있었다.

이후 적지 않은 대화가 이어졌지만, 오직 담헌이 엄성에게 한 충고의 말만은 기억할 필요가 있을 것이다. 반정균은 담헌에게 조선으로 나가는 중국 사신은 모두 만주인만 쓴다는 것이 사실인가를 물었다. 자신들이 과거에 합격한 뒤 관료로 출세한다면 사신으로 조선에 파견될 수 있지 않을까 하는 물음이었다. 담헌은 그 말의 의미를 알아차리고 만약 세 사람이 조선에 사신으로 온다 해도 조선에서는 중국 사신단에 대한 접촉이 금지되어 있기에 만날 기회가 거의 없을 뿐 아니라, 자신은 세 사람이 사신으로 오는 것을 바라지 않는다고 하였다. 엄성이 그 이유를 거듭 캐물었지만 담헌은 대답하지 않았다.

반정균이 손님을 맞이하러 자리를 비운 사이에 담헌은 다시 이유를 캐묻는 엄성에게 이렇게 말했다.

"다만 형이 좋은 사람 되기를 바라고, 좋은 벼슬아치가 되기를 바라지 않기 때문입니다. 형이 구차스럽게 풍진 세상에 용납되어 명리의 마당에 드나들고, 이런 기회를 통해 서로 만나게 된다면, 단지 얼굴을 보고 위로할 뿐이고 기대하는 뜻에는 크게 어긋나게 될 것입니다. 이 아우가 형에게는 참으로 이런 지극한 정이 있고, 난형에게는 말을 해도 별 소용이 없을 것 같기에 따르지 못할 일을 권할 수가 없습니다. 이런 까닭에 난형에게 준 말에는 출세하는 쪽의 말을 많이 한 것입니다."

관료가 되기 위해 과거에 매달리지 말고 학문하는 사람이 될 것을 간곡히 바란 것이다. 엄성은 담헌의 간곡한 충고를 받아들였다. 엄성은 두 달 뒤 회시에 합격하지 못하자, 깨끗이 과거를 포기하고 항주로 돌아갔다.

이제 마지막이었다.

"이제 이별하게 되었으니, 한 말씀 드릴까 합니다. 우리들은 우연히 만나 의기투합하여 서로 지기로 허여했지만, 하루아침에 뿔뿔이 헤어져 영원히 이별하게 되었습니다. 이별의 쓸쓸함과 애끓는 그리움은 말할 필요조차 없겠지요. 다만 각자 서로 격려해 선한 쪽으로 옮겨가고 허물을 고쳐야 할 것입니다. 뒷날 편지를 보내어 피차간 그 편지의 뜻을 살피면, 얼마나 노력했는지 얼마나 진보가 있었는지는 숨기려 해도 숨길 수가 없을 것입니다. 공부에 부지런하고 깊은 깨침이 있으면 벗을 저버리지 않은 것이요, 공부가 얕고 게으르다면 벗을 저버린 사람이라 부를 것입니다. 애당초 노력하지도 않고 아무 것도 깨친 것이 없다면 우리의 무리가 아닙니다. 그와 관계를 끊는 것이 옳을 것입니다."

부디 공부에 전념할 것을 간곡히 부탁하는 담헌의 진심이었다.

이날 헤어지기 전 호칭 문제를 두고 약간의 실랑이가 있었다. 엄성은 담헌에게 김재행이 자신들을 노제老弟, 늙은 동생라고 부르는 것처럼 앞으로의 주고받는 서찰에는 자신들을 노제라고 불러 줄 것을 부탁했다. 담헌이 '늙은 동생'이란 말은 아마도 육비가 지어낸 것일 거라며 응하지 않자, 엄성은 그렇다면 노제 대신 '현제賢弟, 어진 동생'라고 불러 달라고 부탁했다. 실랑이 끝에 결국 담헌이 "마땅히 현제의

229

말처럼 하겠다."라고 하니, 엄성이 기쁨에 찬 얼굴로 말했다.

"우리 남방에는 형제가 되기로 맹세하는 일이 아주 많습니다. 하지만 얼굴을 마주 대할 때는 아첨하고 돌아서면 비웃을 뿐만 아니라, 몇 년 뒤 길거리에서 만나면 서로 알아보지 못하는 경우도 있으니 가소로운 일이지요. 하지만 오늘 우리가 형제로 일컬은 것은 죽을 때까지 두 번 다시 만나지 못할지라도 바다가 마르고 돌이 썩을 때까지 영원히 변치 않을 것입니다. 뜻하지 않게도 동포 밖에서 이런 좋은 벗을 얻었으니, 마음의 즐거움을 붓으로 다 표현할 수가 없습니다. 너무나도 즐겁습니다."

담헌이 그의 말에 화답하였다.

"이처럼 사랑해 주니, 한편으로는 감격하고 한편으로는 슬픕니다. 다시 무슨 말을 하겠습니까!"

엄성이 다시 붓을 들어 한 문장을 썼다.

"바다가 마르고 돌이 썩을 때까지 오늘을 잊지 말라."

날이 저물자 하인이 돌아가기를 독촉했다. 반정균과 육비는 손님을 응대하기 위해 나가 있었다. 담헌이 엄성에게 떠나야겠다며, 어느 날이고 다시 와서 만나보고 떠날 것이라고 말하자, 엄성이 28일이나 29일 중 틈이 나면 오라고 청했다.

엄성은 '참극惨劇'이라는 두 글자를 써 놓고 그 아래에 수없이 점을 찍고 있었다. 그는 목메어 울었고 낯빛이 창백해졌다. 담헌과 김재행도 서로 마주보고 슬픔을 이기지 못했다.

담헌이 덕유의 재촉에 문을 나서는데 반정균과 육비가 돌아왔다.

반정균이 29일에 다시 오라고 했고, 담헌은 꼭 다시 오겠다는 말로
작별 인사를 하였다. 엄성은 소리내어 우느라 다만 손으로 자기 가슴
만 가리킬 뿐이었다.

이것이 끝이었다. 담헌과 엄성은 다시 얼굴을 볼 수 없었다.

돌아오는 길, 그리고 사람

담헌은 3월 1일 북경을 떠났다. 갈 때의 길을 다시 돌아오는 것이기
때문에 그때의 기록은 매우 간결하다. 하지만 새로 들른 곳도 있다.
예컨대 의무려산醫巫閭山은 북경에 갈 때는 들르지 않은 곳이나, 귀로
에서는 찾아가 하루 종일 둘러보았다.

1일 북경을 출발한 담헌은 그날 밤 통주에서 하루를 잤다. 2일 통
주를 출발하여 삼하에서 숙소를 정하였다. 이날 한인 선비 등사민鄧
師民과 손유의孫有義를 만나 사귀게 된다. 이 사귐은 상당히 의미가 있
으니 뒤에 다시 언급하기로 한다. 서울을 떠나 다시 서울로 돌아올
때까지 170여 일이 걸렸고, 총 여정은 6,200여 리였다.

4월 1일부터 7일까지는 책문에 머물렀다. 짐수레가 돌아오기를 기
다린 것이다.

돌아오는 길은 갈 때와 꼭 같은 거리였지만, 이미 북경으로 갈 때
거친 곳이라 의무려산과 봉황산 등 몇 곳을 제외하면 큰 관심을 보이
지 않았고, 기록도 남기지 않았다.

1	2	3	4	5
북경 출발, 통주	삼하	방균점, 반산, 계주	송가성, 봉산성, 옥전현	풍윤현
6	7	8	9	10
사하역	이제묘, 영평부	팔리포	산해관	양수하
11	12	13	14	15
중후소, 동관역	영원위	고교보	금주위, 소릉하	십삼산
16	17	18	19	20
신광녕	소흑산	이도정	백기보	신민둔
21	22	23	24	25
대석교	심양	십리하	신요동	태자하, 낭자산
26	27	28	29	30
청석령, 첨수참	연산관	통원보	팔도하, 송참	봉황산, 안시성, 책문

담헌이 관심을 기울인 것은 역시 사람과의 만남이었다.

담헌은 북경을 떠나는 날 흠천감의 관상대를 구경하다가 자신에게 관심을 보이는 두 선비를 만난다. 남경 금릉 사람으로 회시를 치르기 위해 북경에 온 과거 응시생들이었다. 이들은 담헌이 혼천의를 유심히 보는 것을 보고 이유를 물으며 대화를 나누려 했다. 담헌은 『서경』에 나오는 선기옥형璇璣玉衡의 실물을 보게 되어 감격스럽고, 한편 명 때 만든 것이라 절로 슬퍼져 떠나지 못하고 보고 있는 것이라고 대답했다. 선기옥형은 순임금이 천문관측을 위해 만든 기기로 알려져 있었는데, 곧 혼천의와 같은 것이었다. 두 사람은 캉으로 자리를 옮겨 조용히 대화를 나누자고 하였지만, 문지기가 내쫓는 통에 더 이상 대화를 나누지 못하고 헤어지고 말았다. 담헌이 그들을 인상

깊게 본 것은, 그들이 자신의 옷차림을 유심히 보고 연모하는 기색이
있어 보였기 때문이다.

3월 2일 담헌은 삼하에 숙소를 정했는데 그날 저녁 등사민鄧師閔이
란 사람이 찾아왔다. 등사민은 과거를 준비하던 중 병이 들어 공부를
중지하고 친구 두어 사람과 소금가게를 열어 생계를 꾸리고 있었다.
등사민이 한인이라는 것을 확인하자, 담헌이 대화를 시도하였다.

"그대 보기에 우리의 의관이 어떻습니까?"

등사민이 대답하였다.

"아주 좋습니다."

이번에는 담헌이 좀더 직접적인 질문을 던졌다.

"이곳의 머리를 깎는 법은 좋습니까, 그렇지 않습니까?"

민감한 질문이었다.

"어려서부터 익숙해져 예사로 여기고, 자못 편한 것 같습니다."

등사민은 별 대수롭지 않다는 듯 대답했다. 담헌은 그답지 않게 각
박한 질문을 던졌다.

"신체발부는 함부로 훼상하지 말라는 것이 성인의 가르침이 아닙
니까?"

이 말에는 등사민이 대답을 피하였다.

"황제가 지척에 있으니, 이런 말은 맙시다."

등사민은 담헌 일행과 저녁식사를 같이한 뒤, 조맹부의 글씨를 인
쇄한 첩책을 선물했다. 담헌은 등사민의 진솔한 언행에 감동하여 이
후 사행단을 통해 편지로 안부를 묻자고 했고 등사민 역시 동의하였

다. 과연 등사민은 뒷날 담헌과 편지를 주고받는 친구가 된다.

등사민이 떠난 뒤 손유의孫有義·조욱종趙煜宗 두 한인 선비가 담헌을 찾아왔다. 손유의는 향시에 합격한 지식인이었다. 담헌은 손유의와 대화를 나눴다. 담헌이 묻고 손유의가 답하는 식이었다.

"과거 시험에서 경의經義는 어떤 설을 주로 택합니까?"

"모두 주자의 주석을 택합니다."

"들으니 『시경』은 소서를 택하는 이가 많다고 하고, 주자가 옛 학설을 폐지한 것을 잘못이라 한다는데, 이곳만은 그렇지 않습니까?"

"지금은 모두 주자를 귀착처로 삼습니다."

"사례四禮에도 역시 『가례家禮』를 따릅니까?"

"그렇습니다."

"상가에서 음악을 사용하는데, 이것은 어떤 예입니까?"

"이 풍속은 유래가 오래되었습니다. 하지만 저는 잘못이라 생각합니다. 귀국의 문자도 주자를 따릅니까?"

"경經과 예禮 모두 주자를 따르고 조금도 어긋남이 없습니다."

"『중용中庸』에 '글은 문자가 같다'고 한 것이 정말 거짓이 아니로군요."

담헌이 손유의에게 중국의 과거에 경전 해석은 주자의 해석을 위주로 하느냐고 묻고, 또 중국에서 주자의 주석이 아니라 '소서'를 중심으로 『시경』을 이해한다고 하는데 이곳은 어떠냐고 물은 것은, 반정균과 엄성 등에게서 들은 모기령의 학설 때문이었을 것이다. 경전의 해석에서 주자 학설이 비판받는 것을 보고 담헌은 큰 충격을 받았다. 그 충격이 이런 질문을 던지게 한 것이다.

손유의의 답변에서 중국과 조선이 경전과 『가례』를 공유한다는 사실을 재차 확인한 담헌은 퍽 안심하여 이렇게 말했다.

"우리나라는 중국을 사모하여 높이 받들고, 의관과 문물이 중화의 제도와 비슷하여, 옛날부터 소중화로 일컫습니다. 하지만 언어만은 아직도 오랑캐의 풍속을 면하지 못하고 있어 부끄러울 뿐입니다."

조선이 중국어가 아닌 조선의 언어를 쓰고 있어 '오랑캐의 풍속'을 면하지 못하는 것이 부끄럽다는 것이다.

손유의가 대답하였다.

"오랫동안 귀국의 인물이 빼어나고 아름다우며, 풍속이 순박하여 중화에 처지지 않음을 우러렀습니다. 방언이 무슨 문제이겠습니까? 중국의 경우도 동서남북의 말이 또한 같지 않지만, 조정에서 선비를 뽑아 쓸 때 그것을 가지고 차별을 하지 않습니다."

이어 손유의가 홍억에게 여행 중 지은 시를 보여 줄 것을 청하자, 홍억은 엄성 등과 헤어지면서 지은 시를 보여 주었고, 손유의도 그것을 보고 시를 지었다. 홍억은 손유의의 시를 보고 놀라운 솜씨라고 감탄해 마지않았다. 담헌은 두 사람에게 앞으로 편지를 주고받자고 청했고, 두 사람 역시 흔쾌히 그러자고 약속했다.

등사민과 손유의, 조욱종은 담헌이 중국에서 마지막으로 사귄 한인이었다. 담헌과 이들은 뒷날 편지를 주고받는 사이로 발전한다. 또 엄성·반정균·육비에게 담헌의 편지를 전하는 메신저 역할을 하기도 하였다. 이들과의 만남은 귀로에서 일어난 가장 의미 있는 사건이었던 셈이다.

　여기서 눈여겨보아야 할 것은 담헌이 새로 사권 사람들에게 던지는 질문이다. 대명의리의 상징인 복식의 문제가 여전히 그의 뇌리에서 떠나지 않고 있었다는 점이다. 아울러 손유의를 만났을 때 던진 『가례』의 준행 여부, 과거 시험에서 『시경』 소서의 준신 여부를 물은 것은, 주자 정통주의를 비판하고 훼손하는 것에 대한 주자학자로서의 담헌의 속 쓰린 반응이었던 것이다. 아울러 그가 조선이 중국을 사모하고 의관과 문물이 중화와 비슷하여 소중화로 일컫고 있다는 것, 하지만 중국어가 아닌 조선어를 사용해 오랑캐의 풍속을 면하지 못하고 있어 부끄럽다고 한 발언은 그가 전형적인 소중화주의자임을 나타낸다. 담헌은 북경에서 청의 번영을 목도하고, 엄성·반정균·육비 등과 사귀어 국경을 초월한 우정을 쌓았지만, 그의 세계관에 근본적인 큰 변화가 있었던 것은 아니다.

　다만 귀국 직전 책문에 머무른 4월 1일에서 7일에 희원외希員外를 만난 일은 담헌에게 어떤 충격을 주었던 것으로 보인다. 희원외는 만주인, 곧 여진족이었다. 담헌은 희원외와 대화를 나눴다.

　"국왕의 성이 무엇입니까?"

　담헌이 사실대로 답을 하자, 희원외가 다시 물었다.

　"전에는 김씨와 왕씨였는데, 지금은 왜 이씨요?"

　담헌은 신라 때는 김씨, 고려 때는 왕씨, 조선은 이씨라고 하였다. 희원외가 다시 물었다.

　"그렇다면 고려가 바뀌어 조선이 된 것입니까?"

담헌이 되물었다.

"당신은 '탕왕·무왕의 일'을 듣지 못하였소?"

곧 역성혁명의 일을 들어본 적이 없는가 하고 물은 것이다. 탕왕·무왕의 일이란, 은의 탕왕이 하의 걸왕을 내쫓고 새로운 왕조를 열었던 일로, 왕조의 성이 바뀌었기 때문에 역성혁명이라고 한 것이다.

희원외는 담헌에게 전대專對*의 재능을 가졌다고 말하고, 미묘한 이야기를 꺼냈다.

"지금의 조정이 전조인 명을 위해 큰 도적을 멸하자 하늘이 인정하고 사람들이 귀의하였으니, 이것은 요임금이 순임금에게 양위한 것과 다를 바가 없습니다. 귀국에서도 알고 있는지요?"

청이 농민 반란군인 이자성군을 진압하고 중국을 통치하게 된 것을 천명으로, 곧 요·순의 선양과 동일한 것으로 비유한 것이다. 담헌은 이렇게 답한다.

"순 역시 동이 사람입니다. 하지만 요에서 순으로 바뀔 때 오늘처럼 복색을 바꾸었는지는 모르겠군요."

담헌은 요에서 순으로의 양위는 체제나 문화의 격변을 동반하지 않았다는 것을 지적했다. 명에서 청으로의 변화는 단 하나 복식에서 만주풍의 강요, 특히 변발의 강요라는 변화를 가져왔다. 유교 문화에서 그것은 하나의 중요한 상징이었다. 바로 그 점을 담헌은 지적한 것이다. 하지만 희원외는 그 점을 간단하게 돌파했다.

"세상에는 옛날과 지금이 있고 시대의 의리는 같지 아니하니, 의관이 어찌 정해진 제도가 있었단 말

*
전대 사신이 국가 간의 외교를 독자적으로 판단해 처리한다는 뜻이다.

이요."

담헌은 이 말에는 그저 아무 반박도 하지 않고 돌아왔다.

이 대화는 평범해 보이지만 사실은 날카로운 대립을 내포하고 있다. 세상은 변화하고 문화 역시 바뀐다. 의관 역시 절대적인 것은 아니다. 희원외의 이런 논리에 담헌은 큰 충격을 받았을 것이다.

훗날 이덕무는 『앙엽기盎葉記』에서 담헌의 북경 여행담을 언급하면서, 담헌이 북경을 유람할 때 도포에 혁대를 두르고 갓을 쓰고 가는 모습을 보고 중국 사람들이 모두 손가락질을 하면서 '거지 중'이라 했다고 하였다. 이덕무는 이 이야기를 전하며 담헌이 자신은 예를 차린 옷이라고 여겼는데, 막상 중국의 사람들은 '거지 중'이라고 해서 한탄스럽다고 했다고 하였다. 이 이야기는 의복에 대한 자신의 신념이 착오라는 사실을 담헌이 희미하게나마 깨달았다는 것을 암시한다.

담헌이 북경에서 구입한 것

평생 옛 도를 지극히 좋아하여 고전古典과 금문今文에서 혼의渾儀와 윤종輪鍾에서 서양의 여러 책에 이르기까지 수집해 모으지 않음이 없었다.

홍대용의 이복동생인 홍대정洪大定의 말이다. 이는 황윤석의 『이재난고』에 전한다

『연기』와『을병연행록』에는 전혀 나타나 있지 않지만, 담헌은 북경 방문 동안『율력연원律曆淵源』1백 권을 구입했고,「청명상하도淸明上河圖」같은 그림도 구입한 것으로 보인다. 강희제의 명령으로 만든『율력연원』은『율려정의律呂正義』『역상고성曆象考成』『수리정온數理精蘊』을 포함한 음악이론과 천문학, 수학에 관한 책이다. 이 외에도 담헌이 수집한 서양의 책들은 아마도 북경에서 구입한 것이 대부분이었을 것이다.

담헌이
만든 길

담헌에게 북경 여행이 완벽하게 만족스러운 것은 아니었다. 그럼에도 엄성과 반정균, 그리고 육비와의 만남은 이후 담헌의 삶과 사유를 완전히 바꾸어 놓았다. 그들과 극경을 넘어 쌓은 우정은, 출신과 피발에 갇힌 조선 양반 사회의 인간관계를 다시 돌아보게 하였다.

여행이 남긴 것

담헌에게 북경 여행이 완벽하게 만족스러운 것은 아니었을 것이다. 출입이 아주 자유로웠던 것도 아니고, 그토록 보고 싶어 한 천주당의 천문관측 기구도 마음껏 볼 수 없었다. 그럼에도 그는 북경에서 청의 번영을 목도했고, 그것이 청의 통치 결과라는 것을 인식할 수 있었다. 물론 여행 최대의 수확은 엄성·반정균·육비를 만나 '국경을 초월한 우정'을 쌓은 것이다. 이것으로 담헌은 자신의 여행에 의미를 부여할 수 있었다.

담헌은 『항전척독』의 「건정록후어乾淨錄後語」에서 이들과의 만남에 대해 이렇게 평가했다.

세 사람은 머리를 자르고 호복을 입어 만주 사람과 다를 것이 없었다. 하지만 그들은 중화의 내력 있는 집안의 후예였다. 우리가 넓은 소매 옷을 입고 큰 갓을 쓰고 경망스럽게 굴며 우쭐거리지만, 바닷가 오랑캐에 불과하니, 그 귀천의 거리를 어떻게 척촌尺寸으로 헤아릴 수 있을 것인가. 우리의 기질과 습성으로 만약 처지를 바꾸어 그들을 대한다면, 아마도 그들을 종처럼 비천하게 여기고 능멸할 것이다. 그런즉 세 사람이 몇 번 만나 옛 친구처럼 대하고, 마치 정성을 다 쏟지 못할까 두려워하면서 형이니 동생이니 하며 속마음을 기울이고 털어 보였으니, 이런 행동과 마음은 우리들이 도저히 미칠 수 없는 것이다.
양명도 절강 사람이다. 절강 사람들은 그의 풍채를 많이 따랐기에 말이 송유宋儒에게 미치면, 언사가 지나치게 경쾌해진다. 이런 까닭에 내가 철교嚴誠에게 이 점을 경계하면 철교는 나를 그르다 하지 않았다. 조선의 선비들이 주자를 높이 받드는 것은 진실로 중국 사람이 미칠 수 있는 바가 아니다. 하지만 높이 받드는 것만 귀한 줄 알고, 의심스럽고 따질 만한 경의經義에 대해서는 그냥 바라만 보고 부화뇌동하여 한결같이 덮어 비호하고 온 세상의 입에 자물쇠를 채우려고 든다. 이것은 향원鄉愿*의 마음으로 주자를 바라보는 것이다. 나는 그것을 병통으로 여겼다. 그러다 절강 사람들의 주장을 들어 보니, 한편 과하다면 과한 것이었지만, 조선 사람들의 더러운 습성을 한번 깨끗이 씻어, 사람들의 가슴을 시원하게 하였다.

담헌은 엄성 등이 호복을 입었으나 중국의 내력 있는 집안의 후손으로서 자신을 진정한 친구로 대했다는 것에 깊이 감복했다. 아울러 조선의 양반들이 '넓은 소매 옷'에 '큰 갓'을 쓰고 으스대지만 사실상 조선 사람은 변방의 오랑캐에 불과하다. 그런 자신을 형이니 동생이니 하면서 진심을 보여 준 것은 담헌이 상상하지도 못한 일이었다.

그들은 절강 사람으로 왕양명의 영향을 받아 정호, 주희 등으로 대표되는 송나라 때의 학자를 가볍게 여겼고, 따라서 자신이 그것을 경계했지만, 엄성은 자신의 지적을 잘못이라 하지 않았다. 곧 사상적 기반이 전혀 다른데도 서로 대화할 수 있다는 사실이 담헌을 감격하게 한 것이다. 조선이라면 양명학자임을 표방할 수도 없었고, 또 양명

*
향원 온 고을 사람이 모두 점잖다고 칭찬하여 흠잡을 것은 없는 사람이나, 이럭저럭 처세나 하고 착한 일을 하지 못하는 사람을 비유한다.

학을 신념하는 사람과는 대화 자체가 불가능하였던 것을 생각한다면, 담헌은 이들에게서 조선에서는 발견하지 못한 인간과 인간 사이의 소통 가능성을 발견했던 것이다.

담헌이 정주학자임을 포기한 적은 없었다. 생애 마지막까지 그는 정주학의 범위를 넘어서지 않았을 것이다. 다만 그가 비판한 것은 주자에 대한 맹신적 존숭이었다. 주자의 경전 해석에 대한 의문의 제기조차 엄호하고 봉쇄하는 조선 지식인 사회에 대한 염증을 담헌은 느꼈던 것이다. 중국의 세 선비가 담헌에게 설파했던 주자 학설에 대한 비판을 담헌으로서는 수긍하기 어려웠지만, 그 활발한 반론의 제기야말로 조선 지식인 사회에서는 찾아보기 어려운 것이었다.

중국 세 지식인과의 만남은 이후 담헌의 삶과 사유를 완전히 바꾸어 놓았다. 한인 지식인들이 그토록 자신에게 마음을 열어 보이고 신뢰한 것은 담헌이 예상하지 못한 일이었다. 대화를 통해 청의 조정에서 벼슬하는 자들이 모두 한인이란 근본을 잊고 오랑캐에 아첨하는 것도 아니며, 그들은 여전히 한인으로서의 자부심과 정통성을 가지고 있다는 것을 깊이 인지할 수 있었다. 중국과 중국 지식인들을 깊이 이해할 수 있게 되었다. 그들과의 국경을 넘어서서 쌓은 우정은, 출신과 파벌에 갇힌 조선 양반 사회의 인간관계를 다시 돌아보게 하였다.

마지막 편지를 받기까지

1766년 4월 11일 담헌은 압록강을 건넜고 5월 2일 고향집으로 돌아왔다. 여독이 풀리자, 담헌은 여행을 정리하기 시작했다. 가장 중요한 것은 중국인 친구들과 북경에서 주고받은 편지와 필담을 정리하는 일이었다. 5월 15일에 엄성·반정균·육비 등의 편지를 4개의 첩으로 엮어 『고항문헌古杭文獻』이란 제목을 붙이고, 6월 15일에는 필담과 세 사람을 만나게 된 시말을 적은 글, 주고받은 서찰을 한꺼번에 수록해 3권으로 엮어 『건정동회우록乾淨衕會友錄』이란 이름을 붙였다. 필담이 초서로 이루어졌으므로, 탈초해 정자로 옮겨 대화록으로 엮었던 것이다.

담헌은 편지집과 대화록을 엮어 주위의 친지들에게 보여 주고 또 중국의 벗들에게 편지를 보내기 시작했다. 담헌이 보낸 편지는 『담헌서』에 『항전척독』이란 이름의 편지집에 실려 있다. '항주에 보내는 짧은 편지집'이란 뜻이다. 항주는 엄성과 반정균, 육비의 고향이었다. 엄성 등도 담헌에게 편지를 보냈다. 지금 그 편지는 『연항시독』이란 이름의 편지집으로 남아 있다. 연경, 곧 북경과 항주에서 보낸 시와 편지를 모았다는 뜻이다.

편지는 먼 길을 오갔다. 엄성 등이 고향 항주로 돌아갔기에 담헌이 보낸 편지는 북경으로 갔다가 다시 인편을 통해 항주로 전해졌다. 항주에서 담헌에게 보낸 편지는 그 역순을 밟았다. 편지가 오가는 데는 보통 1년이 훨씬 넘는 시간이 소요되었다. 처음에는 1년에 한두 차례

편지가 오갔지만, 차츰 편지가 드물
어졌다. 한 동안 소식이 단절되는 경
우도 있었다.

편지의 내용은 서로의 안부를 묻
고 전하고, 학문을 격려하는 것이었
다. 담헌은 자신과 가장 가까운 엄성
에게 보낸 편지에 가장 큰 의미를 부
여했다. 담헌은 학문의 목적과 방법에
대해 엄성과 토론했으며, 특히 『중용』
에 관해 평소 의문 나는 것을 따로 정
리해 보내어 엄성에게 의견을 요구하
기도 하였다.

『항전척독』
담헌이 항주의 벗들에게 보낸 편지 모음집이다.

하지만 엄성은 1767년 겨울 복건
지방에 가정교사로 갔다가 그곳에서
병을 얻었고 항주로 돌아와 한 달을
넘기지 못하고 죽는다. 담헌은 그 이
듬해인 1768년 초 육비와 반정균이 보
낸 편지에서 엄성의 사망 소식을 읽고
비탄에 잠겼다. 제문과 간단한 제물을

엄성의 초상
엄성의 형인 엄과의 발문에 의하면, 이 그림은 엄성
이 위독할 때 화가를 불러 그린 것을 바탕으로 나중
에 다시 그린 것이라고 한다.

다시 북경을 거쳐 항주로 보냈는데, 그것이 항주에 도착한 것은 엄성
의 대상大祥날이었다. 두 번째 기일이었던 것이다. 항주 사람들은 참
으로 기이한 일이라고 하였다.

항주로 제문과 제물을 보냈지만, 뜻밖에도 1768년 1월 엄성의 형 엄과嚴果와 친구 주문조朱文藻가 담헌에게 보낸 편지는 받지 못하였다. 원래 엄성의 이웃에 살았던 친구 주문조는 1768년 1월 25일 엄성의 죽음에 대한 정황을 자세하게 써서 엄성의 형 엄과에게 맡겨 전하게 했지만, 편지는 제때 전달되지 않았고 십 년 뒤인 1778년 가을에야 담헌의 손에 전해졌다. 1778년 북경에 갔던 이덕무가 이 편지를 받아 온 것이다.

담헌은 엄과와 주문조의 편지를 읽고 엄성이 죽을 때까지 자신을 그리워다했던 것을 알고 또 한번 비탄과 감격에 젖는다. 담헌은 엄과와 주문조에게 편지를 보내어 위로한다. 그것이 마지막 편지였다.

뜻밖의 논쟁

담헌은 북경의 번영을 보고 충격을 받는다. 북경에 다녀온 사람들로부터 청이 망하는 것이 아니라 번영하고 있다고 전해 듣기는 했지만, 직접 목격했을 때의 충격은 엄청난 것이었다. 담헌은 청의 정치, 특히 강희·옹정·건륭제로 이어지는 빼어난 정치를 인정하지 않을 수 없었다. 청은 외교도 탁월하여 중국 역사상 가장 넓은 강역을 차지했고, 몽고와 같은 나라 역시 구슬러 평화와 안정을 이룩하고 있었던 것이다. 오랑캐의 정치가 그 번영과 평화를 불러왔으니, 당혹스럽기 짝이 없는 일이었으나 그것은 도저히 부정할 수 없는 현실이었다.

담헌은 청의 통치를 긍정적으로 인정하지 않을 수
없었다.

　담헌이 목도한 청의 번영과 안정은 자신이 믿고
있었던 화이론과 어긋나는 것이었다. 하지만 담헌
은 그것에 대해 귀국하면서부터 심각하게 생각한
것은 아니다. 귀국 후에도 그는 여전히 청이 오랑
캐라는 생각을 버리지 않았다. 생각의 변화에 일
대 계기가 된 것은 김종후金鍾厚, 1721~1780와의 논
쟁이었다. 김종후는 담헌이 가장 자랑스러워했던
중국인 친구와의 우정을 문제 삼았다.

　담헌의 북경 체험을 전혀 달리 평가하는 사람들
이 있었다. 북경에서 국경을 초월한 우정을 쌓은
것, 특히 중국 지식인들과 형제의 관계를 맺은 것

『본암집』
김종후의 시문집이다. 김종후는 전
형적인 조선의 주자학자로 그가 담
헌에게 가한 비판은 당시 조선 지식
인의 일반적인 생각이었다.

은 유학의 역사에서 전례를 찾을 수 없는 것이라고 비난하는 사람도
있었던 것이다. 담헌이 귀국하여 중국인과 사귀었음을 말하자, 김종
후는 그를 공공연히 비난하기 시작했다. 김종후는 김원행의 제자로
담헌과 동문이고 또 절친한 벗이었다. 하지만 담헌이 '오랑캐'가 지
배하는 나라에 가서 중국인과 우정을 나누고 청의 발전을 긍정적으
로 말한 것이 도무지 마음에 들지 않았다. 비난을 들은 담헌은 김종
후와 편지를 주고받으며 열띤 논쟁을 벌였다.

　김종후가 말하는 요지는, 오랑캐 청의 조정에 벼슬을 하려는 반정
균 등은 오랑캐와 다름이 없는 인물이고, 그런 인물과 사귄 것은 크

게 잘못이라는 것이다. 담헌은 이에 대해 명에서 청으로 세상이 바뀐 지 이미 1백 년이 훨씬 넘었고, 청이 비록 오랑캐이기는 하지만, 그들의 정치가 훌륭하여 중국이 안정을 누리고 번영하고 있는 것은 객관적인 사실이라고 주장했다. 한족 지식인에게 1백 년이 지난 뒤에도 명을 기억하고 명에 충절을 바칠 것을 기대하는 것은 타당하지도 않고, 그런 것을 요구해서도 안 된다는 것이다. 자신이 만난 한족 지식인들이 명에 대한 생각이 전혀 없는 것도 아니고, 또 청의 지배를 완전히 긍정하고 있는 것도 아니다. 청의 지배를 불가피한 현실로 수용하고 있었을 뿐이다. 그들은 교양 있는 선비들이었다. 조선이란 작은 나라의 선비임에도 불구하고 조선 선비를 이루 말할 수 없을 정도로 높이 평가한 겸허한 사람들이었다.

논쟁은 치열하게 벌어졌지만, 승자와 패자 없이 마무리가 되었다. 이 논쟁은 담헌과 김종후 개인의 차원에서 벌어진 것이지만, 김종후처럼 생각하는 사람이 다수였다. 곧 청을 오랑캐로 보는 보수 세력의 대변자가 김종후였던 것이다.

새로운 세상을 꿈꾸다

김종후와의 논쟁은 담헌으로 하여금 중화와 오랑캐의 관계를 근본적으로 다시 성찰하게 하였다. 담헌은 김종후의 비판을 계기로 화이론에 대해 근본적으로 다시 생각한 것으로 보인다. 이 근본적인 성찰이 「의산문답醫山問答」에서 이루어진다.

'의산문답'은 '의무려산에서 나눈 물음과 답'이란 뜻이다. 의무려산은 중국에서 조선으로 돌아올 때 들른 만주에 있는 산이다. 담헌은 이 산의 위치를 '중화와 오랑캐의 접경지대'라고 하였다. 「의산문답」에서 대화를 나누는 두 주체는 '허자'와 '실옹'이다. 유학 공부만 평생한 허자는 북경으로 가서 대화를 할 만한 사람을 찾다가 실패하고 조선으로 돌아오는 길에 의무려산에서 실옹을 만나 대화를 나눈다.

허자와 실옹이란 말에서 보듯 두 사람의 대화는 '허'와 '실'의 대립이다. 허자는 옛날 생각, 공자와 주자를 진리로 알면서 유가의 세계관에 푹 젖은 사람이다. 실옹은 그런 허자를 낡은 생각에 사로잡혀 있다면서 맹렬히 비판한다. 허자는 곧 과거의 담헌이고, 한편 김종후와 같은 사람의 모습이다. 실옹은 허자가 전혀 듣지 못한 이야기를 도도하게 펼친다. 그 내용은 천문학과 지구과학, 중국의 역사가 주류를 이룬다. 아마도 귀국할 때 구입해 온 『율력연원』의 『역상고성』과 『역상고성후편』을 연구한 것이 활용되었을 것이다.

「의산문답」에서 담헌은 왜 천문학을 가장 길게 이야기한 것일까. 담헌은 「의산문답」에서 지구가 둥글다고 말한다. 이것은 이 시기 중국을 거쳐 들어온 서양 천문학이 주장하는 바였다. 당시 조선에는 둥근 천체라는 사실을 믿는 사람이 있는가 하면, 부정하는 사람도 있었다. 담헌은 일식과 월식 등의 서양 학설을 근거로 지구가 둥근 천체라고 주장했다. 아울러 둥근 지구의 반대편 사람이 아래로 추락하지 않는 이유를 지구의 회전에서 찾는다. 지구는 맹렬히 회전하는데 그

회전으로 인해 지구는 우주 공간에 가득 찬 기氣와 부닥치게 되고, 그 기가 허공에 막혀 땅으로 몰려든다고 주장한다. 기가 땅으로 쏠리기에 사람이 땅으로 쏠린다고 말한다. 만유인력의 존재를 몰랐기에 담헌은 이렇게 설명할 수밖에 없었다. 또 우주는 무한한 공간이라고 말한다. 무한한 공간이기에 지구는 정말 작은 점 하나에 지나지 않고, 무한한 공간은 위나 아래, 동·서·남·북으로 나눌 수가 없다. 무한한 우주에서 지구는 중심도 아니고, 중심을 설정할 수도 없다. 그러니 지구의 반대편에 있는 사람이 추락하는 일은 있을 수 없다.

지구설은 담헌의 시대에 이미 알려져 있었지만, 지전설과 우주무한론은 담헌의 독창적인 학설이다. 다만 그것은 서양의 천문학과는 구분되는 점이 있다. 담헌이 지구의 자전을 주장하기는 했지만, 그것이 정밀한 관측과 계산을 통해서 이루어진 것은 아니다. 또 「의산문답」에서 담헌은 지전설을 밝히는 것을 목적으로 여기지도 않았다. 우주무한론은 어디서도 찾을 수 없는 독창적 견해지만 어떤 경로를 통해서 우주가 무한하다는 결론을 얻었는지는 알 수가 없다. 또 담헌이 생각한 지구와 달과 오성火·水·木·金·土星과의 관계는, 지금의 태양중심설과는 차이가 있었다. 담헌은 태양과 달은 지구를 중심으로 공전하고, 오성은 태양을 중심으로 공전한다고 생각했다. 이것은 서양의 천문학자 티코 브라헤Tycho Brahe, 1546~1601의 천체관이었다. 코페르니쿠스Copernicus, Nicolaus, 1473~1543가 지구가 태양을 중심으로 회전한다는 지동설을 내놓자마자 과거의 천동설이 일시에 부정된 것은 아니다. 지동설과 천동설을 교묘하게 조합한 것이 티코 브라헤의 천체관이었던 것이다.

명은 청에 망하기 직전 서양의 천문역법을 국가의 공식역법으로 채택하였고, 청은 그것을 그대로 사용했다. 명에서 채택하고 청이 그대로 사용한 천문역법을 시헌력이라 한다. 조선 역시 시헌력을 17세기 중반부터 사용했는데, 바로 이 시헌력이 티코 브라헤의 천체관을 받아들인 것이다. 담헌 역시 천체관을 그대로 받아들인 것이다.

그렇다면 왜 지구설과 지전설, 그리고 우주무한론을 힘주어 말했을까. 담헌이 강조하고 싶은 것은 지전설이 아니라, 지구설과 우주무한론이었다. 둥근 지구에는 중심이 없다는 것을 말하고자 했고, 우주가 무한하다면서 역시 그 어디에도 중심이 없다는 것을 말하고 싶었던 것이다. 또한 지구는 무한한 우주에 비해 정말 작은 점에 불과하며 중국은 그 중에서도 작은 지역에 지나지 않는다. 중국이 지구의 중심이라고 말할 수 없고, 하늘의 별자리를 중국의 각 지역에 소속시키는 것도 우스꽝스런 것이라 주장한다. 결국 중국이란 중심이 존재하지 않는다는 것, 따라서 중화와 오랑캐의 구별은 존재하지 않으며, 각 문명은 각 문명대로 나름의 가치를 지닌다는 것, 이것이 담헌이 진짜 말하고 싶었던 것이다. 「의산문답」의 마지막 부분에서 담헌은 이렇게 말한다.

이런 이유로 각각 자기 나라 사람을 친하게 여기고, 각각 자기 임금을 높이며, 각각 자기 나라를 지키고, 각각 자기의 풍속을 편안하게 여기는 것은, 중화나 오랑캐나 꼭 같은 것이다.

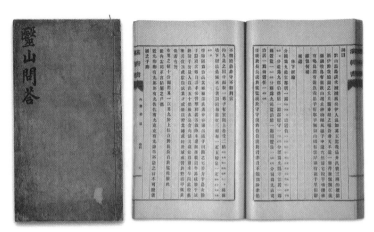

「의산문답」과 「임하경륜」
전형적인 주자학자였던 담헌의 세계관 변화를 보여 주는 작품으로, 그의 북경 여행의 경험이
저술에 큰 영향을 끼쳤을 것으로 보인다.

곧 중화와 오랑캐란 구분은 본디 있을 수 없다는 것이다. 김종후와 같은 사람들의 생각에 반격을 가한 것이다. 그렇다고 해서 담헌이 중국문명을 무시한 것은 아니다. 중심과 주변을 나누어 놓고 변화한 현실을 외면하는 행위를 다시 생각해 보라는 것이 담헌이 하고 싶은 말이었을 것이다. 그 과정에서 자신이 연구한 천문학적 지식을 장대하게 동원한 것일 뿐이다.

담헌의 생각의 변화는 또다른 저술 「임하경륜」에서도 짐작해 볼 수 있다. '임하林下'는 숲속이라는 뜻으로, 벼슬하지 않고 은거하는 재야在野란 상징성이 있다. 담헌은 음직으로 지방관을 지냈을 뿐 고위관직을 지내며 조정에서 국가를 경영해 본 적은 없다. 평소 담헌은 국가 경영에 대해 생각했을 것이고, 그 생각을 재야에서의 국가 경영

방책이란 의미의 「임하경륜」이란 글로 정리한 것으로 보인다.

담헌이 「임하경륜」에서 한 주장은 국가와 사회를 근본부터 바꾸는 것이다. 요지는 이렇다. 나라를 9도로 나누고, 도 아래에 9군郡·9현縣·9사司·9면面을 두어 재조직한 뒤 백성에게 전답을 균등하게 분배하고, 도에서 면까지 모두 학교를 두어 백성 전체를 교육해야 한다. 이 중 우수한 학생은 선발해서 도의 태학에 보내고, 그들 중 언행과 학문이 우수한 자에게 관직을 주자. 양반으로서 일없이 먹는 자를 처벌함으로써 놀고먹는 자를 없애고, 재능과 학식이 있다면 농민과 상인의 자식도 조정에 들어갈 수 있고, 재능과 학식이 없으면 고관대작의 자식이 하인이 되어도 무방하다.

이런 생각은 담헌의 북경에서의 체험과 밀접한 관계가 있는 것으로 보인다. 예컨대 담헌은 북경의 벗들이 조선이 문벌에 의하여 인재를 선발하는 것을 강력하게 비판하는 것을 듣고 양반의 신분적 특권을 폐기해도 된다고 말했던 것이 아닌가 한다. 담헌이 주장하는 토지의 균분과 교육 기회의 균등한 부여, 양반 특권의 해체 등은 매우 대담하고 진보적이다. 「임하경륜」에서 담헌은 완전히 새로운 세상을 꿈꾸었던 것이다.

머물고자 하는 사람, 나아가고자 하는 사람

담헌이 귀국하여 편지집과 필담록을 주위 친지들에게 보여 주자, 사람들은 담헌이 북경에서 중국 지식인과 깊은 우정을 쌓았다는 사실을 알게 되었다. 서울의 좁은 양반사회는 큰 충격을 받았다. 담헌의 중국 체험과 중국 친구들이 주고받은 대화와 시문을 보며, 찬탄하고 부러워하는 사람들이 있었다. 담헌과 가장 가까운 벗이던 박지원과 그 주변 사람들이 먼저 반응했다. 이들은 담헌이 열었던 우정의 길을 따라 중국 지식인과도 사귈 수 있다는 자신감을 얻었다.

1776년 유금柳琴이 북경으로 가서 반정균을 만나고 이조원李調元이란 중국 지식인과 새로 사귀었다. 1778년에는 박제가와 이덕무가 북경으로 가서 반정균과 이조원은 물론이고 그들을 매개로 하여 새로운 사람들과 친교를 맺었다. 1780년에는 박지원이 북경으로 갔고 거기서 다시 열하로 가서 왕민호王民皞를 비롯한 여러 지식인을 만나 진지한 학문적 대화를 나누었다. 담헌의 계승자들은 담헌의 관찰을 이어받아 중국의 우수한 물질문명을 배우자고 '북학北學'이란 구호를 외쳤다. 박제가의 『북학의』와 박지원의 『열하일기』에서 그 주장의 구체적인 모습을 확인할 수 있다.

18세기 후반 북경을 방문하는 조선 사신단은 담헌과 박제가, 박지원의 전례를 따라 중국인들과 사귀고자 했고, 북경 지식인들 사이에도 조선의 지식인과 사귀는 것이 유행처럼 번졌다. 예컨대 박제가는 모두 네 차례나 북경을 방문하여 수많은 중국 지식인과 우정을 쌓았

박지원의 『열하일기』와 박제가의 『북학의』, 그리고 김정희

조선 후기 대표적인 북학파로 불리는 박지원, 박제가, 김정희 등은 담헌의 계승자들이라고 볼 수 있다.

다. 박제가가 쌓은 인맥을 통해 김정희金正喜, 1786~1856는 1809년 북경에 갔을 때 당대 최고의 석학인 완원阮元과 옹방강翁方綱 등을 만나 사귀고, 학문과 예술 두 방면에서 큰 성취를 이룰 수 있었다. 이 모든 것이 담헌이 국경을 초월한 우정의 문을 열었기 때문에 가능한 것이었다.

1783년 담헌이 세상을 떴다. 3년 뒤인 1786년 1월 22일 정조는 인정문에서 조참을 거행하고, "재상과 시종은 앞으로 나와 일을 아뢰게 하고, 보통 관료 이하에게는 소회를 글로 써서 아뢰라."고 명하였으니, 이것이 그 유명한 '병오소회丙午所懷'이다. 여기서 18세기 후반 보수와 개혁의 두 흐름이 충돌하는 양상을 확인할 수 있다. 문학과 관련한 최초의 발언은 대사헌 김이소金履素에게서 나온다. 다음은

1786년 1월 22일의 『일성록』 기록이다.

근래 연경에서 사오는 책자는 모두 우리 유가의 문자가 아니며, 거개가 불경한 서적들입니다. 좌도左道가 번성하여 사설邪說이 횡행하는 것은 바로 여기에서 비롯되니, 작년에 이미 드러난 일을 보더라도 또한 알 수가 있습니다. 이것을 금하지 않으면 심술이 어긋나고 세도를 해치는 것이 어찌 한정이 있겠습니까. 의주부에 따로 신칙하여 마땅히 사 오지 말아야 할 서책을 사 오는 자는 살펴서 엄금하게 하소서. 만약 몰래 사 오다가 발각될 경우, 사신과 의주 부윤은 무겁게 죄를 논하여 다스리고, 해당 역관은 법에 의거해 엄하게 다스리게 하소서.

작년의 일이란, 곧 '을사 추조 적발사건'을 말한다. 1785년 을사년에 천주교를 믿던 이승훈李承薰·이벽李檗·권일신權日身 등의 남인 명문가의 자제들이 중인인 김범우金範禹의 집에서 집회를 갖다가 발각된 사건을 말한다. 김이소는 이단적 사유들의 근원이 북경에 있다고 지적한 것이고, 정조는 이 말에 아뢴 바가 심히 좋다면서 그대로 하라고 하고, 비변사에 따로 금령을 마련하라고 지시한다. 북경이 이단적 문학과 사상의 근원이라는 발상이 사대부 체제 내에서 본격적으로 문제가 된 것이다.

대사간 심풍지는 조선 사람과 중국 지식인과의 교유를 문제 삼았다.

'신하는 개인적으로 외교를 하는 법이 없다'는 예의 뜻이 아주 엄합니다. 하물며 지금 대국의 우리나라에 대한 방한防閑이 각별하니, 사신과 관계된 일과 물화를 교역하는 것 외에는 마땅히 털끝만큼도 관계되는 바가 없어야 마땅합니다.

그런데 근래에 듣자니, 우리나라 사신이 저 나라에 도착했을 때에 우리나라 사람이 그곳 인사를 찾아가 필담을 하기도 하고, 시를 주고받기도 하고, 심지어 책의 서문을 써 달라 청하기도 하고, 귀국한 뒤에는 서찰을 주고받고 향이나 차를 선물하는 일이 잦다고 합니다.

이런데도 금지하지 않으면 뒷날의 폐단을 막기 어려울 것입니다. 지금부터 사행이 왕래할 때 금지조목을 만들어 따로 철저히 금하고, 만약 법을 무시하고 범할 경우 엄한 법률로 다스리고, 사신 또한 논죄하게 하소서.

심풍지는 담헌 이래 박제가, 이덕무, 박지원 등의 중국 지식인과의 친교를 문제 삼고 있다. 박지원의 『열하일기』가 독서계를 풍미하자, '오랑캐의 연호를 쓴 글'란 비난이 가해졌던 것은 모두 경화세족 내부의 보수적 의식의 결과물이다. 정조는 "금단할 뿐만 아니라 원래 정한 법이 있으니, 묘당으로 하여금 말을 만들어 품처하게 하겠다."고 동의한다.

비변사에서는 심풍지가 열거한 행위들이 경쟁적으로 이루어지고 있다고 지적하고 구체적인 사목을 정할 것을 건의했고, 정조는 김이소의 서적에 관한 요청과 함께 사목을 만들라고 지시한다. 이때 만들어진 금지사목은 8조목인데, 서적의 수입을 막고, 사신단의 구성원이 물자 교역, 비용을 주고받는 것 외에는 중국인을 만나지 못하게 막을 것, 필담을 금지시킬 것, 귀국 후 선물을 주고받는 일을 금할 것, 이런 사실들을 사전에 예고하고 선물과 편지의 교환을 매개하는 역관을 처벌할 것, 서적은 경사자집經史子集 외의 '어긋나거나 요망한' 이단 서적을 구입한 것이 발각될 경우, 역관과 삼사를 막론하고 즉시 불태우고 처벌할 것 등이다. 이것이 최초의 서적 수입 금지령이었다.

김이소와 심풍지의 소회가 있었던 그날 박제가 역시 소회를 올렸다. 박제가의 「병오소회」는 『북학의』를 압축한 것이며, 그는 중국과의 교역, 그리고 서양 선교사를 초빙하여 서양의 선진적인 과학기술을 배울 것을 주장한다. 김이소와 심풍지, 정조가 외부와의 소통을 막아야 한다고 주장했다면, 박제가는 외부와의 소통이 유일한 살 길이라고 주장한 것이다. 박제가는 소회에서 하루의 휴가를 주고 자신의 글을 받아 쓸 사람 10명을 주면 폐부에 담긴 생각을 모두 쏟아내겠다고 했지만, 정조는 여러 조목으로 진달한 내용을 보니 그대의 식견과 뜻을 볼 수 있다고만 했을 뿐이고, 김이지와 심풍지의 상소에 대한 것처럼 소회 내용을 구체화시킬 수 있는 대책을 지시하지는 않았다. 정조는 사실상 박제가의 생각을 거부한 것이다. 그것은 곧 담헌이 걸었던 길에 반하는 길을 걷겠다는 것이었다.

여행을 마치고

사람과 사람 사이의 우정

조선 후기에 수많은 연행이 있었지만, 담헌의 연행만큼 조선 후기 지식인 사회에 큰 충격을 던진 경우는 아마도 없을 것이다. 담헌의 연행 기록은 청의 안정과 번영을 그대로 보고했다. 이를 접한 경화세족 지식인들 사이에 청 체제 하에서 중국이 누리는 물질문명의 배후에 있는 합리성을 배워야 한다는 생각이 싹트기 시작했다. 아울러 담헌이 엄성·반정균·육비와 쌓은 우정은, 서울의 경화세족에게 중국 지식인과의 대등한 교유가 가능하다는 것을 알려 주었다. 이로 인해 18세기 말부터 조선과 중국 지식인 사이에 활발한 교유가 시작되었다.

북경에 가기 이전 담헌은 대명의리와 화이론을 굳게 믿고, 엄격한 노론 의리를 고수하는 정통 정주학자였다. 중국 여행은 담헌의 생각에 균열을 일으켰으나, 그는 그 균열에 깊이 주목한 것 같지는 않다. 귀국 후에도 그는 한동안 여전히 대명의리와 화이론을 믿고 있었다.

담헌의 사상에 변화가 일어난 것은, 아마도 김종후와의 논쟁 이후일 것이다. 1766년 김종후는 담헌이 오랑캐의 조정에서 벼슬하는 한인들과 우정을 쌓은 것과 강희제의 정치를 높이 평가한 것을 비난했고 담헌은 애써 방어했다. 김종후와의 논쟁은 담헌에게 화이론을 근저에서부터 다시 생각할 기회를 제공한 것으로 보인다.

담헌은 자신이 공부한 천문학을 근거로 「의산문답」을 저술하여 지구설과 지전설, 우주무한설을 주장한다. 그리고 그것을 토대로 하여 최종적으로는 화이론을 부정하고 중화와 오랑캐가 상대적으로 동등하다고 주장하였다.

하지만 담헌이 연 길이 활짝 더 열린 것도 아니고, 그의 생각의 계승자들이 쏟아져 나온 것도 아니다. 정조와 보수세력은 담헌이 열었던 길을 막고자 했고, 담헌의 생각을 묻어 버리고자 하였다. 세계에 대한 보다 정확한 이해, 보다 앞선 세상에 대한 배움의 길은 더 이상 넓어지지 않았다. 아쉬운 일이다.

담헌의 문제는 오늘과 통한다. 이른바 세계화시대다. 외국의 여행이 자유롭고, 외국에 사는 한국인이 수백만 명이다. 과연 무엇을 보고 배워야 할 것인가. 담헌이 국경을 넘어선 우정을 쌓았듯 세계인과의 우정의 구축이 필요하다. 인종을 넘어, 언어를 넘어, 국가를 넘어 인간으로서의 대화와 우정이 필요한 때가 아닌가.

도판목록

조선 지성계를 흔든 연행록을 읽다
홍대용과 1766년
강명관 지음

2014년 8월 30일 초판 1쇄 발행
2017년 8월 31일 초판 3쇄 발행

발행인 신승운
발행 한국고전번역원 | 등록 2008.3.12.제300-2008-22호
주소 03000 서울시 종로구 비봉길 1
전화 02-6263-0464 | 팩스 02-6339-0724 | 홈페이지 www.itkc.or.kr

기획편집 한국고전번역원
책임편집 강옥순 | 편집진행 정진라
편집 디자인 f205 | 인쇄 (주)동국문화

값 12,000원
ISBN 978-89-284-0267-0 03810

* 이 책은 2013년도 교육부로부터 인문학 진흥을 위한 저서출판지원을 받아 출간하였습니다.